Focus on the prize, Zoë, dink sy terwyl haar enkels soos jellie voel. Focus on the prize. Sy sien die man maak oog-kontak en haar hart voel asof dit uit haar borskas skeur. Haal asem. Focus on the prize. Sy beweeg ver van moeite-loos met die spykerhakke en die houttrommel onder haar linkerarm. Die swart handsakkie in haar regterhand maak die taak ook nie makliker nie. Haar hart klop nou al so dat sy die slae in haar ore hoor weergalm. Die lang man stap 'n tree vorentoe. Maar die laaste ding wat Zoë sien, is sy glimlag. Haar skoen se hak haak in een van die groefies van die plaveisel vas en sy slaan allesbehalwe grasieus net daar in die parkeerterrein neer. Voor hom. Voor Donatello. Met haar luck moet dit hý wees.

Kopiereg © 2010 deur Marion Erskine
Omslagontwerp deur Hanneke du Toit
Tipografie deur Susan Bloemhof
Eerste uitgawe in 2009 deur Tafelberg, 'n druknaam van NB-Uitgewers,
Heerengracht 40, Kaapstad
Geset in 10.5 op 14 pt Jaeger Daily News
Gedruk en gebind deur Interpak Books,
Suid-Afrika

Eerste uitgawe, eerste druk 2010

ISBN: 978-0-624-04830-5

Marion Erskine

Donatello en Volksie

Tafelberg

Vir Connie.
Dankie dat jy saam met my liefgeraak het vir die storie.

1

Ballade van die eensame sleutelbord

Uiteindelik! Zoë Zietsman stap haar kamer binne met die Boney M Christmas-CD in haar hand. Sy het die afgelope tien minute op haar knieë deurgebring om rond te kruip agter Kersballetjies in die sitkamer. Lompheid en asemhaal loop mos parallel met mekaar in haar lewe. Dit was vir haar geen verrassing dat sy juis nóú aan die Kersboom se koord moes vashaak en die hele ding van die tafel afpluk nie. Wat haar wel omkrap, is dat dit die tweede keer dié week gebeur. Mens sou nooit dink dat sy, met haar twee linkervoete, eintlik ongelooflik gefokus kan wees nie. Gmf! Dit is ook net wanneer sy joga doen dat sy in beheer en in balans voel.

Zoë plaas die CD in die speler en kies snit vier. "Hark the Herald Angels Sing" begin saggies speel, maar dit hop sommer dadelik drie liedjies verder. Sy sug hard, maak die speler weer oop en haal die CD uit. Haar blonde krulkop weerkaats op die CD terwyl sy die krapmerke bestudeer. Dié arme ding het ook al beter dae geken. Soos sy. Selfs nie met vandag se tegnologie hou dinge vir altyd nie. Soos mans.

Zoë gewaar haar linkeroog in die weerkaatsing en trek die vel daaronder. Sy kan sweer hierdie sakke onder haar oë was nie verlede maand daar nie. Hierdie afgelope ruk in HerbaZone was omtrent nag en sy't behoorlik gehol van oopmaak- tot sluitingstyd. As iemand nou tien jaar gelede sou voorspel dat sy nog

eendag Arnica-salf vir ou tannies se knokkeltone gaan aanbe-
veel, sou Zoë dit aflag, maar die lewe gebeur mos maar met 'n
mens. En in hierdie finansiële gat waarin die land nou val, is sy
en haar baas, mnr. Cho, maar net te dankbaar as daar enigsins
geld inkom. Kruiemedisyne is nou nie juis 'n topverkoper in
Suid-Afrika nie, en dit is 'n luukse waarop die middelklas eerste
sny. Asof sy nie moeg genoeg ná werk is nie, moet sy dan nog
jogalesse by kliënte se huise ook gaan gee. Nie dat sy daaroor
kla nie. Joga is die hartklop van haar lewe; dit stel 'n dieper ener-
gie in haar vry. En niks bevredig haar meer as om dit met ander
te deel nie. Anders as die eentonige winkelassistent-ding, is joga
vir haar soos 'n opwekker.

Zoë blaas wasem op die CD-oppervlak en vee dit 'n paar
keer saggies aan haar wit T-hemp af. Sy plaas die CD terug in
die speler en probeer weer. Dankie tog, dit werk! Sy kan nie
nou nog deal met 'n hakkerige Boney M ook nie. Die lewe is
bitter genoeg.

Sy gaan sit op haar rekenaarstoel en neurie saam. Sy verlang
vandag só terug na Kerstyd saam met ouma Santie en Boom.
Kersfees is vir seker nie meer dieselfde nie. Dinge was destyds
so anders. Ouma het lank voor die tyd soetkoekies gebak en
hulle het saam-saam spookwit geword van die meel. En niks
kon by Kersdag se trifle kom nie! Dit was dae toe mens nog
opgewonde kon raak oor daai knop in die Kerskous – al wéét
jy dit is net 'n nuwe paar skoolsokkies. Toe was Kersbome
groot genoeg om nie op 'n tafel te moet staan vir ekstra hoog-
te nie.

Zoë sug weer diep. Al hierdie dinge is nou net bittersoet
herinneringe. Was dit nie vir Jan-Hendrik nie, het geen siel op
aarde ook 'n flenter vir haar omgegee nie. En vanaand is haar
Mac haar enigste dooie geselskap.

Zoë skuif haar net mooi reg om voor haar lessenaar in te wiel
toe sy die teekersie langs die deurskynende glasflessie opmerk.

Sy het die vuurhoutjies in die kombuis vergeet! Sy moet darem 'n kers aansteek. Dit is dan Oukersaand. Al is dit net ter nagedagtenis aan dierbare ou Boom.

Sy spring so vinnig op dat die stoel tot teen die bed wiel en stap in die leë gang af kombuis toe. Daar gewaar sy haar koppie jasmyntee op die wasbak langs die boksie vuurhoutjies. Sy het wraggies dit ook nog vergeet! Sy proe-proe aan die koue tee en gooi dit vies in die wasbak uit, gryp die vuurhoutjies en stap terug kamer toe.

Die kersie flikker heeltemal te vrolik teen die glasflessie langs haar rekenaar. Zoë krap in haar beursie en sit Boom se foto liefdevol langs die kersie neer. Is dit oor Boom dat sy vanaand so bitter alleen voel? Of is dit maar net omdat sy alleen ís? Werklik stoksielalleen sonder 'n enkele siel op Oukersaand. Sedert die misrabele verhouding met Dirk 'n paar maande gelede gesneuwel het, was sy nog in geen man se arms nie. Sy weet nie mooi of sy in 'n man se arms wíl wees nie. Maar as sy net so bietjie kon cuddle vanaand . . . Dit is mos 'n verdomde basic human right! Dit behoort verpligtend te wees.

Ruk jou reg, Zoë, dink sy. Sy rol haar stoel weer tot voor haar Mac op die deurmekaar lessenaar in die hoek. Die laaste ding wat sy vanaand wou doen, is om aan te log op matchmate. co.za, maar dalk is daar iemand in hierdie wye land wat haar uit hierdie swart gat kan lig. Sy ken haarself nie so nie. En in elk geval, in 'n chat room gee niemand om wie en wat jy is nie. Dit maak nie saak dat sy kêrelloos is of dat sy op Oukersaand alleen sit nie. Hulle (wie ook al wil chat) sal in elk geval nie weet of sy voorgee of werklik is nie.

Zoë wikkel die muis heen en weer en haar Facebook-bladsy verskyn. Sy lees die stand van sake en glimlag:

Zoë Zietsman has the best housemate in the world and she'd give her kidney to be as sexy as him. (She also wants to remind herself not to leave her laptop open logged onto FB when she goes last minute shopping for his Xmas prezzie.)

Die bleddie Jan-Hendrik! Sy moet erken sy voel sommer dadelik 'n klein bietjie beter. Maar sy gaan hom nog steeds nek omdraai vir hierdie een. Hy het haar genooi om vanaand saam met hom en sy klomp pelle te gaan kuier, maar sy was net nie in die bui nie. Ag, hoe mis sy nie vir Boom nie. Sy streel weer sag oor sy foto.

Die Matchmate-webwerf verskyn op die skerm en sy tik haar username ("Volksie") en password ("Boom") in. Matchmate se formaat is nogal nie sleg nie, dink Zoë. Mens hoef nie soos in ander chatlines geld te betaal of registreer om mense te ontmoet nie. Jy kan gesels nes jy wil. Jy kies ook wat in jou profiel wys en kan foto's oplaai soos jy goeddink. Sommige mense skryf hul hele outobiografie neer, waar ander net die noodsaaklike inligting verskaf. Uit blote common sense vir al die siek siele daarbuite, het sy die laaste opsie gekies en het nie eens 'n foto op nie. Dit keer nog steeds nie sommige ouens om te probeer gesels met enigeen wat 'n "f" (vir female) langs die naam het nie.

Gewoonlik dik sy so effens aan en probeer oulik wees. Maar vanaand gee sy nie om nie. Vanaand moet hulle haar vat soos sy is.

Nes sy gedink het. Buiten 'n enkele ou is die chat room leeg. Dit ís immers Oukersaand. Wie op aarde gaan vanaand sit en chat? Sy begin tik:

Volksie: Enige maatjie vir 'n praatjie? ;-)

Zoë begin net dink die ou het dalk maar vergeet om uit te log, toe sy antwoord op die skerm verskyn.

Donatello: Hoekom nie? Ons is die enigste twee hier.

Volksie: Sad cases. :-(

Donatello: Seker, ja. Hoekom slaap jy nie? Dis al ná elf.

Volksie: Kan nie. Ek verlang te veel.

Donatello: Na wie?

Volksie: Boom. :`-(

Donatello: Boom?

Volksie: My hond.

Zoë weet sommer dadelik die ou dink sy's van lotjie getik. Sy glimlag en vee 'n blonde lok agter haar oor in.

Donatello: Mag ek vra hoekom jou hond se naam Boom is?

Volksie: Was.

Donatello: Ekskuus?

Volksie: Was. My hond se naam wás Boom. Hy's verlede week dood. Ek't vir Boom laat veras.

Donatello: Veras?! 'n Hond? Kan mens?

Volksie: Natuurlik.

Donatello: Ek sien.

'n Rukkie tik nie een nie.

Donatello: So, waar is . . . Boom? Of sy as?

Volksie: Hier langs my. In 'n glasfles.

Donatello: So, jy kan die as sien?

Volksie: Jip.

Donatello: Goed dan. Verskoon my, maar ek vind dit net baie interessant. Gaan jy die as êrens strooi of iets?

Volksie: Ek dink nog daaroor. Ek wil saam met Boom wees op Kersfees.

Volksie: En jy?

Donatello: En ek wat?

Volksie: Is jy ook alleen?

Donatello: Ja. Net ek en my Kersboom.

Donatello: Ekskuus. Ek het niks bedoel met die boom-aanmerking nie.

Volksie: LOL. Dis die eerste keer dat ek lag vandag. Ons en ons bome.

Donatello: Steeds jammer. Was nie so bedoel nie.

Volksie: NP (no problem).

Donatello: Gaan jy snaaks dink as ek jou vra . . .

Volksie: 27/blond/single. Jy?

Donatello: 30, donkerige hare, alleenloper. Hoekom Volksie?

Volksie: My favourite kar. Oues, nie hierdie nuwe tjol nie.

Donatello: So jy's 'n hippie?

Volksie: En wat's fout daarmee? Nogal van 'n Ninja Turtle! :-P

Donatello: Ek kry dit gereeld. Nee. Ek's nie daardie Donatello nie. Ek stel baie belang in die kunswerke van die Renaissance.

Volksie: Plofstof! Ek't jou baie meer gelike toe ek gedog het jy's 'n turtle.

Donatello: Ha-ha. So dis neusie verby vir my?

Volksie: Luister, jy! Ek's nie een van daai girls wat praat van "neusie verby" nie. Ek's 'n genuine hippie.

Donatello: Ek moes geweet het toe ek hoor wat jou hond se naam is.

Volksie: Wás.

Donatello: Was. Ekskuus.

Volksie: Hm . . . Jy's 'n Ram. Of 'n Leeu. It's obvious.

Donatello: Ram, maar ek glo nie aan die sterre nie.

Volksie: Jy hoef nie. BRB (be right back).

Zoë maak dadelik nog 'n venstertjie oop op die skerm en google "libra aries match". Sy lees 'n rukkie en begin tik weer vir Donatello.

Volksie: Great. Ons match. :-)

Donatello: Ek ken jou skaars tien minute. Hoe sal jy nou weet of ons by mekaar pas?

Volksie: Praat jy altyd sulke eina Afrikaans? Dis genuine weird. Jy klink soos een van my onnies op skool. :-/

Donatello: Siende dat ek suiwer Afrikaans praat, maak nie van my 'n minder interessante mens nie.

Volksie: Siende! LOL. Wanneer laas het ek daai woord gehoor? LOL!!!

Donatello: Het jy ons sterre gaan uitwerk?

Volksie: Jip. Die sterre sê ons is báie compatible. Ek's 'n libra.

Donatello: Die Weegskaal? :-/

Volksie: Dis wat ek gesê het, Donatello! :-P

Donatello: Ek's maar oningelig oor die sterre en astrologie. Wat sê hulle van die Weegskaal?

Volksie: Ons is romantic, artistic and slightly unbalanced in everything we attempt.

Donatello: Ek sien. En wat maak jou so seker dat die Ram en die Weegskaal goed by mekaar pas?

Volksie: Ons is two sides of a coin. Jou planeet is Mars en myne is Venus. Ek's vry soos 'n voël en jy's 100% in beheer van dinge.

Donatello: Ha-ha. Wel, jy is 100% korrek met jou laaste stelling.

Volksie: Luister, mnr. Woordeboek, ek moet gaan slaap. Dis laat. Ek like jou nogal. Gaan ons weer chat? ;-)

Donatello: Dit sal eerlikwaar 'n plesier wees indien jy my met jou teenwoordigheid kan verfris.

Volksie: Jy's fun-EE!! Stuur my sommer net 'n msg hier, oukei?
Donatello: Maak so! Lekker slaap.
Volksie: Merry Xmas. Van my en Boom. ;-) Baaai! ^-^

Zoë maak weer die Google-venstertjie oop en tik "Donatello" en "Renneccainsce" en kliek op Search. Genugtig, hoe spel mens daai woord? Te dankbaar vir Google se Did you mean-funksie, klik sy op die eerste inskrywing. Sy lees 'n ruk nuuskierig deur die inligting, maar besluit dit is heeltemal te laat in die aand vir al hierdie feite.

Sy gaap, staan op en trek haar slaapklere nader. Die spieël aan die ander kant van die vertrek weerkaats haar lyf soos sy haar uittrek. Sy bestee ure aan joga om so te lyk en vanaand klim sy nog steeds alleen in die bed, sonder iemand wat haar kan liefhê. En boonop kan sy nie slaap met Boom wat nie meer sy lyfie styf teen hare druk nie. Sy glip haar synagklere aan, skakel die lig af, gaan lê op die bed en staar na die dak.

Toe Zoë op skool was, het haar ouma altyd *Die Keur* gekoop. Hulle het lekker gelag vir al die karakters in Toek se Soekhoek: "Skoen sonder veters" van Ventersdorp; "Pot soek deksel" van Buffelspoort. En natuurlik die gunsteling: "Lydende van Lyden- burg" wat elke maand geskryf het. Min het sy geweet sy sou self eendag in dié bootjie wees – dít nogal op die internet!

Dit kan mos nie so moeilik wees om die regte persoon te ontmoet nie? Een by wie mens net jouself kan wees. Maar dit is ongelukkig die vloek waarmee mens in hierdie gejaagde, hi-pertegnologiese eeu moet saamleef: almal werk hulle oor 'n mik en kry maar min kans om interessante mense te ontmoet. Nee, wag. Miskien moet mens dit eerder so stel: daar ís hope interes- sante mense. Maar 'n potensiële lewensmaat is 'n heel ander storie. En dié wat jy wel ontmoet, het meer bagasie as wat 'n Frequent Flyer mag saamvat op 'n eersteklas-Emirates-vlug.

Zoë draai haar op haar sy, gryp 'n kussing tussen albei arms styf vas en klou asof sy nooit weer gaan los nie.

2

'n Maatjie vir 'n praatjie?

Zoë het al baiekeer in haar lewe gewens dat tyd kon stilstaan. 'n Paar keer as jong meisie kort voor die lente wanneer sy en haar ouma fanaties besig was om vir hulle nuwe rokke te maak met die ou Singer-naaimasjien. Ouma San het haar altyd toegelaat om self te stik en dit was vir Zoë 'n groot eer, want sy weet hoe heilig haar ouma oor haar naaimasjien was. As sy nou daaraan dink, was die kere wat sy en Boom in die parkie naby die huis gaan sit het ook van daai stilstaan-oomblikke. Boom was mal oor die park en het gewoonlik so vinnig oor die gras gehardloop soos wat sy kort beentjies hom kon dra. Dit was nogal snaaks. Boom was gelukkig en sy . . . content. Toe het sy nog nie ge-worry oor haar werk en haar lewe nie.

Vanaand voel dit asof Zoë uiteindelik vir Vader Tyd met 'n paar swaar ysterboeie aan die enkels gevang het. Trust haar om dit reg te kry net wanneer sy juis nié wil hê tyd moet stilstaan nie. Minute voel soos ure terwyl sy na die dik rooi syfers van die digitale wekker op die bedkassie staar. En elkeen van hierdie minute is gevul met gedagtes oor ene Donatello. Hoe lyk hy? Veral as hy glimlag. Hoe soen hy? Belangriker nog, waarom hou hy haar uit die slaap?

Vroegoggend is sy moeg van wakker lê en stap na die enigste badkamer in hul tweeslaapkamer-huisie om water te drink. Dit is nou eers 03:30.

Sou Jan-Hendrik dan al terug wees? Die rooi onderbroek hang aan sy kamerdeur se handvatsel. Dit is hul manier van kommunikeer: hy het 'n gas vanaand en sy moet uit die kamer bly. Sy't hom nie eens hoor inkom nie! Sal sy ooit die dag vergeet toe sy op Jan-Hendrik en haar huisdokter ingeloop het?! Dáárdie image is iets wat sy eerder volkome wil vergeet, maar dit verklaar goed hoekom sy eensklaps 'n blywende vrees vir operasiemaskers ontwikkel het.

Sy draai die kraan in die badkamer oop en spat yskoue water oor haar gesig. Komaan, Zoë! Jy ken hom skaars! Dit is hoeka nie die eerste keer dat sy met 'n man oor die internet chat nie. Vir wat het hierdie een so 'n houvas op haar? Dit is maar net die hele "alleen op Kersfees"-ding. Donatello het bloot 'n gaping gevul op 'n bitter eensame aand. Hierdie ou is too good to be true en dit behoort haar met gevaarligte te oortuig dat hy waarskynlik getroud is of as 'n psycho gaan uitdraai. Sy ken mos haar geluk met manne. Sy weier dat dié ou hierdie toorkrag oor haar het! Sy gaan haarself nou dwing om terug te klim in die bed en die slaap te kry wat sy nooit deur die res van die jaar kan inhaal nie.

Zoë stap ingedagte terug in die rigting van haar kamer. Sy skrik haar simpel toe 'n hengse slag vanuit Jan-Hendrik se kamer kom. Dit klink behoorlik asof iemand van die bed afgeval het! Twee stemme giggel. O heiland. Zoë wikkel self nou maar gou weer na haar kamer toe en druk die deur sag agter haar toe.

Sy plak haarself vies op die rekenaarstoel neer en wiel van die een kant van die vertrek na die ander. Kyk, die feit dat Jan-Hendrik se sekslewe so floreer laat haar nou nie juis veel beter voel oor haar eie situasie nie. Vir 'n groot aanhanger van Karma verstaan sy net nie hoekom sy op sewe en twintig nog deur die lewe soos 'n verlore herfsblaar in die middel van die somer moet waai nie. Sy staar na haar bed, die bed waarin sy nou weer alleen moet gaan klim, en draai haar weer vies na die rekenaar toe. Miskien is Donatello ook wakker. Miskien kan hy ook nie

17

slaap nie. Het hy dalk dieselfde gevoel as sy? Voel hy ook sy is anders?

Haar vingers voel lomp en sy moet behoorlik drie keer die webwerf intik voordat Internet Explorer dit laai. Tot haar verbasing is daar hierdie tyd van die oggend 'n hele vier en twintig swerwende siele in die chat room. Die name is alfabeties en almal is mans. Dit is nou haar luck. Sy kliek met die muis in die scroll bar en beweeg deur die lys van name af. Sy kan nie glo met watter name sommige van die mans opkom nie. Dié een maak byvoorbeeld geen geheim van sy inches nie. Dan sien sy Donatello op die lysie. Hy's hier! Hy is wraggies hier. Wat is die kans daarvan? Zoë mik om sy naam te dubbelkliek, maar word oorval met venstertjies wat een vir een teen die skerm oopskiet. Deksels! Sy was bang hiervoor. Omdat sy die enigste vrou is, wil die klomp jimpel mans nou almal net met haar gesels. Dit vat haar 'n goeie twee minute om al die boodskappe toe te maak en om uiteindelik weer by Donatello se naam uit te kom. Sy dubbelkliek.

Volksie: Nou toe. Stalk jy my?

Donatello: Nee. O, ek sien jou nou eers. Ek het gou kom kyk of ek 'n boodskap het.

Volksie: Jy's 'n terrible liar.

Donatello: Ek weet. :-)

Volksie: SMG!

Donatello: SMG?

Volksie: Skeur my g*t. Afrikaanse version van LOL.

Donatello: Hm, ek sien.

Volksie: O ja, Merry Christmas, BTW (by the way).

Donatello: Dieselfde vir jou, Volksie! :-)

Volksie: Kan jy ook nie slaap nie?

Donatello: Nee, ek bly rondrol. Baie goed waaraan ek dink.

Volksie: Dink jy darem aan my? :-P

Donatello: Miskien.

Volksie: Wel, ek het nou nie so 'n grand impression gemaak met my dooie hond en als nie, so ek verstaan heeltemal as jy dink ek's weird.

Donatello: Ek dink nie jy is nie. Jy's werklikwaar komies.

Volksie: Luister, jy. Ek vang nie hoë Afrikaans in die daglig nie, hoe dink jy gaan ek cope met jou 3:45 in die oggend? LMAO.

Dontello: LMAO?

Volksie: Laughing my arse off. Afrikaans is LMGA. Jy chat nie baie nie, nè?

Donatello: Nee, nie regtig nie. Ek's te besig by die werk.

Volksie: Let me guess. Met sulke suiwer Afrikaans is jy seker in 'n ghrênt posisie. Wag, laat ek raai!

Donatello: Ek wag in spanning.

Volksie: 'n Dokter? ;-)

Donatello: Nee. Probeer weer.

Volksie: 'n Nuusleser. Jip. Jy lees nuus. Nee, wag . . . nou dink ek jy lyk soos Riaan Cruywagen en dis nie kosher nie. : O

Donatello: Ha-ha. Laaste kans.

Volksie: 'n Gynie! Ek wéét jy's 'n gynie! Myne praat nes jy!

Donatello: Ek's nie 'n ginekoloog nie, nee. ;-)

Volksie: Crap! Het so gehoop jy's een, want myne is so pathetic. Jy sal nie raai wat hy nou die dag vir my sê nie. Dit daar oop en bloot wanneer 'n mens nou professionalism sou verwag!

Donatello: Volksie, ek dink nie ek ken jou genoeg om te wil weet nie.

Volksie: True. True. Skies daaroor. Anyway, as jy 'n goeie gynie raakloop, laat weet my.

Donatello: Ek dink nie ek hoef al ooit met een te gewerk het nie, maar ek sal dit in gedagte hou.

Volksie: Sorry, man. Ek trap altyd oor die tou.

Donatello: Jy bedoel jy trap altyd oor die lyn?

Volksie: Wat's die diffs? :-/

Donatello: "Oor die tou trap" beteken jy's swanger.

Volksie: SMG! Sien jy nou wat gebeur as ek try ghrênt Afrikaans praat! En nee, ek's nie preggies nie. *blush*

Dontello: Geen probleem. ;-)

Volksie: Luister jou pervert! Ek worry nie of jy 'n árk kan bou met jou 14-incher nie! Jy's lekker grootbek, maar ek dink jy's probably een van daai ouens wat nie eens Takalani Sesame kan kyk sonder om te erupt nie! Los my uit of ek raak met 'n snoeiskêr ontslae van daai ding wat jou pla!

Donatello: Ekskuus??

Volksie: O vrek! Sorry. Wrong window. Wag, ek cut en paste gou eers. *still blushing*

Zoë kan voel hoe sy bloos tot teen haar ruggraat af. Hoe gaan staan en verneder sy haar nie nou voor hierdie ordentlike man nie! Sy plak die boodskap in die pervert se venstertjie, druk Enter en blok hom sommer dadelik daarna.

Volksie: Jong, ek's vrek jammer oor daai oepsie. Bleddie man dryf my aand ná aand teen die mure uit!

Donatello: Alles in die haak. Ek dink ek het die skuldige in die aanlyn-lysie gewaar.

Volksie: Jy's so funny!! Wag, nou weet ek. Jy't jouself verraai met "skuldige". Jy's 'n suit! 'n Lawyer of iets! *pats herself on the back*

Donatello: Ek's 'n advokaat, maar jou raaiskote was in elk geval al op.

Volksie: Good to know. So wat's my kanse om 'n restraining order teen "14-duim-paal" te kry?

Donatello: Nie so goed nie, want dis aanlyn.

Volksie: Ag, wat. Ek kan hom handle. Dis so cool. Jy's die eerste lawyer met wie ek ooit chat. :-)

Donatello: Ek is 'n advokaat.

Volksie: Dis mos maar dieselfde ding, is dit nie?

Donatello: Wel . . .

Volksie: Toemaar. Jy kan later verduidelik. Information overload! Het jy toe enige Krismis-prezzies gekry?

Donatello: Nog nie, maar sal seker die een of ander tyd iets van my ouers in die Kaap af kry.

Volksie: Het jy boeties of sussies?

Donatello: Nee, dis net ek.

Volksie: Ditto hier! Ag, ek love Krismis. Ek't so 'n nice scarf van daai plek met Joost se vrou se naam gekry.

Donatello: Amor Vittone?

Volksie: Ja. Ja. Daai Louis Vittone-plek of iets. Die ding is daar gekoop.

Donatello: Louis Vuitton?

Volksie: Potaaato. Potahto. Jy moet my maar verskoon. My motto is: brands are bland. Sal nooit die goed vir myself koop nie. :-(

Donatello: So wie't dit vir jou gekoop?

Volksie: Jy's so 'n mán, weet jy. :-P

Donatello: Ek verstaan nie. Dit was 'n doodgewone vraag.

Volksie: Ja. Whatever. O, voor ek vergeet. Ek het jou gaan wiki ná ons laaste chat.

Donatello: Ek glo nie ek is enigsins op Wikipedia nie. En jy weet dan nie wat my naam is nie.

Volksie: Donatello, man! Die artist!!

Donatello: Ek sien. En wat dink jy van hom?

Volksie: Too many historical facts if you ask me, maar hy't

cool goed gedoen. Dink natuurlik hy was so skeef soos 'n tuinslak.

Donatello: Sedert wanneer is tuinslakke "skeef"?

Volksie: Oh my stars! Kyk jy nie NatGeo nie?! Slakke het mos wedding furniture van albei kante af. Crazy if you ask me! Anyhoo, die dominant slak bespring die slapgat slak en dan moet die ander een ingee en 'n wyfie word. Sick stuff, man! : O

Donatello: Ek kan onthou ons het so iets op skool geleer noudat jy dit noem.

Volksie: Dis nog niks! Swem jy?

Donatello: Ja, hoekom?

Volksie: In die see?

Donatello: Ja, hoekom vra jy?

Volksie: In daai selfde program praat hulle oor walvisse. Trust me on this one. Jy sal nooit weer in die see klim as jy weet wat 'n wálvis daarin doen nie. : O

Donatello: Ek dink ek weet waarheen jy gaan met hierdie storie. Kan ons die onderwerp verander?

Volksie: Blykbaar maak 360 gallon dit nie eens na die wy-fie toe nie! Geen benul hoeveel liter dít is nie! Eeuw!!! *faints*

Volksie: O, sorry, ek sien nou eers jy wil die topic verander.

Donatello: Waarom dink jy Donatello was skeef?

Volksie: Hallooo! Hy't net mans gesculpture en gepaint. Nie 'n enkele vrou wat ek kon raak-wiki nie. En as jy permanently gaan kap en beitel aan male genitals, sal jy mos ook fence jump. Die man was obviously obsessed met Daniël en daai ouens.

Donatello: Dawid. Ek weet nie of ek met jou saamstem nie. In elk geval, weet jy hy was een van die eerste kunste-naars wat 'n vrystaande bronsbeeld in die Renaissance gemaak het?

Volksie: Nope. Nie geweet nie. Weet jy dat 'n rot langer sonder water kan bly as 'n kameel?

Donatello: Ek het dit nie geweet nie. Maar wat het dit met Donatello te doen?

Volksie: Boggherol, maar ek dog ons entertain mekaar met useless facts. Ha-ha. :-P

Donatello: Goed. As jy dit wil speel. Het jy geweet die meeste kunstenaars is linkshandig?

Volksie: Never! Het jy geweet vlermuise draai altyd links as hulle by 'n grot uitvlieg?

Donatello: Wie't jou dit vertel?

Volksie: NatGeo, natuurlik! Wie't jou vertel kunstenaars is almal links? :-P

Donatello: Jy is werklikwaar enig in jou soort.

Volksie: I hate to burst your bubble. Ek's eintlik geclone in die late 70s. Daar's 'n hele klomp van my daar buite. Nou die dag teen een in Woolies vasgeloop. You've been warned!

Donatello: Jy't altyd 'n antwoord op alles, reg?

Volksie: You bet ya!

Donatello: Waar bly jy in elk geval?

Volksie: Ek sien jy wil my stalk! Ha-ha. Jong, naby Roodepoort. Jy?

Donatello: Ek ook. Dis 'n verrassing.

Volksie: Wee' jy. Nou's hier weer 'n boggher wat wil weet of ek sy ma se trourok sal dra.

Donatello: Ekskuus?

Volksie: Hier op die kanaal, jong. Blykbaar een van die dude se fetishes. Trourokke! Hier's soveel weirdos in die plek! Ek het nou die dag een gehad wat wou hê ek moet hom spank terwyl hy mý hoëhakskoene en pantyhose aanhet.

Donatello: Is jy ernstig?

23

Volksie: Ja-nee, my vriend. Dis 'n siek, siek wêreld waarin ons leef!

Donatello: Nou, blok jy die ouens of wat?

Volksie: Asof dit uit die mode gaan. Ek dink ek sal Matchmate se Blokker van die Jaar-award kry as ek so aangaan. Jy's só lucky om 'n man te wees.

Donatello: Hoekom sê jy so?

Volksie: Want daar's waarskynlik meer normale chicks hier rond as die perverts met wie ek moet praat.

Donatello: Daar is maar 'n paar snaakse meisies ook, hoor!

Volksie: O, exciting!! Jy moet vertel! *rubbing hands together*

Donatello: Jy sal my nie glo as ek jou vertel nie.

Volksie: Komaan! Ek't jou vertel van die man in my pantyhose! Try me!!

Donatello: Goed dan. My eerste afspraak was skaars drie maande gelede. Haar skermnaam was Daisy90210. Ná 'n paar weke se aanlyn-gesels het ons albei besluit dis tyd om mekaar te ontmoet en te kyk hoe dinge uitwerk.

Volksie: Soos ons nou maar almal doen, ja. Go on! Go on!

Donatello: Jy sien. 'n Probleem van die aanlyn-kuiers is dat mense nie altyd hul mees onlangse foto's gebruik nie – en soms met goeie rede.

Volksie: I smell disaster!

Donatello: Presies. So, Daisy90210 was toe maklik 30 kilogram swaarder as op die oorspronklike foto wat sy vir my gestuur het. Ek vind toe eers later uit dat dit haar matriekafskeidfoto was.

Volksie: SMG! En toe drop jy haar so vinnig soos 'n bungee cord?

Donatello: Nee, glo my. Ek's nie so oppervlakkig nie. My

ma het my grootgemaak met goeie maniere en ek kon selfs verby die "nuwe" Daisy sien, maar die Winnie the Pooh-pleister op haar voorkop was net vir my die laaste strooi.

Volksie: Nee!!! :-D

Donatello: Ja. Dis 'n prentjie wat ongelukkig vir ewig in my brein ingeëts is.

Volksie: Maar hoekom die pleister?

Donatello: Daisy, kennelik van Pretoria, se verskoning was: "My mô het my gewôrsku ek moenie aan blinde puisies druk nie. Nou sit ek met dié karbonkel op ons eerste date."

Volksie: LOL!!! LOL!!! ROFL!!!

Zoë lag so dat sy amper van haar stoel affoeter. Sy probeer haar in toom hou voordat Jan-Hendrik by die deur inbars. Hy kan partykeer lekker nors wees wanneer hy wakker skrik. Sy vee die trane uit haar oë en tik verder:

Volksie: En tóé drop jy haar soos 'n bungee cord?!

Donatello: Wel, uit beginsel reageer ek nie op Call me-boodskappe nie. Veral nie op twintig of meer 'n dag nie. En daarom het dinge maar doodgeloop.

Volksie: Jong, jy's soos 'n Prozac. Ek voel stukke beter as gister dié tyd.

Donatello: Dis mos maar kuberruimte. Mens kan hier jouself wees en 'n bietjie wegbreek van die werklikheid.

Volksie: Of voorgee dat jy iets is wat jy glad nie is nie.

Donatello: Wel, ek doen nie. Gee jy voor?

Volksie: Miskien. ;-)

Donatello: Hm . . . nee, ek dink nie so nie. Ek het 'n goeie gevoel oor jou.

Volksie: Feeling is mutual. :-D

25

Donatello: Die son kom al amper op. Gaan ons weer probeer slaap?

Volksie: Klink na 'n goeie idee. Ek kan amper nie my oge oophou nie.

Donatello: Ek sien jy't nie 'n foto van jouself gelaai nie.

Volksie: Hoor wie praat. Ek sien ook maar net jou vraagteken. Kom ons maak 'n deal. As ons nog 'n paar keer so lekker kuier, dan stuur ons foto's vir mekaar.

Donatello: Klink na 'n puik idee.

Volksie: En as ons mekaar ooit ontmoet, belowe ek ek sal nie 'n Pooh-pleister aanhê nie.

Donatello: Ek't so gehoop jy sou sê "wanneer" in plaas van "as".

Volksie: Nou goed dan. Wanneer. Dankie vir die chat, D.

Donatello: Ditto.

Zoë kliek die skermpie af en glimlag. Donatello was nou net die tonic wat sy nodig gehad het om deur die volgende paar dae te kom. Dit is nes hy gesê het: mens is baie brawer in hierdie kletskamers as in die regte lewe. Sy weet voor haar siel sy sal waarskynlik nie die helfte van die gesprekke voer as sy die man van aangesig tot aangesig moet aanskou nie. Maar as sy hier voorgee om so 'n sterk persoonlikheid te hê, gee hy nie ook maar voor nie? Wie is Donatello regtig? Sy kry die gevoel dat hy anders kan wees as die gewone ou. Maar kan mens regtig jou instink vertrou oor skerms, sleutelborde en digitale kabels? Diep in haar binneste hoop sy van harte so.

3

'n Trojaanse hings en 'n volbloed-merrie

Die laatoggendsonnetjie skyn warm by die slaapkamervenster in. Zoë skrik wakker en sien dit is al ná elf. Sy is nog redelik deur die slaap en mik so met een oog haar pad badkamer toe. Sy sukkel lomp die deur oop en stap in. Zoë skrik haar wawyd wakker toe 'n wildvreemde kaal man hom voor die stort afdroog. Eintlik is afdroog nie reg nie. Want hy het ook verstar. Die amper twee meter lange beeld van 'n man het spiere op plekke waar Zoë nie geweet het plekke bestaan nie en sy langerige swart hare hang repe oor sy potblou oë. 'n Oomblik staar hulle net na mekaar. Toe pluk hy die handdoek so gou moontlik oor die nodigste dele.

"Jammer," gil Zoë geskok, draai in haar spore om en loop teen die deur vas. Sy gryp die handvatsel verwoed, pluk die deur oop en loop na die kombuis waar Jan-Hendrik met 'n groot smile sit en koffie drink.

"Môre, môre, Jellietot," groet hy vriendelik. "Jy lyk asof jy 'n spook gesien het!"

"As dit maar net 'n spook was," sug sy en plant haarself in 'n stoel oorkant Jan-Hendrik. "Kan ons die onderbroekreël vir die badkamerdeur ook laat geld?"

"O crap," lag Jan-Hendrik terwyl hy vir haar 'n koppie koffie skink. "Jy't vir Troy ontmoet?"

"In al sy glorie, ja."

"En wat dink jy?" giggel Jan-Hendrik stout. "Hy's 'n dish, nè."

Zoë bloos nog steeds. "Hy's meer as 'n dish. Hy't genoeg vir 'n six-course meal."

Jan-Hendrik skater van die lag, buk oor en soen vir Zoë teen haar voorkop. "Dis hoekom ek so lief is vir jou! Merry Christmas, Jellietot!"

"Jy ook, meneer! Obviously het jy al klaar Kersfees op 'n goeie noot begin."

Jan-Hendrik se glimlag spreek boekdele. Hy en Zoë is reeds van kleintyd af vriende. Vandat hulle in graad een langs mekaar op die skoolbank beland het, was daar 'n spesiale band tussen hulle – waarskynlik omdat albei effens anders was. Jan-Hendrik het nie juis seunsmaats gehad nie, terwyl Zoë nooit belanggestel het in die goed wat meisies van haar ouderdom wou doen nie. Sy herinner Jan-Hendrik gereeld aan daardie eerste keer wat hy by haar kom speel het. Sy is kombuis toe om vir hulle koeldrank te gaan haal en toe sy terugkom in haar kamer, het Jan-Hendrik elkeen van haar Barbie-poppe in blink aandrokke aangetrek. "Vir die Miss Universe-kompetisie," het hy ernstig aan haar verduidelik. Zoë was dus glad nie geskok toe Jan-Hendrik op sewentien sy groot geheim aan haar verklap het nie – al was hy 'n aantreklike, fris man en baie gewild onder die meisies.

Troy maak keel skoon en kom skaam die kombuis ingestap.

"Come sit," nooi Jan-Hendrik en wys na 'n stoel waar sy koppie koffie reeds stomend vir hom wag. "Troy, this is my housemate, Zoë."

"We've met," sê die vleispaleis skaam en neem sy sitplek sonder om oogkontak met Zoë te maak.

"Nice to meet you, Tril . . . Troy!" strompel Zoë. Sy vlam van voor af bloedrooi. Jan-Hendrik sukkel om sy lag te hou. "Merry Christmas."

Troy glimlag vir haar en wens haar ook 'n geseënde Kersdag toe.

28

"So wat's jou planne vir die dag, Jellietot?" verbreek Jan-Hendrik uiteindelik die ongemaklike stilte.

"Ek, wel . . . gaan vanaand by Taryn-hulle eet. Maar verder het ek geen planne vir die dag nie. Ek het gister vergeet om 'n houthouer vir Boom se as te kry." Zoë sug. Nou sal dit moet wag tot oormôre.

"Boom was her pet," verduidelik Jan-Hendrik aan Troy wat steeds na sy voete staar. "We loved him as our own child."

"Oh, yes," maak die mooi man weer keel skoon, "Jan-Hendrik told me. I'm sorry to hear about that."

"It's okay," sê Zoë. "He died of old age. Had a full life. It could have been much wors . . . wórse!"

Jan-Hendrik ruk soos hy lag, maar maak geen geluid nie.

Zoë voel heeltemal te ongemaklik en spring op. "Kan ek maar stort?"

"Natuurlik," glimlag Jan-Hendrik. "Onthou om die deur te sluit!"

* * *

Kersaand staan Zoë in die kombuis van uncle John en auntie Patsy Davidson. Taryn is hul enigste dogter en was een van haar heel eerste kliënte toe sy destyds met die jogading begin het. Hulle is sedert daardie dae al goeie vriende. Die Davidsons het vir Zoë byna as hul eie aangeneem en na elke verjaardag, troue, doop en selfs begrafnisse word Zoë ook genooi. Uncle John sit rustig in die sitkamer en pyp rook terwyl auntie Patsy heen en weer van die kombuis af na die eetkamer draf om die tafel gedek te kry. Zoë en Taryn is in die kombuis besig om slaai te maak.

"My ma dryf my teen die muur uit," fluister die vyf en twintigjarige donkerkop toe haar ma om die hoek verdwyn.

"Nou vir wat?" vra Zoë terwyl sy die slaaibak aangee.

"Kleinkinders, jong!" sug Taryn, draai haar lang hare in 'n losse-

29

rige bolla en maak dit vas met 'n rekkie. "Bloody hell. It's hot."

"Dit is nogal," beaam Zoë, maar sit weer die vorige gesprek voort. "So hulle druk jou om te trou?"

"Dis wat mens kry as jy die alleen-dogter is," sug Taryn en begin die blaarslaai loswikkel. Zoë was nog altyd mal oor Taryn se Afrikaanse aksent en hoewel sy haar moet reghelp met haar grammatika, is dit soms so snaaks. Dan laat sy dit maar deurglip.

"Ek hoor wat jy sê!" lag Zoë en sny die groenrissie in fyn repies. "Is jy al gereed vir so iets?"

"Oh for heaven's sake, no! Ek wil my opsies oophou. Heeltemal te lekker visse in die see as om nou met een opgeskip te sit. Ek sê mos: 'Beproef almal en behou die goeie!'"

"So, wat het van Richard geword?" vis Zoë uit. Sy was seker Richard sou die ou wees wat Taryn se hart gaan steel.

"Richard," begin haar vriendin, "wel, ek hou regtig van Richard, maar ek weet nie. Kom ons sê net hy – "

"Did you take the turkey out of the oven, dear?" bars auntie Patsy by die deur in.

"Not yet, mum."

"Ag, ek moet ook altyd alles doen!" sug die ou tannie en storm na die oond met die handskoene. "Zoë-kind, waar is Jan-Hendrik vanaand?"

"Hy en 'n vriend is uit, auntie Pats," glimlag Zoë. "Hy stuur groete!"

"Wat 'n oulike seun is hy nie," sê auntie Patsy en sit die kalkoen op die kombuistafel neer. "Now that's the kind of man I can see my Taryn with!"

"You see me with a gay man, mum?" Taryn rol haar oë.

"No, Pebble," lag haar ma, "not his sexuality, his personality!"

"Whatever," sug Taryn en skud haar kop toe haar ma weer die vertrek verlaat. "See?!"

"Terug na Richard," herinner Zoë haar. "Hy't nogal lank gehou. Sien julle mekaar dan nie meer nie?"

30

"Dog jy't die gesprek vergeet."

"Never in a million years!"

"Okay, okay!" sê Taryn en praat dadelik sagter. "Hy was hot en alles wat 'n vrou kon begeer."

"Ja?"

"Maar . . ." Taryn bloos effens terwyl sy die croutons in die slaaibak gooi.

"Ek luister."

"Zoë, we've known each other for a few years now, but there's something you don't know about me."

Zoë trek haar oë asof sy die groen lig gee om die gesprek voort te sit.

"I love sex. L-O-V-E it!" fluister Taryn en loer of haar ma inkom.

"So?" vra Zoë gou.

"Like a lot," probeer Taryn weer, maar sien geen teken in Zoë se oë dat sy die vaagste benul het waarvan sy praat nie. "Ek dink soms ek is verslaaf aan seks! Kry nie genoeg nie."

Zoë verstik in haar eie spoeg en vlam sommer bloedrooi om albei se onthalwe.

"Daar het jy dit," sê Taryn en trek die fetakaas nader. "Richard kon nie altyd met my needs byhou nie."

"So jy wil vir my sê ouens kan nie by jóú byhou nie?" vra Zoë geskok. Sy't in haar lewe nog nie van so iets gehoor nie.

"Hey, Zoë," verdedig Taryn haarself. "Some girls just love embracing their own sexuality. I can do it seven times a day!"

"What can you do seven times, dear?" vra auntie Patsy onverwags agter hulle. Zoë laat glip 'n skril gilletjie, maar Taryn gooi sommer dadelik 'n "Go for a twinkle, mum" om die situasie te ontlont.

"Oh, goodness me," lag auntie Patsy en tel die kalkoen weer op. "That's a Davidson's family thing, Zoë. Ons klomp kan piepie vir die Olympics!"

31

"O . . . regtig?" is al wat Zoë kan uitkry, maar auntie Patsy is al klaar om die hoek met die kalkoen.

"En wat van jou, juffrou?" gooi Taryn die bal na Zoë toe.

"Wat van my?" vra Zoë asof sy nie die afgelope paar minute in die geselskap was nie.

"Jy kan probably vir my 'n thing or two leer van yoga in die bed!" lag Taryn.

Zoë kyk af na die kombuistoonbank en sug. "Nie regtig nie. Ek weet eintlik net die basics."

"Jy jok!" sê Taryn gemaak geskok.

"Onthou jy vir Dirk?"

"Die Hell's Angel?"

"Jip. Wel, hy was my eerste," erken Zoë verleë.

"No!" gil Taryn.

"Hy was," sê Zoë en verstaan nie hoekom sy voel sy moet haar maagdelikheid verdedig nie. Taryn se oë is groot. "Hoekom vertel jy my dit nou eers?"

Zoë haal haar skouers op.

"Well, I've always imagined you with someone like him! Now you just find me a new bad boy." Taryn glimlag stout.

"Dis die ding," sê Zoë en byt haar lip vas. "Ek het ook nog altyd gedink ek en die bad boys pas goed saam."

"Maar?"

"Maar ek weet nie meer so mooi nie. Ek het onlangs iemand ontmoet. En hy's glad nie so nie."

"Vertel," hits Taryn haar aan. "Is hy hot en edible?"

Zoë lag. "Nee. Ja. Ek weet nie. Jy sien, ek het hom nog nooit . . . in lewende lywe ontmoet nie."

'n Verwarde uitdrukking skuif oor Taryn se gesig. Of sy ooit weet wat "in lewende lywe" beteken, is 'n ope vraag.

"Op die internet. Ons chat lekker, maar ek ken hom skaars," beantwoord Zoë die onuitgesproke vraag in haar oë.

"Zoë," waarsku Taryn grootoog. "You don't wanna go there."

"Dis heel onskuldig," verdedig Zoë, "en ons chat net."

"Daarso is many psychos op die net . . ."

"Ek wéét, Taryn! Ek's nie meer 'n tiener nie!"

"En my grootste probleem met die internet is die lack of pheromones," verduidelik Taryn net toe haar ma weer instap.

"Dinner is ready," kondig auntie Patsy aan en haal die botteloopmaker uit die laai. "Ons drink vanaand van daardie lekker Stellenbosse rooiwyn waarvan jy so baie hou, Zoë."

"Thanks, auntie Pats," bedank Zoë haar.

"We're coming, mum," sê Taryn gou. "Just finishing up here."

Auntie Patsy is nog nie eens in die eetkamer nie toe Zoë die gesprek voortsit. "Van watse pheromones praat jy?"

"Honey," fluister Taryn dadelik, "het jy al in 'n plek ingestap en dan ruik daai manne so lekker dat jy sommer net there and then een wil gryp?"

"Nee," antwoord Zoë doodeerlik. "So dis 'n aftershave-ding?"

"Nee, Zoë," sug Taryn en skud haar kop in ongeloof. "Dis die man smell. Body odour! Partykeer sit ek in die movie en ruik hulle. Ek raak dan so lus vir hom en as ek omdraai, is hy nie eens regtig aantreklik nie. Maar dis die pheromones! But sometimes, jy sien iemand hot van ver af, maar hy het nie 'n smell waarvan jy hou nie. Diere is hipersensitief vir dié goed."

Soms voel Zoë asof sy eerlikwaar van 'n ander planeet af kom wanneer sy met Taryn praat.

"Bokkie, dis human instinct."

"En dis hoekom die internet nie vir jou werk nie?"

"Exactly! Het jy al dié nuwe man geruik?"

Zoë skud haar kop. "Ek sê dan ek het hom nog nie eens ontmoet nie! Maar ek belowe jou ek laat weet jou sodra sy reuk my omboul." Sy kan sommer sien hoe sy met 'n eerste afspraak die man besnuif, en giggel saggies.

"Pebble! Zoë!" kom die stem uit die eetkamer. "Die kos word koud!"

"Ons kom!" roep Taryn en tel die slaaibak op. "Al die man's talk het my sommer nou weer lus!"

Zoë skud net haar kop en lag terwyl sy vir Taryn na die tafel en die Kersmusiek volg.

Nadat uncle John amper drie minute lank gebid het, trek auntie Patsy die borde nader en begin van die kalkoen opskep. Zoë is lief vir dié gawe mense met al hul dinge. Uncle John bid byvoorbeeld altyd vir die minderbevoorregte kinders in Somalië. Nooit vir enige ander kinders van enige ander land nie. Dit is nét Somalië wat blykbaar onder hongersnood gebuk gaan. Sy lag skielik en almal om die tafel kyk vraend na haar.

"Sorry," maak Zoë verskoning, "I was just thinking about something."

Auntie Patsy kyk vir haar glas en berispe dadelik vir uncle John: "Now, Pooh-bear, moet ek nou die wyn ook vir die mense inskink?"

Waar auntie Patsy aan al haar byname kom, gaan Zoë se verstand te bowe. En hoe haar gesinslede weet met wie sy praat, is steeds iets wat sy probeer uitpluis sedert sy die eerste keer in die huis ingestap het. Sy is self ook al Pooh-bear genoem.

'n Ruk later sit elkeen met 'n glas wyn en 'n groot bord kos. Zoë kan nie onthou wanneer laas sy 'n ordentlike bord gekookte kos gehad het nie. Sy's definitief van plan om weer te skep!

"So, jy wil nie saam met ons see toe kom nie, Sunshine?" vra auntie Patsy nadat sy 'n sluk wyn gevat het.

"Ek kan nie, auntie Pats," glimlag Zoë. "My jogakliënte het my nodig en die werk is maar besig so vroeg ná Nuwejaar. Ek weet mos julle bly altyd nog 'n week in Januarie by die see."

"Hoekom los jy nie net die werk by daai ou winkeltjie en gaan heeltyds in die jogading in nie, my ou blommetjie?" Ook uncle John en Taryn kyk nou aandagtig na Zoë.

"Dis nie so maklik nie," begin Zoë. "Dis 'n groot commitment, en ek . . ."

Al drie wag in spanning vir haar om klaar te praat en sy soek die regte woorde. Zoë haat dit om in hierdie posisie te wees. Natuurlik is dit haar grootste droom om haar eie studio te hê. Om heeltyds te doen waaroor sy mal is. Maar daar was nog altyd iets wat haar keer. Om daardie stap van geloof te neem en uit haar gemaksone te tree, is makliker gesê as gedaan. Sy is immers net realisties. Mens kan nie sommer net alles los en agter 'n droom aanhardloop nie. Haar impulsiwiteit het haar al veels te veel kere in die pekel laat beland.

"Anytime when you're ready," glimlag Taryn en Zoë besef hulle wag nog vir 'n antwoord.

"Dis net nie maklik nie. Ek het baie dinge om eers uit te sorteer." Sy probeer oortuigend klink.

"Ek het jou al 'n thousand times gesê dat jy dit moet doen, Zoë." Taryn praat terwyl sy haar vurk met slaai laai. "Do you think I'll have this body if it wasn't for you? You're good at this!"

"Dankie, Taryn. Maar soms help dit nie net om goed te wees nie."

"Nee, toemaar," sug auntie Patsy. "Ek verstaan, my poplap. Jy wil dalk net eers settle en weet daar is 'n man wat kan sorg. Sodra daar stabiliteit in jou lewe is, kan jy so 'n kans vat."

Zoë is skielik totaal gegooi hierdeur. Is dít hoe sy voel? Wag sy nog altyd net vir 'n man om hierdie stabiliteit te voorsien? Sy't nog nooit daaraan gedink nie, en dit laat haar weer van voor af wonder. Dit is mos nie hoe sy is nie. Van wanneer af beplan sy haar lewe rondom die idee van 'n man en nie net vir haarself nie?

"How is the love life?" praat uncle John die eerste keer vandat hy gebid het.

"Ag nee, regtig, julle," vererg Taryn haar. "Nou begin julle met Zoë ook?"

"Dis nie goed om alleen te wees nie, my kind," steek auntie Patsy dieselfde preek af wat al holrug gery is in die Davidson-huis.

"Mum!" raas Taryn. "Times have changed. Women are more independent now. Ons trou nie meer om dieselfde redes as julle destyds nie."

"Zoë," glimlag auntie Patsy en ignoreer haar dogter. "What do you think about relationships? Still keen to meet Mister Right?"

Zoë soek vir die antwoord tussen die ertjies op haar bord en kyk op: "Ek glo aan Mister Right, auntie Patsy, maar nie nood-wendig aan Mister Right Now nie. Ek's nie desperate of iets nie."

"You see!" ondersteun Taryn haar. "Until death do us part is a long long time, mum."

Daar heers 'n ongemaklike stilte om die tafel. Zoë is egter te besig met haar eie selfondersoek om daarna op te let. Wat as sy om die verkeerde redes mal is oor Donatello? Is hy die legkaartstuk wat gaan maak dat haar hele lewe in plek val? Is hy haar Mister Right Now? Hoe kan sy ooit eens so ver dink? Sy het hierdie man nog nie met 'n oog gesien nie. Dit is absurd! En boonop leer sy nou nog van feromone ook vanaand. Wat as hy aantreklik is en sy hom nie aantreklik vind nie? Of as hy nie lekker ruik soos Taryn verduidelik het nie? Hoekom weet sy nie hierdie goed nie? Dirk was Dirk en seks was seks, maar sy was nooit verslaaf daaraan nie. Skort daar iets met haar? Hoekom kon die lewe nie met 'n verdomde manual of iets uitkom nie?!

"Dessert?" onderbreek auntie Patsy haar gedagtegang.

"Dit sal lekker wees," antwoord sy en Taryn gelyk.

Dit help nie jy dink nou oor hierdie goed nie, raas Zoë met haarself. Geniet liewer die aand, want vannag is daar baie tyd. En soos sy haarself ken, sál sy tot ounag toe lê en tob oor hier-die goed.

4

Klein duimpie

Die pad na Hartbeespoortdam is lank en besig. Hoewel die dokter vir Hettie Basson aangeraai het om lang ritte in haar laaste trimester te vermy, steur sy haar nie daaraan nie. Sy gaan nou glad nie alleen in haar reusehuis sit en wag vir die baba om eendag te kom nie. Hettie is een van Zoë se nuwe jogakliënte wat op aanbeveling van 'n ander vriendin by Zoë se deur kom aanklop het vir hulp tydens haar swangerskap. Sy werk nie en soms dink Zoë sy doen die joga bloot omdat sy eensaam is.

Soos afgespreek, sit Zoë langs Hettie in haar splinternuwe Pathfinder. Hulle is op pad Hartbeespoortdam toe. Hettie wou niks daarvan hoor dat Zoë op Tweede Kersdag alleen by die huis bly nie. Zoë het tot laatnag by Taryn gekuier en wonder bo wonder nie 'n oomblik weer oor haar studio óf Donatello gedink nie. Sy het vroeg wakker geword, haar joga gedoen en nou voel sy nogal opgewonde oor die dag saam met Hettie.

"Nee, jong," lag Hettie, "toe hy sy broek begin losmaak, worry ek seriously, maar die volgende oomblik draai hy om, pluk sy onderbroek af en daar staan my naam in sierskrif op sy linker-boud geskryf!"

Zoë ruk soos sy lag. Dit is die eerste keer dat Hettie haar van hierdie boyfriend uit haar universiteitsdae vertel.

"'n Regte tattoo?" roep Zoë geskok uit.

"So genuine soos wat hulle kom, girl!" sê Hettie en gaan aan met haar storie. "Hier staan Dewald met sy een oop butt cheek in my gesig in die middel van 'n posh restaurant en raai wat is in sy hand?"

"Ek's te bang om te vra."

"'n Ring, Zoë! 'n Donnerse trouring!"

Zoë kan nie meer asem kry nie en die trane rol uit haar oë. "En toe sê jy ja?"

"Natuurlik nie!" sê Hettie half in die gesig gevat. "Hy was eerstejaar. Ek was derdejaar. Hy't net hierdie crush op my gehad en niemand weet waarom nie!"

"En toe sê jy nee?" vra Zoë en kan nie help om te wonder oor die tattoo wat vir ewig ingepen is in die arme man se agterwêreld nie.

"Of course, maar moenie worry nie," vertel Hettie verder, "sy hart was nie té lank gebreek nie. Ses maande later is hy met 'n ander girl getroud! Sy was nét so weird soos hy!"

"Maar wat dan van – "

"Die tattoo?"

Zoë glimlag breed. "Jy lees my gedagtes, Hettie."

Hettie bars uit van die lag. "O vrekkit, nee! Ek het gedog ek sal nooit weer sy gat sien nie, maar eendag terwyl ek en drie pelle koffie drink, kom staan hy weer netjies voor my, deel ewe pronkend die nuus mee dat hy nou getroud is en laat net daar en dan sy broek wéér sak. In die middel van die spul mense!"

Zoë se mond val letterlik oop. "En?"

"En daar staan nou oor twee butt cheeks gesierskrif: *Ek Hettie iemand anders as jou lief nie, Christel!* Sy hele gat vol!"

As Zoë nie twintig minute gelede by die Caltex-badkamer ingeloer het nie, was dit nou te laat. Sy lag so dat sy letterlik opgekrul op die sitplek lê.

"Turn left at the next exit," kondig Hettie se Garmin aan in 'n aksent wat Zoë amper nie kan uitmaak nie.

"Don't even ask," rol Hettie haar oë. "Bleddie ding het vasgehaak op 'n Skotse aksent en ek het weer die manual weg-gemoer!"

Sy draai links en oomblikke later lê die Hartbeespoortdam voor hulle.

'n Paar uur later staan Zoë in Hettie se reuse swembad en kyk na al die aktiwiteite op die dam onder haar. Die vorige keer wat sy hier was, was daar net 'n paar mense wat gewaterski het. Dit was ook 'n goeie vyftien jaar gelede. Zoë kyk terug na die indrukwekkende huis waarin hulle vanaand bly. Hettie het dit ook uit haar skeisaak gebuit en sy maak seker sy gebruik álles wat sy uit die onderhan-delings kon kry. Zoë dink skielik aan Donatello. Sy't hom nie eens laat weet dat sy saam met Hettie Harties toe kom nie. A nee a, hoor sy haarself redeneer, vir wat moet jy jou doen en late aan 'n man verduidelik? Sy wonder darem of hy ook aan haar dink.

Zoë gewaar eers Hettie se hoogswanger lyf en toe die ken-merkende rooi hare toe sy nader gestap kom. Sy dra 'n groen kostuum met 'n slangvelmotief en met haar magie lyk sy be-hoorlik soos 'n slang wat pas 'n volstruiseier ingesluk het. Dit is waarskynlik wat die buuromie ook dink terwyl hy haar oor die kort wit heining aangaap.

"Ja," sê Hettie bot na sy kant toe, "my baby kom binnekort, wanneer kom joune?"

Die ou oom gooi haar 'n vuil kyk en stap vererg die huis in.

"En daai noem mens nie 'n Speedo nie," skree Hettie agterna voordat sy die water instap. "Daai is 'n Speedon't!"

Zoë skud net haar kop. Hettie Basson is nie iemand wat jy as vyand wil hê nie.

"Het iemand al vir jou gesê jy's highly entertaining?" vra Zoë.

"All the time!" lag Hettie en gaan lê op haar rug in die water. "Thanks dat jy saam met my gekom het!"

"Dankie dat jy my genooi het," bedank Zoë haar vriendelik. "Dis so mooi hier."

"Wel, dis nie so lekker as jy dit alleen moet doen nie," sug Hettie.

"Wat van jou ma-hulle?" vra Zoë.

Hettie dryf nader aan Zoë. "Nee wat. Ek is alleen in hierdie pregnancy, girl. My ma-hulle wil niks met my te doen hê nie."

"Hoekom?" vra Zoë versigtig. Sy is steeds bang sy krap in Hettie se slaai.

"Hulle sê ek kan nie 'n baby alleen grootmaak nie. Te onverantwoordelik en al daai stuff."

"Dis sommer bog," lug Zoë haar mening. "Ek dink jy gaan 'n great ma wees!"

Hettie glimlag. "Dan is dit net ek en jy in hierdie wêreld wat so voel, maar genoeg van my dramatic life. Hoe gaan dit met jou?"

"Dit gaan goed," lag Zoë en kyk weg. Wragtiewaar. Moet sy al weer oor haarself praat?

"Jy praat nie baie oor jou love life nie," sê Hettie en loer oor haar boepie in Zoë se rigting. "Is daar iemand?"

"Nie regtig op die oomblik nie."

"Hoekom nie?"

"Wag vir die regte een, I guess," herhaal Zoë haar ou verskoning teenoor die hoeveelste mens. "Ek's nie soos baie ander girls nie. Spring nie uit een verhouding in 'n ander een in nie. Daar was actually nog net een long-term lover."

Hettie kom dadelik regop en al haar aandag is gefokus op Zoë. "Één?"

"Ja," glimlag Zoë, "nogal 'n Hell's Angel."

"O, ek het geweet jy's een van daai girls wat vir die bad boys ingaan!" kondig Hettie trots aan.

Zoë lag verleë. "Jy weet, Hettie, ek het ook altyd so gedink, maar miskien was ek verkeerd. Bad boys is cool en als, maar hulle sukkel maar om jou soos 'n regte girl te behandel."

"Jy bedoel die blomme en stuff?" vra Hettie aandagtig.

40

"Nee, die manier hoe hulle aan jou vat. Hoe hulle met jou praat. Al daai dinge."

"Wel," lug Hettie haar mening, "hulle kan dalk losers wees op daai gebied, maar sulke bad boys kan die res van die nerds 'n ding of twee leer van witwarm sssex!"

"Jy dink?" glip dit uit en Zoë kyk dadelik weer weg.

"O," begin Hettie, "ek wéét sommer hier is 'n lekker storie! Jy sal moet vertel!"

"Ag, dit maak nie saak – "

"Zoë!" waarsku Hettie en krul haar lip asof sy gaan begin snik. "Vertrou jy my nie genoeg om jou lewe met my te share nie?"

"Ag, oukei dan!" sê Zoë en lag. "Hou nou maar op. Ek haat guilt trips!"

"My Shrek pussycat face works like a charm. Every time!" spog Hettie.

"Dis 'n lang storie," probeer Zoë haar van stryk bring.

"Honey, ons is by Harties. You don't see me going anywhere anytime soon!"

"Oukei, Dirk was my eerste."

"Jou eerste boyfriend?"

Zoë haal diep asem. "Wel, my eerste in baie opsigte."

"Jy jok!" sê Hettie geskok.

"Wil jy hoor of nie?" dreig Zoë. Hoekom reageer almal dees-dae so flippen geskok? Dit is mos nie asof sy só oud is nie!

"Sorry," maak Hettie hewiglik verskoning. "Jou eerste spyker. Gaan aan."

"Hettie!"

"Sorry again!"

"Ek was vyf en twintig. Dit was 5 Mei 2005, die dag van die vywe. Dit was ook die dag toe ek die eerste keer deur die polisie opgelaai is omdat ek saam met 'n paar aktiviste die ingang van 'n McDonald's versper het."

Hettie se oë rek.

"Die oorlog in Irak het swaar op my hart gerus en ek moet self erken ek sou waarskynlik nie in die tronk beland het as ek nie met daai reusekartonmissiel op my rug op my Vespa gespring het en probeer wegjaag het van die polisie nie. Maar, mens leer tog uit jou foute."

"Totally!" stem Hettie met 'n proes-lag saam.

"Terwyl ek toe mos by die polisiestasie die laaste papiere teken, hoor ek hoe 'n man hier langs my 'n verklaring aflê. Ek het onmiddellik van sy voorkoms, en veral sy hardegat houding, gehou."

"Was hy hot?"

Zoë knik. "Hy was 'n lang, sterkgeboude man met 'n bokbaard en oorring in sy linkeroor. Hy het 'n bandana en 'n swart leerbaadjie gedra en sy prominente haakneus het die prentjie mooi afgerond."

Hettie tel haar hande uit die water en waai haarself koud. "Totally my type! Go on!"

"Ek was gefassineer. Sy naam was – is seker nog steeds, die duiwel sorg vir sy trawante – Dirk Dreyer en hy't blykbaar aspris heen en weer met sy Harley-Davidson oor sy bure se grasperk gejaag. En dit was nie sommer só 'n grasperk nie, dit het glo al op Keith Kirsten se TV-tuinbouprogram en in die *Garden & Home* verskyn."

"O, ek like hom sommer nóg meer!"

"Dirk het gemeen dat die bure hom aanhoudend geteister het omdat hy sy motorfiets soggens te hard aan die gang skop. Die polisieman aan diens het foto's van die bure se verwoeste grasperk voor hom neergegooi. 'Shit,' het Dirk ontsteld gesê terwyl hy die volkleurfoto voor hom dopgehou het, 'ek't 'n spot gemis!'"

"Tien uit tien, Dirk!" lag Hettie. "En toe gryp jy hom net daar en dan?"

"Nee, Hettie!" keer Zoë. "Nog nie. Ek het uitgebars van die

lag, maar wou my kop tussen my bene wegsteek toe die man omkyk. Die koeël was deur die kerk. Dit was soort van love at first sight."

"En toe gryp hy jou?" vis Hettie opgewonde uit.

"Nee, nog nie! 'n Uur later het ons in 'n Hell's Angels' bar gesit en stry oor wie die grootste boete daardie dag gekry het."

"En daarna . . ." begin Hettie.

"Ja, Hettie, toe gryp ons mekaar!"

"En?! Komaan, Zoë, vertel! Dis nog altyd 'n fantasy van my."

"Wel, dit was . . . orraait," sê Zoë verleë.

"Orraait?!" snak Hettie na asem. "Orraait?! 'n Uitgegroeide bul van 'n man met muscles waar die meeste ouens net van kan begeer en jy vind dit orrááit?!"

Zoë loer na die watervlak en sug. "Jy weet wie's Jan-Hendrik?"

"Jou gay huismaat?" vra Hettie verward. "Nog nie ontmoet nie, maar wat het hy met die prys van Easter eggs te doen?"

"Wel, hy het meer ondervinding van dié soort ding gehad en ek het hom eendag om raad gevra. Dirk wás after all my eerste kêrel en ek wou seker maak dat ek nie net neuroties was nie."

"O donner," sê Hettie bekommerd. "Ek ruik 'n rot!"

Zoë skets die inhoud van die onthullende gesprek daardie einste aand. 'n Stukkie dialoog wat sy nooit sal vergeet nie. Vir Hettie voel dit asof sy na 'n greep uit 'n fliek sit en kyk – 'n toneel waarin Jan-Hendrik en Zoë die hoofkarakters is.

"Ek wil jou iets vra," sê Zoë skugter.

"Wat skort?" vra Jan-Hendrik ernstig en gaan sit beskermend langs haar.

"Dis presies wat dit is: iets skort," antwoord Zoë.

"Laat ek raai, die mushroom het nie genoeg bemesting gehad nie."

Zoë lag, maar het geen benul waarvan Jan-Hendrik praat nie.

"Die skilpad was te skaam?" probeer Jan-Hendrik weer.

43

"Jan-Hendrik, ek verstaan nie – "

"Goeie magtig, Jellietot," sug Jan-Hendrik moedeloos. "Is sy meneer die size van 'n gebruikte uitveër?"

"Wel," begin Zoë, "wat's normaal? Jy weet mos."

"O nee, magtig, gooi my met 'n syfer!" Jan-Hendrik is die ene afwagting.

"Vyf, ses sentimeter?"

"Jy meen inches?" help hy gou reg.

"Nee, sentimeter!" Zoë is op die daad vies.

"My liewe mens, dis 'n total disaster! Jou arme ding! Is jy seker jy meet reg?"

Zoë twyfel 'n oomblik en frons. "Hm . . . dalk sewe. Nee, kan nie meer as ses wees nie."

"En Jan-Hendrik se woorde daardie aand was genoeg om my te laat besef dat daar ander, groter visse in die see is!"

Hettie lag so dat Zoë dink sy gaan nóú verdrink.

Zoë voel skoon verleë. "Kom ons gaan uit. Ek kry nou koud."

"Oukei! Oukei," praat Hettie tussen haar histerie deur. "Ek ook. Ek's seker as ons mans was, het ons nou soos Dirk gelyk!"

"Sies vir jou!"

Hulle stap na die handdoeke en draai dit styf om hulle.

"Kom ons gaan stort en eet. Ek's bleddie honger," maan Hettie.

"Goeie idee," glimlag Zoë.

"Maar ek wil alles verder van Dirk hoor!" lag Hettie weer van voor af.

'n Ruk later sit die twee in die bekende Squires on the Dam. Hettie smul heerlik aan haar steak. Zoë geniet haar kraakvars slaai en kan nie glo hoe honger sy is nie. Soos belowe, is die gesprek terug by haar en Dirk.

Hettie sluk 'n groot stuk steak af en glimlag half ongelowig.

"So jý, Zoë, wat vir die hele wêreld 'n plekkie in jou hart het, los toe nou vir Dirk oor sy mushroompie?"

Zoë sit dadelik haar vinger op haar mond en wys vir Hettie om sagter te praat. "Nee, Hettie. Heng, so shallow is ek darem ook nie."

"Nou vertel my dan," gaan Hettie voort. "Just so you know, ek's nou heeltemal afgeskrik van sulke mans en gaan van nou af dink almal van hulle lyk so!"

"Ons het probeer," verduidelik Zoë. "Amper twee jaar lank. Maar dinge het net meer en meer uitmekaar begin val. Hy het my soos sy eie trofee behandel as sy pelle by was en heel beledigend en af en toe selfs gewelddadig geraak as hy begin drink het."

"Het hy jou ooit – " vra Hettie grootoog.

"O, hy moes probeer het om my te slaan," val Zoë haar vererg in die rede. "Ek sou die bietjie wat hy gehad het met 'n stomp mes afgesaag het!"

"Mooi so!" lag Hettie. "That's my girl!"

"Ek dink ek het eenvoudig te hard probeer wees wat ek gedink het hy wou hê. Hy't ook altyd sy neus opgetrek vir my joga. Dit 'airy-fairy' genoem en gesê ek was mal om van my eie studio te droom."

Dirk is al so lank uit haar lewe, maar sy argumente het nog steeds 'n uitwerking op haar.

Hettie roep die kelner nader vir nog 'n lemoensap. "So, hoe breek mens op met 'n Hell's Angel?"

Zoë speel 'n oomblik met die groen servet op haar skoot en lyk behoorlik skuldig. "Ek het die oudste cliché in die boek gebruik."

"Die 'It's me not you'-een?" vra Hettie.

"Einste!" Zoë skaam haar van voor af. "Ek het vir hom gesê dit werk nie, maar toe vra hy of my vibrator stukkend is."

"Die vark!" roep Hettie kwaai en besef dan die hele restaurant

45

staar na hulle. Sy loer dadelik weer vir haar steak en vervolg dan sagter: "Ek hoop jy't hom goed in sy moer gestuur!"

Zoë knik. "Ek het hom mooi vertel wat ek van hom dink. En dit was die laaste sien van meneer."

Hettie swaai haar steakmes gevaarlik in die lug. "Mans! Ek sê vir jou, hulle is almal bliksems!"

5

Die lemoen

Zoë plaas Boom se nuwe trommel op die lessenaar neer en gaan sit voor haar Mac. Wat 'n dag! Sy het hopeloos te laat saam met Hettie van Hartbeespoortdam af teruggekom en toe moes sy holderstebolder vir Boom 'n nuwe houer gaan soek. Haar voete is afgeloop, maar die vars lug het wondere vir haar verrig. Sy meld aan op Matchmate en tik vir Donatello 'n boodskap. Vandat Hettie haar kom aflaai het, kon sy die man om die een of ander rede nog nie weer uit haar gedagtes kry nie.

To: Donatello
From: Volksie
Subject: Die lemoen

Liewe jy

Jy't seker gewonder wat van my geword het. Of altans, ek hoop so. Was saam met 'n vriendin Harties toe. Net lekker gechat. Het my die wêreld se goed gedoen. Ek is vanmiddag dorp toe. Sommer met die Vespa gery. Het jy geweet ek het 'n Vespa? My bietjie wat ek doen om die environment te red. Ha-ha. Anyhoo, ek het vir Boom 'n ander trommel gaan koop. Die mense by die plek het vir my laas week 'n glashouer gegee en as jy my track record

47

ken met glasware, sal jy my nooit in jou huis toelaat nie. Ek breek mos als, jong. So, ek't eers Boom se vorige houer met bubble wrap bygekom voordat ek hom uit die huis gevat het. Ek's mos mal oor die wrap. Kan ure en ure daarmee sit en speel. Jy sal nie glo hoe amper onmoontlik dit is om 'n houttrommel in Jo'burg te kry nie! Skaars verby. En sê vir hulle dis vir jou hond se as en hulle kyk jou aan asof jy gom snuif of iets.

Ek moes toe maar settle vir 'n koekie-jar, maar dis mooi en ek dink Boom sou daarvan gehou het. Ons tweetjies (dis nou ek en Boom in sy nuwe bêreplek) het daar in die parkie hier naby my huis gaan sit. Ag, shame. Boom het so graag daar gaan speel. Selfs eenkeer 'n uitgegroeide kollie in dieselfde park probeer hump, maar die arme ding se ogies was nie te vars nie, en hy't heeltyd die wyfie met myle gemis. Tien uit tien vir sy effort, though! But that's a story for another time.

Maar hoekom ek eintlik skryf, is oor die oumense. Ek's mos mal oor oumense. Hulle is genuine wys en mens moet net die moeite doen om na hulle te luister. Ek en Boom sit toe daar eenkant op die gras met die bubble wrap en speel en ek hou 'n tannie dop. Sy't so aangesukkel-sukkel met haar loopraam, stomp mes in die hand. (Vader alleen weet waar sy dít in die parkie gekry het!) Eventually sien ek toe sy gaan sit langs hierdie ou oom. Ag, weet jy, Donatello, dit was vir my só mooi. Die manier hoe die twee mensies vir mekaar kyk. Daar's nog so 'n connection, jy weet. Hulle is oud, maar daar's hierdie magic tussen hulle. Die tannie het rondgekrap in 'n sakkie langs die oom en 'n lemoen uitgehaal. Stadig maar seker het sy die lemoen begin skil (met die stomp mes). Toe sy klaar is, breek sy 'n stukkie af vir die oom en ek sien hoe hy begin rondkyk. (Hy't nie gesien ek kyk vir hom nie.) Die tannie het lekker gelag

48

en twee tissues tussen hulle neergesit. Weet jy wat doen die oom toe? Ag, jitte, hy sit sy een hand bewerig voor sy mond en haal sy valstande uit en sit dit netjies op die tissue neer. En hy glimlag vir haar met sy pap bekkie en neem die skyf lemoen. Die tannie is nie hoe nie en sit haar tande ook mooi langs die oom s'n neer en vat 'n skyf. Sit die twee en lemoenskywe suig – en boonop sit hulle nog en hande vashou ook! Dit was waarskynlik een van die mees romantiese dinge wat ek nóg gesien het. Ek wil ook eendag só oud word. Met 'n maatjie om lemoene mee te deel. Wat is die geheim? Dié twee mense weet dit waarskynlik hul lewe lank al. Hoekom kyk mens daagliks na paartjies en jy kan sien die liefde is al jare by die agterdeur uit? Jong paartjies! Hoekom cope party mense bloot met mekaar, terwyl daardie oom en tannie nog altyd meer as net mekaar verdra? Hulle het saam-saam die lewe gelééf. Hulle is nog steeds verlief. Ag, sorry dat ek soos 'n regte girl klink. Wou dit maar net met jou deel.

V

Twee uur later kry Zoë 'n boodskap van Donatello:

Volksie, ek kan jou nie genoeg bedank vir jou boodskap nie. Ek het self saam met vriende gaan braai (op húl aandrang, natuurlik) maar dit het my besig gehou. Dit is 'n vreugde om hier voor my rekenaar te kan kom sit en iets só uit jou hart te lees. Die storie van die ou oom en tannie het werklikwaar my hart geraak en ek kan verstaan waarom dit vir jou spesiaal is. Ek het al dikwels gewonder of sulke liefde nog regtig bestaan in hierdie moderne eeu waarin ons vasgevang is. Miskien is die oumense se geheim dat hulle altyd net dieselfde gebly het; dwarsdeur die lewe, sonder voorgee, sonder om in te gee en op te gee wie hulle regtig as mens was. Maggies, nou begin ek vrek filosofies klink en ek wil jou nie verveel nie. Wat ek net nie kan verstaan nie, is hoe 'n meisie soos jý nog so swerwend is op plekke soos Matchmate. Waarom het geen man die eintlike jý al raakgesien nie? Jammer, ek raak nou persoonlik. Ek wonder maar net.

* * *

Zoë blaas haar neus die hoeveelste keer en vee die trane af terwyl sy soek na die TV se afstandbeheer om dit af te skakel. Sy't vroeër vir haar 'n DVD gaan uitneem. Dis al ná tien, Jan-Hendrik en mnr. Troy is steeds nie by die huis nie en sy het verveeld geraak. Dit was dié keer anders toe sy in die videowinkel instap. Daar was 'n paar ouens in die plek; haar ouderdom en redelik aantreklik. Sy't gewonder of een van hulle nie Donatello kon wees nie. Hy woon ook mos in hierdie omgewing. Wat as dit wel die geval was? Wat as hulle letterlik langs mekaar gestaan het? Sou sy weet? Sou sy omgee as hy glad nie aantreklik is nie? 'n Kaalkop ou met 'n bierpens? Sy wonder die afgelope ruk so baie hieroor. Zoë raak sommer weer tranerig. Sy weet nie wat dit met haar is nie! Vies stap sy na die Mac in haar kamer en lees weer Donatello se laaste boodskap voordat sy lostrek:

From: Volksie
To: Donatello
Subject: August Rush

Dierbare Donatello

Natuurlik gee ek nie om dat jy so 'n vraag vra nie, maar net as jy nie omgee dat ek die ball weer in jou court kan slaan nie. Waarom het 'n nice ou soos jy op Oukersaand alleen by die huis gesit, terwyl jy al lankal iemand moes kry om mee lemoene te deel? Ek probeer jou nog uitfigure. Daar's iets anders aan jou. Ook maar 'n goeie ding jy sien my nie vandag nie, want ek sit nog heeldag in my pajamas en movies kyk. Ek kry nie meer tyd vir hierdie goed nie, weet jy? Hierdie paar dae tussen Kersfees en Nuwejaar is terrible, want nie net ooreet mens jou nie, maar dit gee jou tyd om te dink oor dinge. En ek wil nie altyd dink nie.

Ek weet nie van watter soort flieks jy hou nie, maar ek neem toe mos die een uit wat die vrou in die videowinkel aanbeveel. Die naam is **August Rush**. Al gehoor daarvan? Anyhoo, ek kyk toe mos vanaand die fliek en op die ou end het ek meer tissues wat rondlê as in 'n gewone maand van snotverkoues. Now just wait a minute! Dis nie só 'n chick flick dat jy dit nie kan kyk nie. As jy hou van musiek en 'n mooi storie, sal jy dit baie geniet. Laat weet of jy dit al gesien het.

"The music is everywhere. All you have to do is . . . listen!"

Volksie

Teen twintig minute oor twee die volgende oggend hoor Zoë 'n bliep vanaf haar rekenaar. Sy sit haar plakboek met 'n lang gaap opsy en sien dit is 'n boodskap van Donatello.

To: Volksie
From: Donatello
Subject: RE: August Rush

Genugtig, Volksie. Nooit in my wildste drome het ek gedink dat daardie film my só sou raak nie. Ek hou van 'n mooi storie, maar ek kyk baie meer realisties na die lewe. Films soos **Shawshank Redemption** is meer in my lyn van flieks,

51

maar ek moet erken dat August Rush iets in my geraak het. Die seun se woorde, "Open your heart and listen", het my laat dink. Ek het besef dat mens in die hedendaagse lewe soms toeval onder al die verwagtinge van ander. Jy lewe so hard, so vinnig – meestal om te doen wat ander van jou verwag. Ek kan byvoorbeeld nie onthou wanneer laas ek net in 'n park gaan sit en luister het nie. Sommer net bewus word van ander dinge wat om my aangaan.

Jy sal dink dit is snaaks, maar vanaand toe ek in die videowinkel instap, het ek rondgekyk. Gehoop om jou te sien. Gewonder of ons mekaar sal herken as ons langs mekaar staan.

Die enigste manier waarop ek soms kan ontsnap, is deur boeke te lees. Maar ek kry nie meer baie tyd hiervoor nie. In 'n stadium het ek maklik een of twee boeke per week gelees. Wanneer ek in daardie wêreld vasgevang is, voel ek vry, voel dit ek hoef my nie te bekommer oor die dag van môre nie. Nou ja, ek het my kant gebring en die film gekyk, gaan kry vir jou Dis ek, Anna van Elbie Lötter. En as jy dit al gelees het, laat my weet wat jy daarvan dink.

D

NS: Wees gewaarsku: dit is ietwat rof op die gestel.

* * *

Die oggend stap Zoë weer na haar gunstelingpark en luister na die geluide om haar. Donatello het gesê hy wil dieselfde doen. Die skaterlag van kinders wat speel, die voëlgekwetter om haar en selfs die verbystromende verkeer het 'n melodieuse gesuis. Dit is 'n simfonie van alledaagse klanke. Sy het lank nagedink oor Donatello se vorige e-pos. En nou luister sy weer na iets wat sy net elke dag as vanselfsprekend aanvaar. Sy haal die Anna-boek, wat sy van Jan-Hendrik se boekrak af geleen het, uit haar

rugsak en maak dit oop. Jan-Hendrik het doerietyd ook so aan-
gegaan oor die boek, dit is dié dat sy nou maar besluit het om
Donatello se aanbeveling te volg. Dit is nie nét omdat hy haar
gevra het nie, troos Zoë haarself.

* * *

To: Donatello
From: Volksie
Subject: Dis ek, Volksie

O nee, meneer! No ways! So werk dit nie. Ek sê jy moet 'n
twee uur lange movie kyk en jy laat my 'n dikke boek lees.
Dit het my 'n volle twéé dae gevat, en my oë lyk asof ek die
een of ander deadly disease in Afrika op die lyf geloop het.
Maar ek's klaar en glo my, dis 'n rekordtyd vir my, want vir
lees is ek nie baie lief nie. Wat's jou plan met my? Om my
vir altyd te laat opsluit in 'n depressiekliniek? Ek het my
skoon simpel gehuil! Nog meer as in die fliek! O, ek belowe
jou, daai man moet laat ek hom in die hande kry! Ek sal
. . . ek sal hom . . . iets aandoen!!! En die ergste van als is,
dit is 'n ware verhaal, D. Hoe maklik moan ons nie oor ons
everyday life nie, en mense naby ons, selfs dalk ons bure,
moet sulke suffering deurgaan? Sien, daar huil ek sommer
al weer. Ek gaan jou charge vir 'n nuwe computer as dié een
ontplof! Do remind me om jou, wanneer ek jou ontmoet,
'n lekker skop onder die a$$ te gee. Kan ons asseblief nou
net oor happy dinge chat, want ek's drie sekondes daarvan
weg om my eie polse af te kou. Tog, dankie vir die recko. Ek
was mal oor die boek. :-)
    Z . . .

Net voor middernag kom Donatello se boodskap deur:

53

To: Volksie
From: Donatello
Subject: Z???

Nou het jy my eers nuuskierig. Waarom Z? Begin jou naam daarmee? Jy klink nie vir my soos 'n Zelda of 'n Zelia nie. Of sukkel jy net met my? Jy het dit ook bitter laat getik, so dit kan beteken dat jy dalk slaperig is. ZZZZZ. Vertel, tóé?

Vanoggend het ek gaan draf en elke keer wanneer ek 'n ou Volksie sien aan jou gedink. Selfs toe ek van die nuwes sien, kon ek nie anders as om aan jou te dink nie. Vir wie probeer ek nou jok? Ek het in elk geval die hele oggend aan jou gedink. Sjoe, maar ek is lekker dapper met my gevoelens agter 'n rekenaarskerm. Ek hoop van harte dat ek so dapper kan voorkom wanneer ons mekaar van aangesig tot aangesig ontmoet. Noudat ek op die onderwerp is, sou jy my wou ontmoet vir daai beloofde "onder die a$$ skop"? Of gaan ons nog so 'n paar maande hier in kuberruimte rondbaljaar en mekaar uit die slaap hou?

Donatello

* * *

From: Volksie
To: Donatello
Subject: Wanneer en waar?

Hallo, jy. Skies ek het nie gisteraand teruggetik nie, maar ek was óp, hoor. Kan jy glo dis al die 30ste? Nog een dag en dan is ons in 2008! Ek oorweeg dit om vanjaar geen resolutions te maak nie. Wat van jou? BTW ... ek is baie bly jy't by die park uitgekom en dat 'n Volla jou aan my laat dink. Dit sal seker maar te veel expectation kos dat 'n roos of iets moois jou aan my laat dink? Maar wat, ek sal maar tevrede moet wees met 'n geroeste blik as association. SMG! Ek sukkel net met jou! Maar jy's nog lank nie vergewe vir die Anna-boek nie! So, moenie eens dink ek gaan jou so maklik laat gaan nie.

'n Meet klink heel cool. En ek dink glad nie jy's voor op die pram om dit te noem nie. Heng, ek's so verveeld hierdie afgelope ruk. Veral nadat Boom weg is. Afgesien van 'n paar kliënte, sit ek maar hier by die huis en dink te veel. Wat beplan jy vir Oujaarsaand môre? Dalk kan ons iets saam doen, want ek's nie lus om by die huis te sit nie. Sorry, ek is seker nou lekker forward en as jy iets beplan het, ignore sommer net die vraag. My sterre voorspel dat 'n nuwe avontuur môre op pad is, so ek gaan die geleentheid aangryp – met of sonder jou!

Ek wonder al heeldag hoe jy lyk. Uit beginsel (sjoe, ek't nie geweet ek's in staat tot sulke ghrênt Afrikaans nie! LMGA!) ontmoet ek niemand voordat ek ten minste 'n foto gesien het nie. Ek sal my nooit vergewe as ek saam met Gogga-maak-vir-baba-bang in die openbaar gesien moet word nie! Ek spot sommer weer, hoor. Jy moet maar gewoond raak aan my sick humor! Dit help om te weet vir wie mens op die uitkyk moet wees. Ek het reeds 'n idee hoe jy lyk en ek sal nogal wil sien of die foto by my idee pas.

O ja! En ek ontmoet iemand net in 'n openbare plek waar my pepper spray genoeg aandag van die mense om my kan trek. Don't worry, mate, ek het tot dusver nog nie my pepper spray gebruik nie. O, wag! Daar was nou die dag 'n voorval ... Ha-ha. Ontmoet my vanaand so agtuur se kant op Matchmate, dan chat ons en tref die finale reëlings. Kry solank jou foto reg. Hier's myne. Don't be too judgemental! Heng, ek is vrek nuuskierig oor wat jy gaan dink.

V

Zoë skakel die rekenaar af en staan op om vir haar 'n koppie groentee te gaan maak. So, dan is dit nou só. Sy gaan uiteindelik vir Donatello ontmoet. Skielik is Zoë bang. Donatello is bloot 'n mens, 'n doodgewone man met doodgewone foute. Nie die foutlose mens wat sy deur die laaste paar boodskappe leer ken het nie. Het sy haarself regtig aan hom blootgestel? Die meisie wat banger is vir 'n langtermynverhouding as vir 'n tandarts? Weet hy dat sy nie regtig so grootbek is soos wat sy oor die kuberruimte voorgee nie? Sy dink sy't gaan staan en verlief raak op 'n pakket. 'n Vooropgestelde idee van wat sy nodig het. Verlief! Verbeel jou. Mens kan mos nie halsoorkop gaan verlief raak op 'n siel wat jy nog nie ontmoet het nie. Of kan jy?

6

Die Upavistha Konasana

Dit is 'n besonder warm dag. Al wat mens (en dier) is, soek skadu. Zoë skakel die waaier aan en plaas 'n rustige CD in haar draagbare musiekspeler. Dié CD van ondersese walvis- en dolfynklanke is een van haar gunstelinge. Sy buk langs die hoogswanger Hettie Basson. Hierdie ultramoderne huis van Hettie is massief en hulle het sommer een van die vertrekke ingerig as oefenkamer vir die jogasessies.

"Ons begin met die Upavistha Konasana," glimlag sy toe sy haar hand op Hettie se rug druk.

"Zoë, dis verdomp seer!" steun Hettie.

"Dis baie goed vir die baba," stel Zoë haar gerus. "En dit help ook met jou eie inner calm."

Hettie sit op op haar jogamat, wydsbeen, en strek met alles in haar vorentoe terwyl sy haar neus teen die grond probeer druk.

"Inner calm se gat! Ek kon nie eens 'n bleddie split doen vóór- dat ek pregnant was nie," kreun Hettie. "Waarom sal ek nou, op sowat sewe maande, kan?"

"Hettie," maan Zoë, "jy's nie die eerste swanger vrou wat joga doen nie! Komaan, strék!"

Hettie Basson kreun en steun asof sy reeds besig is om te kraam. Uiteindelik het Zoë haar in die posisie waarin sy haar wil hê en nou haal sy rustiger asem.

Zoë glimlag breed. Soms dink sy niks in die lewe kan haar gelukkiger maak as joga nie. Die ding spook deesdae by haar. Sy gee nou al soveel jare lank jogaklasse vir swanger vroue. Maar om haar eie studio oop te maak, soos auntie Patsy wil hê, is gek. In Suid-Afrika is joga vir swanger vroue nog nuut, al word dit wêreldwyd reeds lank beoefen. Sy het tot dusver al nege en twintig swanger vroue gehelp met joga – almal 'n reusesukses. Al haar kliënte kon slegs 'n paar weke ná hul bevallings weer in hul einanommers pas. Hettie Basson is haar dertigste kliënt en vir seker 'n mylpaal; juis daarom wil Zoë hê sy moet net so 'n sukses wees.

"Da' gaat jy," sê Zoë gemoedelik toe Hettie weer in haar normale, sittende posisie is.

"Zoë!" dreig Hettie en blaas die natgeswete rooi slierte uit haar oë, "laat ek ooit agterkom jy's pregnant! Ek belowe jou, jy sal suffer!"

Nadat sy eers by Hettie tee gedrink en gesels het, voel haar eie huis leeg. Almal is ook met vakansie tussen Kersfees en Nuwejaar! Dit is net Hettie en Taryn, met wie sy darem op Krismis kon kuier. Maar nou is sy óók see toe. Zoë stap na haar rekenaar vir haar en Donatello se agtuur-afspraak. Daar is net iets aan hierdie ou wat haar heeltemal fassineer. Moet wees omdat hier niemand anders is nie, dink Zoë. Dit is maar net afleiding. Die ou chat dan asof hy 'n woordeboek ingesluk het. Sy gewaar 'n nuwe boodskap en daar is 'n klein prentjie daarby. Donatello het uiteindelik 'n foto van hom gestuur! Sy maak die foto oop en betrap haar dat sy langer daarna staar as wat sy wil: 'n lang, aantreklike donkerkopman in 'n donker pak klere, neutbruin oë, hare netjies kortgeknip en 'n glimlag soos in 'n Colgate-advertensie. Suits het nog nooit vir Zoë Zietsman veel aantrekkingskrag gehad nie – nie soseer oor hoe dit lyk nie, maar die onvermydelike arrogansie wat agter daardie suits skuil! Tog moet sy erken: hierdie man is baie hotter as wat sy haar ooit sou kon voorstel.

Sy dink terug aan haar gesprek met Taryn oor die pheromones. Hoe sou Donatello ruik? Sy lag. Hulle het nog nie eens hul regte name verklap nie. Nie dat dit 'n slegte ding is nie. Hoe meer tyd 'n mens op die internet deurbring, hoe vinniger kom jy agter hoeveel psychos aanlyn is. En Zoë het al baie van hulle ontmoet. Dit is juis wat vir haar so aanloklik is van Donatello. Hulle gesels lekker, oor allerhande dinge, en hy het haar ná ses dae nog nie in die bed probeer praat nie.

Donatello: Jy daar?

Zoë glimlag. Nes hulle afgespreek het. Nog 'n ding waarvan sy hou: as Donatello sê hy is daar, dan is hy altyd betyds.

Volksie: Ek is. So wat dink jy van my foto?
Donatello: As ek jou vertel hoe mooi jy vir my is, sal ek jou seker afskrik.
Volksie: Ons sal maar moet sien. ;-)
Donatello: En hoe lyk my foto?
Volksie: LOL! Het lekker gelag toe ek die suit sien. Dit pas mooi by jou suiwer Afrikaans. Maar ek moet sê, jy's nog-al hot. :-P
Donatello: *bloos* Dankie.
Volksie: So, gaan ons mekaar nog vanaand ontmoet?
Donatello: Natuurlik!
Volksie: Sien jy darem so 'n bietjie uit?
Donatello: Baie! Ek sal darem nie Nuwejaar ook stoksielalleen hoef in te gaan nie.
Volksie: Selfde hier. O ja! BTW, ek't na die lunar calendar gekyk. Dis 'n goeie dag vir begrafnisse.
Donatello: Ekskuus?
Volksie: Boom, man! Ek wil Boom se as op die berg gaan strooi.

Zoë is onmiddellik spyt. Miskien is dit nie so 'n goeie idee om 'n dooie troeteldier se as met 'n eerste afspraak te strooi nie.

Volksie: Jong, sorry. Dis heeltemal weird van my om Boom te wil saambring.

Donatello: Nee. Bring hom gerus. Ek sal graag by wil wees as jy sy as strooi. Ek voel geëerd dat jy so 'n spesiale oomblik met my sou wou deel. En daar is natuurlik altyd 'n eerste keer vir alles.

Zoë sug verlig.

Donatello: :-) Kan ek jou kom oplaai? Of moet ek jou êrens kry?

Volksie: Hm . . . ontmoet my by Clearwater Mall. Ingang 2.

Donatello: Sê so sewe-uur?

Volksie: Jip. Ek is die een met die trommel honde-as onder die arm.

Donatello: Sien uit daarna!

Volksie: Ditto. ;-) SMG! Ek en jy op Nuwejaar, saam met Boom en sy nuwe jar! C u l8r! xxx

Zoë se hart bokspring behoorlik toe sy die kruisie kliek op die skerm. Sy dink sy het dit heeltemal verloor vir hierdie man. Die chemistry werk net. En dit is die eerste keer in haar lewe dat sy regtig so daarna uitsien om iemand van aangesig tot aangesig te ontmoet.

Sy spring op en krap in haar kas rond. Wat gaan sy aantrek? Wat is Donatello se gunstelingkleur? Watter parfuum moet sy gebruik? Hoeveel make-up? Sommige mans hou mos nie van oordadige grimering nie. Ander hou wel daarvan. Onmiddellik is sy vies vir haarself. Vir wat worry sy nou oor make-up en wat

60

sy moet aantrek? Was die hele idee nie juis dat sy net haarself gaan wees nie? Sy sug. Dis makliker as hulle oor die internet chat. Om iemand in real life te sien is anders. Sy moet maar net glo dat Donatello fine sal wees met hoe sy lyk en wie sy is. Die heel eerste keer in 'n bitter lang ruk voel dit vir haar asof die heelal haar genadig sal wees.

7

Die sondeboks

Anton Badenhorst staan Oujaarsaand voor die spieël in sy slaap-kamer en hou twee dasse teen sy hempskraag. Watter een? Blou of grys? Sy hare is netjies gekam en die grys Armani-pak pas volmaak om sy skouers. Hy staar 'n oomblik na homself in die spieël. Dertig jaar oud en steeds hoopvol dat die regte meisie in sy lewe sal instap.

Op universiteit was Anton Badenhorst niks meer as 'n boek-wurm wat 'n permanente ornament in die Puk se biblioteek was nie. Regte swot was nie grappies nie en om sy graad te cum was ononderhandelbaar. Almal in sy familie het dit reeds reggekry.

Anton se paadjie was vir hom uitgekap: maak klaar met skool, studeer, kry 'n goeie werk, 'n spogmotor, 'n huis en dan 'n vrou en gesin. Dit ís immers die Suid-Afrikaanse weergawe van die American Dream.

Ses jaar se harde werk is agter die rug en Anton het min of meer alles: 'n gerieflike huis wat uitkyk oor Johannesburg, met genoeg plek vir 'n vrou, 'n hond en 'n kind, en genoeg geld vir 'n gemaklike lewe. Moet ook nie die motor vergeet nie. En dit is nie asof hy nie probeer het om iemand te ontmoet nie. Hy het uit desperaatheid maar een aand op Matchmate geklim en se-dertdien sy regmagtige aandeel aan eienaardige meisies gehad.

Hy tel weer die blou das op en bestudeer dit in die spieël. Dié einste das het hy aangehad tydens die ontmoeting met

MinkiMouse van Roodepoort. Sy het selfs beter gelyk as op haar Matchmate-foto en sake het gevorder tot by 'n derde afspraak. Dié vrolike Jennifer Arniston lookalike het al meer potensiaal getoon. Tot daardie laaste rampspoedige aand in die Staatsteater. Anton het dit goedgedink om haar te vra om *My Fair Lady* saam met hom te gaan kyk – dit is mos wat enige meisie op 'n spesiale aand sou wou sien. Aanvanklik het alles seepglad verloop. Minki het in elk geval pragtig gelyk. "Ek leef my só in sulke tipe stories in," het sy sag in sy oor gefluister toe die ligte uitdoof. Min het Anton geweet presies hóé sy haar sou inleef.

Toe die eerste snaakse toneel hom op die verhoog afspeel en 'n effense snorkgeluid hier langs hom opklink, het Anton gedink hy verbeel hom. Maar daarna was dit pure lyding. Elke keer wanneer Minki iets snaaks gevind het, het sy gesnork van die lag soos wat geen mens haar sou kon nadoen nie. Ongelukkig het die gelag later oorgegaan in 'n bitter gehuil soos wat die blyspel gevorder het. Dit het net nog meer sout in Anton se wonde gevryf. Dit was die langste drie uur in sy hele lewe. Pure pyn en lyding. Boonop het sy met die volgende afspraak en die een daarna Anton net nog meer en meer aan sy ma herinner. En dit was 'n uitgemaakte saak: Anton het nie kans gesien vir twee van hulle soort in sy lewe nie. Nee, Minki Verster, alias Miss Piggy, sou nooit weer die Staatsteater saam met hóm sien nie.

Anton lig die grys das op en onthou hy het dit met sy laaste internetafspraak aangehad. Met ene SuperSonia, 'n skraal blondekop wat op die oog af met 'n baie fyn opvoeding kon spog. Sy was baie skaam en dit het 'n behoorlike ruk geneem voordat sy uit haar dop gekruip het – wat vir Anton perfek gepas het. So ver verwyder van sy ma as kan kom. Die aand van hul laaste afspraak het sy 'n robynrooi rok aangehad wat netjies om haar slanke lyf gepas het. Sy het na vars rose geruik.

Die ete in die Franse restaurant het goed afgeloop. Anton het begin dink dat hy hulle in 'n ernstige verhouding kon voorstel. Sy was die soort meisie wat hom gelukkig sou kon maak.

Al hierdie romantiese gedagtes was egter van korte duur. Toe die twee met Anton se luukse silwer Audi TT uit die parkeerterrein wegtrek, het sy haar slanke arms opgelig en haar hare losgemaak. Sy wás pragtig, enige man se droom, het Anton gedink en die motor links in Gordonweg se rigting gestuur. Maar terwyl hy nog die stuurwiel draai, voel hy hoe Sonia hom aan die belt beetkry en sy broeksknoop met een beweging afpluk.

"Ek het 'n díng vir mooi mans in duur karre," het Sonia gehyg en aan sy ritssluiter begin vroetel. "Ek soek jou nóú, Anton Badenhorst! Hier, in jou kar!"

Wat het van sy stil, skaam Sonia geword? 'n Oorblufte Anton het nog probeer keer en vervaard na die rempedaal gesoek, maar voordat hy hom kon kry, het hulle teen die Shell Shop op die hoek vasgejaag. Oomblikke later het die woedende winkeleienaar sy motordeur oopgeruk en hulle in ongeloof aangestaar: Sonia het wydsbeen oor Anton gesit. Toe sy afklim, het Anton met bewende hande sy broek se gapende gulp probeer toerits. Maar dit was te laat: nuuskierige klante het reeds die hele petalje op selfoonkamera verewig.

Toe Anton later daardie nag, ná ure se gesoebat en verduidelikings, die Melville-polisiestasie verlaat en boonop met 'n klag van openbare onsedelikheid agter sy naam, het hy geweet dit was die laaste sien van die geslepe, gesplete SuperSonia. Sy het binne oomblikke wéér verander en nog 'n nuwe persoonlikheid gewys. Sonia het huilend aan die polisie verduidelik dat die hele affêre Anton se idee was en dat sy dan mos nie weens onsedelikheid aangekla kan word nie. Hoeveel kante het die vroumens dan gehad? Nee wat, SuperSonia was nie Die Een nie.

Anton vervies hom. Hy sal 'n tweede mening oor die das moet kry. Dit is darem ook mos nie die enigste twee dasse wat hy besit nie!

"Dorothy!" roep hy na die kamerdeur se rigting. "Dorothy, kom help gou hier!"

Dorothy Moletse is reeds die afgelope agt en dertig jaar deel van die Badenhorst-huishouding. Sy was by die dag toe Anton gebore is, en as baba het sy hom op haar rug geabba terwyl sy bedags huiswerk gedoen het. Sy was saam in die motor toe hy die eerste keer skool toe is en het jare daarna trots langs hom vir sy matriekafskeidfoto geposeer. Die dag toe hy graad vang, was dit Dorothy wat die hardste in die Puk se konserwatorium gehuil het. "My kjênd! Dis my kjênd daardie."

Dorothy is al byna sestig en Anton het haar aangeneem die dag toe sy ouers finaal besluit het om Kaapstad toe te trek. Sy woon by haar dogter en kom help drie keer 'n week met kos-kook en huiswerk doen. Eintlik kom Dorothy maar net in om 'n ogie te gooi oor hom. Want Anton is ietwat van 'n perfeksionis. In die dertig jaar wat sy hom ken, was daar nie 'n enkele dag wat sy bed nie opgemaak was of wat sy 'n kous of onderbroek agter hom moes optel nie. Hy kan hom sy lewe nie sonder Dorothy voorstel nie.

Dorothy loer agterdogtig om die deur. "Des nog my afdag vandag. Ek wil nie gatpla wortie. Ek het net kom kyk of es alles ôkei."

"Jy hoef nie te werk nie, Dorothy. Ek wil jou net iets vra."

Sy kom traag die kamer ingewaggel. 'n Groen satynrok span om haar vol heupe. "Haau," glimlag sy toe sy na Anton kyk, "nou ma' vor wat lyk Anton so ghrênt? Gat jy ôk kjerk toe vanaand?"

"Nee, Dorothy," sê Anton skugter en loer na sy horlosie, "ek neem 'n meisie uit vir ete. Watter das?"

Dorothy klap haar tong. "Hoe't jou ma jou dan galeer? Gat jy nie meer na die Jhirre se hys toe by Oudjaar?"

Anton probeer sy irritasie wegsteek. "Nie vanaand nie, Doro-thy!" sê Anton en wens hy het liewer stilgebly. "Watter das?"

65

"Da' ma' die gryse," sê Dorothy, maar sy gaan beslis nie die saak sommerso laat staan nie. "Ek sê vor jou al lank se tyd, jou vrou sy wag vor jou by die kjerk. Die Jhirre sal haar stier. Dorothy weet. En nou gat jy vor ha' soek byte die kjerk!"

Anton maak of hy haar nie hoor nie, draai terug na die spieël en knoop sy das in 'n Winchester-knoop. Sy oupa het altyd gesê 'n vrou kan baie van 'n man leer deur net op te let na hoe hy sy das knoop.

"Dorothy, hoekom is jy nog hier? Gaan jý nie laat wees vir kerk nie?" por Anton.

Dorothy sug hard. "Nee, ek wag ma'."

Nou raak Anton effe ongeduldig. "Wáárvoor wag jy?"

"Vor my hêppy! Mies Magda het altyd my hêppy voor Krismis gagee. Ma' Anton het jintemal van Dorothy gavargeet hierie jaar."

Anton is verleë – hy hét heeltemal vergeet. Hy wou nog vir Dorothy blomme of iets bykry.

"Jammer, Dorothy. Dis net . . . ek's die afgelope ruk só besig en ek – "

Sy val hom in die rede en swaai haar vinger soos 'n gevaarlike stuk dinamiet. "Ekka sien jy es besig op daai ysterdywel van jou in die anner kamer." Sy het lank gewag om met hom hieroor te praat. "Ellike dag, jy sit en jy sit met daai dywel en praat. Maar daai dêng hy praat gan terug by jou."

Anton haal 'n paar honderdrandnote uit sy beursie en sit dit in 'n koevert.

"Dorothy, ons almal gebruik rekenaars deesdae. Dis deel van die toekoms," probeer hy skerm.

"Eisj. Watse toekoms?" kap Dorothy terug en maak haar oë groot. "Het jy nog nie al die crime gatkyk op TV? Da's net rape en mêdar in die land. Da's niks se future vor dié land."

Anton knip haar kort. "Dorothy," sê hy beslis en hou die koevert na haar toe uit. "Ek móét nou gaan. Hier's vir jou ietsie vir Kersfees en ek's rêrig jammer ek het vergeet."

66

Dorothy vat die koevert en druk dit in haar handsak. Maar sy is nog nie klaar nie. Sy loop agter Anton aan waar hy tot by sy rekenaar stap en vir oulaas die foto van Volksie oopmaak. 'n Fyn, blonde krulkop glimlag terug. Haar groen oë lyk asof dit Dorothy se rok weerkaats. Ja, hy is seker hy sal haar herken. Hy hoop net sy lyk soos op haar foto.

Dorothy kyk na die foto, hande op die heupe, en skud haar kop vies. "Wie's dié vrou?" vra sy bars. "Darie ysterdywel van jou gooi die kiekies van die vroumense rond! Waar kry daai dêng daai kiekie?"

Anton is skielik dik van die lag. "Dorothy, dis nie die duiwel nie. Dis 'n rekenaar. Selfs jou kerk het sy eie webwerf."

"Haau!" sê Dorothy vererg. "Jy gabryk die woorde van die dywel. Vanaand sal Dorothy vor jou bid."

Anton gryp sy motorsleutels met 'n sug. Hierdie storie kan vir ewig aanhou.

"Kom, dan gaan laai ek jou af."

"My kjênd kom my vor kjerk haal. Hieso."

"Is jy seker?"

Dorothy knik.

"Nou goed." Anton stap voordeur toe. "Gelukkige Nuwejaar, Dorothy!" roep hy voordat hy die voordeur agter hom toetrek.

Hy kan nie help om 'n bietjie skuldig te voel nie. Dorothy was nog altyd so goed vir hom – en waarskynlik meer van 'n ma as wat sy eie bloed ooit was.

8

Die duiwel dra soms Ackermans

Zoë loer·angstig na die horlosie teen die heldergroen muur. Sy gaan laat wees, dink sy verbouereerd terwyl sy deur die nommers in haar klerekas gaan. Sy besluit uiteindelik op 'n helderbont Indiese romp vir vanaand se afspraak met Donatello. Die romp het sy tien jaar terug by 'n winkeltjie in Moembaai gekoop. Dit was sorgelose tye. Nou nog net 'n bypassende toppie.

Jan-Hendrik hou haar dop terwyl sy die een ding ná die ander uit die kas pluk. Hy sit in 'n jogaposisie op haar bed – die enigste posisie wat hy nog kon baasraak. Om hom lê 'n hoop klere soos Zoë die een ding ná die ander uit die kas gesmyt het. "Hoekom probeer jy nie daardie Dior-top nie?" beduie hy.

"Jan-Hendrik, jy weet voor jou heilige siel ek't nie 'n clue watter top van Dior is nie!" sê Zoë ergerlik en gooi 'n spul toppies gelyk op die bed. "Watter een?"

Jan-Hendrik rol sy oë en kies 'n knaloranje skepping tussen die bondel uit. Hy hou dit vermakerig na Zoë toe uit.

"Ek wonder soms hoe ons twee so goed oor die weg kom," sê hy en sug. "Jy ken nie eens die verskil tussen Prada en LV nie!"

Zoë skud net haar kop. "Jan-Hendrik, ek gee nie 'n dinges om of die duiwel Prada of Ackermans dra nie. Klere is klere," brom Zoë.

"Hoe kán jy?" sê Jan-Hendrik, gemaak ontsteld. "Jy noem nóóit weer Prada en die A-woord in dieselfde asem nie."

"Wat? Ackermans?" terg Zoë. Sy is mal daaroor om Jan-Hendrik se siel uit te trek. Hy is tog so begaan oor ontwerpersname.

Jan-Hendrik het intussen vanuit sy jogaposisie opgestaan. Hy vryf sy bene terwyl hy homself in die spieël bekyk. "So, watter psycho het jy dié keer opgeline dat jy nie saam met my op die Oujaar wil gaan paartie nie?" vra hy traak-my-nieagtig.

"Ek kry so die gevoel dié een is anders," sê Zoë ingedagte terwyl sy die toppie mooi regtrek. "Ek dink nie hy's juis my tipe nie, maar ek voel ons twee het 'n connection."

"Ja, toemaar," sug hy dramaties. "Ek't dieselfde van Troy gedink."

"So, dis uit tussen julle?" vra Zoë half jammer vir hom.

"Dit was nooit regtig in nie," rol Jan-Hendrik sy oë. "No pun intended!"

"Wel, ek's regtig jaloers op julle manne, wee' jy?"

"Now why would you say that?" sê Jan-Hendrik, gereed vir 'n aanval.

"Kyk hoe gou is jy oor Troy. Julle het oor Krismis so drie dae lank gekuier. Twee dae later en jy's fine. Ons vroue vat maande, soms jare, om oor 'n verhouding te kom."

"Jellietot," sug Jan-Hendrik, "in Moffieland speel die uiterlike meestal 'n moerse rol. Maar op die ou end het ons ook harte. Ons kry ook seer, maar ons hou ons gereed vir enige ding, want in so baie gevalle is verhoudings van korte duur."

"Dit suck!" troos Zoë en gee hom 'n vinnige drukkie.

"Dit ook, ja!" Jan-Hendrik is weer all smiles met geen oënskynlike sorge nie. "Watter werk doen hy?"

"Wie?"

"Cyril Ramaphosa!" hap Jan-Hendrik en vleg sy vingers deur Zoë se skouerlengte hare. "Jou date, Jellietot!"

"O, blykbaar 'n advokaat," antwoord Zoë afgetrokke terwyl sy haar laaste titseltjie grimering aanwend.

Jan-Hendrik neem daardie houding aan wat Zoë van kleins af ken: hande op die heupe, kop effens gekantel. 'n Regte drama queen – en só voorspelbaar.

"Advokáát?" sê-vra hy en sy stem slaan oor na falset. "Jellietot! Jy soek vir moeilikheid! Ek het my al wie weet hoeveel keer vasgeloop met daardie spesie!"

Zoë hou haar dom. "Watter spesie?" vra sy geamuseer en stap na haar rekenaar toe. "Kom kyk eers hier," sê Zoë en klik op die Donatello-lêer.

Jan-Hendrik loer skepties oor Zoë se skouer. Toe die foto uit-eindelik oopgaan, trek hy sy asem skerp in. "Tie me up for my eyes have sinned! Hy's delicious!"

Zoë glimlag ingenome. "Én hy's Aries!"

Jan-Hendrik kyk skielik krities na Zoë. "Jellietot, jy kan nie so 'n mooi man in dié outfit wil ontmoet nie." Hy loop na haar klerekas en blaai deur die oorblywende items. Zoë begin haar solank uittrek. Sy weet dit sal net mooi niks help om haar teë te sit nie. En sy moet toegee, Jan-Hendrik hét uitstekende smaak. Ongelukkig weet hy dit ook.

"Stunning!" sê Jan-Hendrik toe hy op 'n kort, swart rokkie af-kom. Hy glip dit vinnig van die hanger af en hou dit in die lug op. "Dè," beveel hy en hou die rok en 'n paar swart hoëhak-skoene na Zoë uit. "Trust me on this one," sê hy beterweterig. "As dit van mý afhang, is dit die eerste van 'n spul dates hierdie."

Toe Zoë uiteindelik klaar aangetrek is en na haarself in die spieël kyk, moet sy toegee dat Jan-Hendrik in die kol was. Maar dit voel nie regtig soos sý nie. Sy sukkel om met hoëhakskoene te loop. Sy hoop maar hulle gaan nie dans of iets nie. Sy loop effens wankelrig voordeur toe waar Jan-Hendrik reeds vir haar wag.

"Ek gaan laai jou af," sê hy beslis.

In die motor treiter Jan-Hendrik haar nog met 'n paar vrae terwyl hy die sleutel in die aansitter draai. "Het jy jou selfoon? Pepper spray?"

"Jan-Hendrik, ry net. Ons gaan laat wees!" sanik Zoë.

"Nuwe onderklere? Onthou vir Bridget Jones, nè? Kyk net watter embarrassment was haar panties," sê Jan-Hendrik en lag.

Zoë lag nie; sy kyk net strak voor haar uit. Jan-Hendrik skud sy kop effens en trek haastig weg. Hulle het egter nie eens verby twee huise gevorder nie toe Zoë skielik sy arm vasgryp en skree: "Stop!" Jan-Hendrik skop die rempedaal in en bring die motor met skreeuende bande tot stilstand.

"My senuwees! Wil jy ons verongeluk? Wat gaan aan met jou?" gil hy toe hy uiteindelik tot verhaal kom.

"Ek het iets vergeet," sê Zoë doodonskuldig. Hy gooi die motor vererg in trurat en ry agteruit hul oprit in. "Wie's die een wat nou laat is?" skree hy agter haar aan terwyl Zoë, ongemaklik op die hoë hakke, voordeur toe hardloop. Oomblikke later verskyn sy met 'n klein houttrommel onder haar arm.

"Wat's dit?" vra Jan-Hendrik agterdogtig toe Zoë die motordeur agter haar toetrek. "Boom," sê sy doodnatuurlik. Jan-Hendrik kan sy ore nie glo nie. Nou is hy werklik vies. "Zoë Zietsman," sê hy skerp, "jy gaan wragtig nie rook op jou eerste date nie."

Zoë sou gewoonlik saamgespeel het, maar sy is nou gevaarlik na aan huil. Sy is niks meer lus vir vanaand se afspraak met die sogenaamde Donatello nie. Sê nou hy is regtig 'n psigopaat? Of erger: sê nou hy hou nie van haar nie? Dalk moes sy maar die Indiese romp aangetrek het. Sy voel heel vreemd in hierdie haaipolfaais.

"Boom se as, man," sê sy met 'n bewerige stem en kyk by die venster uit sodat Jan-Hendrik nie moet sien sy wil huil nie. Hulle ry in doodse stilte verder.

9

Die ontmoeting

Net ná sewe-uur ry Jan-Hendrik by die Clearwater Mall se par-keerplek in. Hy en Zoë kyk albei in die verbyry na die lang donkerkopman wat voor ingang 2 staan en op sy polshorlosie kyk.

"Dis hý!" roep hulle amper gelyk.

"Stop!" roep Zoë opgewonde en kry die houttrommel gereed.

"In your dreams, honey," maak Jan-Hendrik kapsie en ry ver-der.

"Jan-Hendrik!" sanik Zoë. Sy het geen benul wat hy nou weer in die mou voer nie. "Ek's al klaar laat!"

"Kan jy onthou wat ek jou in die huis vertel het?" vra hy ter-wyl hy 'n goeie honderd meter van die man af in 'n parkeerplek stilhou.

"Dat jy jou vasgeloop het met advokate?" raai Zoë en pro-beer vergeefs om nie op die vlinders in haar maag te fokus nie.

"Nee," skud Jan-Hendrik sy kop dramaties heen en weer.

"Jan-Hendrik," maak Zoë beswaar, "ek verpes dit as jy dit doen! Please enlighten with your unparalleled knowledge again, oh ingenious one!"

"Mans is visual beings," glimlag Jan-Hendrik. "We like to look. Take in. En daarom moet jy 'n entrance maak. Jy kan nie net langs die man uit die Golf pop nie. En hoe gaan dit lyk as 'n hot ou soos ek jou aflaai?"

Soos altyd is Jan-Hendrik reg. Zoë leun oor en soen hom op sy wang.

"Nou ja," sug sy. "Wish me luck with the stilettos!"

"Focus on the prize and you'll be fine," lag hy. "Happy New Year, Jellietot!"

"Jy ook!" glimlag sy, klim uit die motor, trek haar rokkie reg en stap met moeite na die ingang van die mall.

Focus on the prize, Zoë, dink sy terwyl haar enkels soos jellie voel. Focus on the prize. Sy sien die man maak oogkontak en haar hart voel asof dit uit haar borskas skeur. Haal asem. Focus on the prize. Sy beweeg ver van moeiteloos met die spykerhakke en die houttrommel onder haar linkerarm. Die swart handsakkie in haar regterhand maak die taak ook nie makliker nie. Haar hart klop nou al so dat sy die slae in haar ore hoor weergalm. Die lang man stap 'n tree vorentoe. Maar die laaste ding wat Zoë sien, is sy glimlag. Haar skoen se hak haak in een van die groefies van die plaveisel vas en sy slaan allesbehalwe grasieus net daar in die parkeerterrein neer. Voor hom. Voor Donatello. Met haar luck moet dit hý wees.

Zoë wonder hoe lank sy net so kan bly lê. Sy loer na haar voete toe. Die skoen se hak is morsaf en haar regterknie en -elmboog voel nerfaf. Die handsakkie lê doer, maar vir Boom klou sy vas asof haar lewe daarvan afhang. Sy sien die netjies gepoleerde skoene voor haar en kyk stadig op in die sagste blou oë wat sy nóg gesien het. Dit voel asof sy in die diepsee induik, haarself oorgee aan onwerklike strominge wat haar meevoer na 'n onderwaterse wêreld wat niemand nog ooit verken het nie.

"Het jy seergekry?" vra die man simpatiek terwyl hy by haar buk en haar bekommerd inspekteer. Zoë sit die trommel langs haar neer, sit regop en neem sy hand dat hy haar kan optrek. Toe sy uiteindelik regop staan, lag sy verleë en stof haarself af.

"Ag, hemel tog," kreun sy, "daar plank ek my naam lekker!"

73

"Nie regtig nie," sê die verskynsel vanaf planeet Mars, ietwat uit die veld geslaan, en glimlag skeef. "Ek weet nog nie amptelik wat jou naam is nie." Die bas klank in sy stem laat haar hart sommer twee keer bollemakiesie slaan.

"Volksie?" sê-vra hy versigtig.

"Jip," sê Zoë en knik in haar skik. "Einste!" Die man ruik ongelooflik lekker. Taryn gaan in die sewende hemel wees hieroor, dink sy.

"Aangename kennis," sê hy en glimlag verlig. "Ek's Donatello . . . ek bedoel, Anton Badenhorst."

Zoë bloos en kyk na haar nerfaf knie. Sy trek haar skoene uit, hou dit in haar linkerhand en steek haar regterhand na Anton toe uit. "Zoë Zietsman," sê sy en gee hom 'n ferm handdruk. "Lekker om jou uiteindelik te ontmoet, Anton. Jammer hieroor," sê sy skaam en beduie na die skoene in haar hand. "Ek het vir Jan-Hendrik gesê ek kan nie met bleddie stilettos loop nie."

"Dit gebeur in die beste families," sê Anton hoflik. "Maar ek dink ons moet gou kyk of 'n apteek of iets nog oop is." Hy haal 'n sakdoek uit sy baadjie se binnesak. "Mag ek?" vra hy en wys na Zoë se skaafwonde. Zoë knik en Anton druk-druk op die seerplekke. Die man ruik hemels, 'n vars, manlike muskusgeur. Sy vat nog 'n teug en voel hoe haar oë in haar oogkasse omrol.

"Dankie, ek's nou orraait," sê Zoë verleë. "Los die apteek. Wat's die kans dat hier dalk nog 'n skoenwinkel oop is?" vra sy laggend.

"Ek weet nie, maar ek dink enigiets is moontlik op hierdie Oujaarsaand." 'n Oomblik ontmoet hul oë.

"Ek voel nog steeds vreeslik simpel!" sê Zoë en buk om haar handsakkie op te tel.

"Nee wat," paai Anton. "Ten minste is die ys nou gebreek."

"Dit én my skoen se hak," sê Zoë droogweg.

74

Die verkoopsdame van die skoenwinkel in die sentrum is al besig om die deur te sluit toe Anton en Zoë voor die winkel opdaag. Dit is hul laaste hoop; al die ander winkels is reeds toe.

"Ag nee, dis net my luck," sê Zoë teleurgesteld.

"Toemaar, los dit vir my," fluister Anton en stap selfversekerd na die vrou waar sy besig is om die deur toe te trek. Zoë loer na sy agterstewe terwyl hy wegstap en glimlag ingenome. Sy kyk nuuskierig na Anton wat 'n paar woorde met die onvriendelike vrou wissel, maar sy kan nie uitmaak wat hulle sê nie. Die vrou skud haar kop beslis en wys na haar horlosie. Ag nee, sy gaan nie die winkel oopsluit nie. Kaalvoet loop is vanaand haar voorland. Zoë wag dat Anton omdraai om vir haar die slegte nuus te kom gee. Maar op daardie oomblik neem hy die vrou se hand; dit lyk of hy soebat. Sy frons, skud haar kop, maar haal inderdaad weer die sleutels uit haar handsak en sluit die winkel oop. Anton loer oor sy skouer en wink vir Zoë nader.

"Wat het jy vir haar gesê?" fluister Zoë toe sy by hom is.

"Later."

Die verkoopsdame kyk vies na hulle. "Julle het vyf minute," sê sy ergerlik.

Zoë se blik val op 'n paar swart leerplakkies. Sy wil nie eens dink wat Jan-Hendrik van dié keuse sal sê nie, dít boonop by die sexy swart rokkie wat sy dra.

"Baie meer prakties," sê Anton asof hy haar gedagtes lees terwyl hy sy kredietkaart uithaal. "Ek betaal."

"No way," sê Zoë ferm. "Ek wil jou niks skuld nie. Dan loop ek kaalvoet."

"Kan julle dit later uitsorteer? Ek's haastig," sis die vrou.

"Beskou dit maar as 'n beloning vir daardie netjiese duikslag," sê Anton sag vir Zoë. "Bryan Habana sou trots gewees het!"

Die Italiaanse restaurant, Titolino's, wat Anton uitgekies het, is aansienlik besig vir Oujaarsaand. Oral klink vrolike stemme op en die geur van Italiaanse kos hang in die lug.

"Ook maar goed die bespreking is lank voor die tyd gedoen," sê Anton. "Dis altyd goed om voorbereid te wees."

"Ek het nogal gedink jy't 'n klap van OCD weg sedert ons eerste chat," lag Zoë.

"En is dit 'n probleem?" vra Anton.

"Glad nie. Ek't al jare lange ondervinding met mense soos jy. Ek lyk maar net so flimsy, maar ek kan jou tipe handle," spot sy.

'n Kelner lei vir Anton en Zoë na hul tafel, eenkant in 'n intieme hoekie.

"Kan ek jou iets vra?" Zoë kyk Anton vas in die oë nadat albei tot sit kom.

"Enigiets," sê Anton ongemaklik. Hy maak net nou en dan oogkontak met haar.

"Wat het jy vir daai kwaai winkeltannie gesê dat sy die deur vir ons oopgesluit het?"

"Ag, sommer niks," sê Anton en bloos effens. Hy lyk selfs effens verlig. Seker gedink sy gaan iets heel anders vra, dink Zoë.

"Ek wil weet. Dit was nie niks nie. Toe, ek's vreeslik nuuskierig."

"Wel, ek het vir haar gesê jy is my droommeisie. Ek wag al so lank om jou uit te neem vir ete en die restaurant sal jou nooit toelaat as jy kaalvoet loop nie, en as ons nie vir jou skoene kry nie, sal ons maar moet omdraai en huis toe gaan. Dis al." Hy maak verleë keel skoon.

Nou is dit Zoë se beurt om te bloos. "Ek sien," sê sy en speel met die servet. "Kan ek jou nog iets vra?"

Hy glimlag. "Natuurlik. Vra."

"Hoekom het jy nie gelag toe ek vroeër vanaand daai entrance gemaak het nie? Ek meen, dit moes moerse snaaks gelyk het toe ek daardie pavement koop," sê Zoë en sit haar hand voor haar mond. "Sorry, ek het nie bedoel om 'moerse' te sê nie."

"Hei, jy kon . . . wel . . . moerse seergekry het," sê Anton. Hy maak weer keel skoon en sê plegtig: "Ek lag nie oor ander se leed nie."

"Jis, maar jy's formeel. Mars en Venus," sug Zoë.

"Hoe nou?"

"Mars en Venus. Ek't jou mos vertel. Ons verskil baie."

"Dis 'n moontlikheid. Ek hoop nie dit is 'n probleem nie?"

"Ek het ietwat van 'n probleempie," sê Zoë. "Ek lag weer as mense seerkry, nie omdat ek lekker kry nie. Dis meer 'n soort beskermingsding, jy weet?"

"In die sielkunde noem hulle dit − " begin Anton verduidelik, maar Zoë val hom wreed in die rede. "Wát?! Lees jy actually sielkundeboeke?" Sy kyk geamuseer na hom.

"Nie regtig nie. Ek geniet dit net om ingelig te wees," sê Anton en skuif ongemaklik rond.

"My idee van ingelig wees," sê Zoë laggend, "is om die Oprah Winfrey-show te kyk! Nie oor die sielkunde op te lees nie."

Die kelner bring die bottel rooiwyn waarop Anton en Zoë vroeër besluit het.

"O, ek en wyn," sê Zoë betekenisvol. "Hoop nie jy't planne met my vanaand nie," sê sy en haar groen oë vonkel ondeund.

"Ek's nie soos . . . soos ander ouens nie," stamel hy.

"Ek joke net, meneer Donatello," lag Zoë toe sy sien hoe skaam hy kry. "Ek kan sien jy's nie soos die res nie. Ek hoop net jy raak die een of ander tyd soos die ander mans."

O hel, sy beter begin stilbly. Hierdie plan van haar om kastig haarself te wees, is besig om totaal skeef te loop.

"Sê jy gewoonlik alles wat jy dink?" vra Anton en loer vir haar terwyl hy sy servet op sy skoot oopvou.

"Ja," sê Zoë en wonder dadelik of dit die regte woordkeuse was. "Ek is soos 'n oop boek en praat soms voordat ek dink. Meestal is seker nader aan die waarheid."

"Dis baie amusant," glimlag Anton.

"Hoekom?" sê Zoë en trek haar oë op skrefies. Sy sal wat wil gee om te weet wat in sy gedagtes aangaan.

"In my werk moet ek dink voordat ek praat," verduidelik hy. "Dis al."

"Moet ongelooflik moeilik wees," lug Zoë haar mening.

"So, wat behels jou werk?" stuur Anton die gesprek in 'n ander rigting. "Jy't gesê jy bied deeltyds joga aan vir swanger vrouens?"

"Oukei, stop die trein!" sê Zoë. "Ek hou nie daarvan as mans op 'n eerste date te veel van my weet nie. Kom ons speel 'n game. As jy oukei vaar, kan jy 'n tweede date met my kry. Dis te sê as jy wil," voeg sy vinnig by.

"Sover wil ek graag. Ek luister aandagtig," glimlag Anton en vat 'n sluk wyn.

"Ek vertel jou in een minuut 'n paar goed van myself. Dit wat jy vang, vang jy. Dit wat jy mis, mis jy. En die res moet jy maar op jou eie te wete kom," sê Zoë vermakerig.

Anton glimlag en vee sy mond met sy servet af. "Ek's gereed," sê hy en kyk haar stip in die oë.

Zoë kyk op haar horlosie. Sy het wraggies nog haar swart stophorlosie aan. Jan-Hendrik kon haar ten minste gesê het!

"Waarvoor wag ons?" vra Anton.

"Is jy gereed? Hier gaat ons," sê Zoë en begin haar geskiedenis aframmel.

"Zoë Dakota Zietsman. Gebore Melville. Enigste kind. Bynaam op skool was Goofy omdat ek so lomp is. Favourite goed: oranje, nommer sewe, Caesar-slaai – ek's vegetarian – *Thelma & Louise,* sterre en strawberry milkshake. Ek haat arrogansie, rassisme, hoe melkkos ruik en labels in klere; dit krap." Zoë haal 'n slag asem en loer na haar horlosie. "Ek ry perd, doen Zen-gardening en was al twee keer in die tronk."

Anton se oë rek. Die kelner sit hul borde kos neer en Anton wuif hom weg voordat hy iets kan sê.

"Alles misverstande, natuurlik. Ek praat drie tale waarvan Tswana een is. Werk as 'n shop assistant vir 'n Chinese baas in 'n kruiewinkel. Wil nog Griekeland toe – daar's iets sexy daaraan om ander mense se borde te breek. En as ek in iemand anders se skoene kon wees, dan's dit Lady Di, die lewende een natuurlik. Sy't al die goods gehad om die wêreld 'n beter plek te maak. Ek haat oorlog en Van der Merwe-grappe. George W. Bush is 'n poephol. Ek praat gewoonlik voordat ek dink en ek is so openminded dat ek al bang was my brein val uit."

Zoë is uitasem. "Daar's hy, Zoë in a nutshell," sê sy tevrede en neem 'n groot teug uit haar glas wyn.

Anton lyk oorbluf.

"En? Gaan jy enigiets onthou?" Sy is actually nervous! Hoekom is sy nervous?

"Kom ons sien," sê Anton en vroetel met die servet op sy skoot. "As ek jou dag wil maak, sal ek jou Griekeland toe moet neem op Lady Di se verjaardag en jou by 'n aktiviste-saamtrek teen George W. Bush op 'n perd moet gaan haal. Daarna sal ons gaan aarbeimelkskommels drink en wag totdat die son sak. En ná 'n vegetariese aandete sal ons sewe borde breek in die Griekse restaurant. O ja, en ek sal altyd 'n pakkie pleisters en plakkies byderhand hou, net ingeval jy weer êrens neerslaan deur die loop van die aand. Hoe klink dit vir jou?"

"Bliksem!" Zoë kan onmiddellik haar tong afbyt oor haar woordkeuse. Hier vloek sy al weer voor die aantreklike, ordentlike man. Maar Anton lyk gelukkig min gepla.

"Sien jy, ek luister wanneer mense met my praat," sê Anton en knipoog vir haar. "Dis wat advokate doen."

Zoë weet nie of sy haar verbeel nie, maar elke keer wanneer hy na haar kyk, hou daardie vlinders 'n gladiatorgeveg in haar maag. Dit is haar eerste afspraak met 'n man in 'n pak klere – dié wat berug is vir hul arrogansie. Jy moet jou kop laat lees, Zoë Zietsman, dink sy.

"Hei, jou pasta gaan koud word," sê Anton, tel sy vurk op en begin eet.

Ná die aarbeiroomys het hul gesprekke al so ver gaan draai dat Zoë besig is om driftig uit te vaar oor aardverwarming.

"So," verduidelik Zoë ernstig, "as mens vlug na die laaste stukkie reënwoud, wat ek natuurlik dink êrens in Suid-Amerika sal wees, dán sal jy miskien nog aardverwarming oorleef."

Anton glimlag. "Ek sien. So dit sal tot ons voordeel wees om Portugees teen daardie tyd onder die knie te hê?"

"Hoe nou?" vra Zoë. Waar val die man nou uit? "Jy moet maar verskoon, ek is soms een mixed grill short of a lamb chop."

Anton bars uit van die lag. "Wel, die meeste reënwoude is in Brasilië se noordelike gedeeltes waar almal Portugees verstaan. Dit sal 'n mens se lewe dus baie vergemaklik as jy Portugees kan praat."

Zoë kyk verstom na Anton. "Praat jou ma ook sulke formele Afrikaans?"

"My ma is veel erger as ek," sê Anton betekenisvol en verander vinnig die gesprek. "Daar's roomys op jou neus."

Zoë gryp haar servet en vee haar neus oordadig af. "Hoekom sê jy nou eers?" vra sy vies. Hoe lank sit sy nou al so?

"Want jy't 'n oulike wipneusie," sê Anton, "en dit lyk nog ouliker met roomys op."

Zoë leun oor die tafel en gee hom 'n hou op die skouer.

"Eina!" kreun Anton.

Zoë voel meteens verleë. Hoekom is sy so voorbarig in die geselskap van hierdie man?

"Sorry, man," sê sy blosend. "Ek doen nie gewoonlik sulke goed op 'n eerste date nie. Voel net asof ek jou al jare ken."

"Jy ook?" vra Anton.

"Natuurlik!" sê Zoë asof sy iets snap. "Ons ken mekaar seker uit 'n vorige lewe."

"Ek glo nie in reïnkarnasie nie," sê Anton beslis. "Dis 'n spul onsin."

Zoë glimlag geheimsinnig. "Well, I'll have you know, ek het in die Victoriaanse era gelewe," kondig sy trots aan. Haar oë glinster.

"En hoe weet jy dit?" daag Anton haar uit.

"Dis een van daai dinge wat 'n vrou nie kan verduidelik nie! Hoe weet jy jý het nie al voorheen gelewe nie?"

"Wel, dis een van daardie dinge wat 'n man nie kan verduidelik nie!"

Zoë lag, miskien 'n bietjie te hard, want dit voel skielik of die hele restaurant na hulle kyk. Sy doen regtig haar bes om haar beste voet voor te sit, maar Anton maak dit nie makliker nie. Hy laat haar so op haar gemak voel. Sy vergeet eintlik om anders op te tree as wat sy maar altyd is. En sy weet nie mooi of dit 'n goeie ding is nie.

Zoë loer na haar handsak wat nou al die soveelste keer vanaand vibreer. Sy het vir Jan-Hendrik gesê hy moenie weer so aanhoudend bel nie, dink sy ergerlik. Sy hoop nie Anton het dit agtergekom nie.

"Verskoon my 'n oomblik," sê sy en probeer die selfoon ongemerk dooddruk.

Anton knik vriendelik en Zoë kies vinnig koers kleedkamer toe.

"Wát is dit, Jan-Hendrik?" sis Zoë toe sy voor die spieël in die kleedkamer staan.

"Ek wil net hoor hoe dit gaan, Jellietot!" skree Jan-Hendrik bo harde klubmusiek uit.

"Dit gaan great," fluister Zoë, "maar dis nie nodig om so baie te bel nie! Twaalf missed calls in twee uur! My handsak het amper van die stoel af gevibrate!"

"So, is hy net so 'n catch soos op die foto?" vra Jan-Hendrik nuuskierig. "Ek kon hom nie mooi sien in die parking lot nie!"

"Hy's wonderlik en behandel my soos 'n lady!" sê Zoë effens droomverlore.

"Ek't geweet toe ek in daardie paar heavenly eyes van hom kyk," giggel Jan-Hendrik. "Dit laat sommer die sterre in my ver-skiet!"

"Jan-Hendrik! Gedra vir jou! En ek dog jy kon hom nie sien nie?" sê-vra Zoë verontwaardig. "Waar is jý, by the way?"

"By 'n straight club in Melville," sê Jan-Hendrik, "maar hier's meer familie as enigiets!"

"Gedra jou net vanaand . . . en moenie te veel drink nie," maan Zoë.

"Ja, Ma!" sê Jan-Hendrik vermakerig. "By the way, tien uit tien vir jou entrance. Ek het my amper natgepie in die kar!"

"Ek gaan jou vermoor!" dreig Zoë. "Die spykerhakke was jóú idee!"

"Toemaar, jy sal my vergewe as jy weet wat's volgende. Het jy al die surprise gekry?"

"Watse surprise?" vra Zoë agterdogtig.

"Kyk onderlangs in jou handsak," sê Jan-Hendrik. Zoë hou nie van sy stemtoon nie. Wat voer hy nou weer in die mou? Sy druk die selfoon tussen haar skouer en oor vas en voel-voel in die swart handsakkie. Uiteindelik grawe sy 'n swart eina-kantbroekie uit en hou dit ongelowig voor haar.

"Jan-Hendrik! Wat as ek dit voor die man uitgehaal het?"

Jan-Hendrik bulder van die lag. "Just for in case!"

Op daardie oomblik kom 'n vrou by die kleedkamer in. Sy en haar gesin sit by die tafel oorkant Anton en Zoë. Sy steek effens onseker vas toe sy Zoë met die swart broekie in haar hand sien. Dan frons sy vies en stap by een van die toilette in.

"Luister, ek moet gaan," sê Zoë en druk die broekie haastig terug in haar handsak. "En moenie weer bel nie!"

Jan-Hendrik giggel aan die ander kant van die verbinding. "Jy sal nie glo wie stap nou net hier in nie – Thomas! Baai, Jellietot. Have fun!" en met dié druk Jan-Hendrik die foon eerste dood.

Zoë loop haastig terug tafel toe. Sy hoop sy was nie te lank weg nie. Toe Anton haar gewaar, staan hy vinnig op om die stoel vir haar uit te trek.

"Jy's omtrent 'n gentleman," sê Zoë toe sy weer haar plek inneem.

Anton loer na sy horlosie. "Ons sal moet gaan. Daar's nog so 'n uur oor voor Nuwejaar."

Die aand het vinnig verbygegaan. Haar blik dwaal oor die tafel. Skielik voel dit of haar hart 'n paar slae mis. Die trommeltjie met Boom se as is skoonveld. Sy hét dit tog saamgebring restaurant toe, dink sy paniekerig.

"Waar's Boom?"

"Boom?" vra Anton terwyl hy ook na die tafel kyk. "Hy . . . hy was dan nou net nog hier," sê Anton verdwaas.

Anton en Zoë kyk albei onder die tafel, agter hul stoele en op die tafels langsaan. Daar is geen teken van die trommel nie. Boom is weggeraap.

"Moenie vir my sê . . ." begin Zoë met 'n stemmetjie wat wil breek.

"Moenie nou ontsteld raak nie," probeer Anton troos. "Hy moet iewers wees."

"Iewers? Maar waar?" Sy is heel ontdaan en sommer lus en gee Anton 'n opstopper. Mens kan mans ook met niks vertrou nie. Kon hy nie eens 'n kort rukkie lank na 'n dooie hond kyk nie?! Sy is sommer woedend vir Jan-Hendrik ook. As hy haar nie heelaand getreiter het met sy missed calls nie sou Boom nooit spoorloos verdwyn het nie. Wat maak sy nou? Sy en Anton sou saam die as gaan strooi het. Dít is die eintlike date!

83

10

Twee opgehoopte lepels Boom

Anton voel paniekerig. Hy probeer terugdink presies wat gebeur het. Zoë is badkamer toe en hy het gekyk of daar nie SMS'e deurgekom het nie. Dit ís immers amper Nuwejaar. Maar daar was net 'n SMS van sy selfoonnetwerk af.

Toe die maer kelner, wat 'n paar minute terug by hul tafel was om af te dek, die rekening voor hom neersit, besef Anton dadelik waar Boom heen is. Hy spring op, mompel 'n verskoning vir Zoë en pyl reguit na die restaurant se kombuis toe.

"Meneer!" skree die kelner agter Anton aan. "Meneer, dis net vir personeel!" Maar Anton het reeds deur die swaaideure gebars.

In die kombuis krap die skoonmakers oorskietkos in 'n groot vullisblik. Anton se oë fynkam die kaste en rakke; die trommel móét iewers wees. En toe gewaar hy dit. 'n Man staan by die opwasbak met Zoë se houttrommel en sukkel om die deksel oopgeskroef te kry. Anton wil nog vir hom skree om dit te los toe die trommel uit sy hande glip, van die wasbak afrol en op die vloer land. Met die val skiet die deksel oop en oomblikke later lê Boom se poeierige grys as tussen stukke kos en olie op die kombuisvloer gestrooi.

Anton staan verdwaas na die petalje en kyk.

"Anton!" roep Zoë. Dit klink asof sy net buite die kombuisdeur is.

Al wat nou oorbly, is om die bietjie as wat hy wel bymekaar kan skraap terug in die trommeltjie te kry. Hy stoot die oorblufte kelner deur toe. "Keer haar!"

Anton probeer met sy hande die fyn poeier tot 'n hopie skraap. "Lepel, asseblief!" gebied hy die arme skoonmaker wat hom steeds staan en aangaap. Die hele kombuis het tot stilstand gekom. Hy skep twee opgehoopte lepels vol as terug in die trommel en skroef die deksel haastig toe. Hy sidder as hy dink wat Zoë gaan sê wanneer sy uiteindelik agterkom haar hond het net twee lepels as opgelewer. En hy weet nie eens watter soort hond dit was nie! Sê nou dit was 'n Deense hond?

Op daardie oomblik bars Zoë ook deur die kombuisdeur, die maer mannetjie agterna.

Sy pyl op Anton af. "Jy het hom!" gil sy en gryp die trommel by hom.

Moet dit net nie nou oopmaak nie, stuur Anton 'n skietgebedjie op. Maar gelukkig is Zoë se aandag in hierdie oomblik meer by hom as by die gewraakte trommel. Sy gee hom 'n klapsoen op die wang.

"Dankie! Boom het nooit eens soveel probleme gegee toe hy nog gelewe het nie."

As sy maar net weet hoeveel grys hare haar dooie hond hom vanaand besorg het, dink Anton. Hy glimlag floutjies vir Zoë. "Sal ons gaan?"

Anton parkeer sy silwer Audi TT op 'n mooi stil plek op die koppie waar Zoë graag Boom se as wil strooi. Johannesburg se liggies lê soos 'n see onder hulle. Hy bly 'n klipgooi van hier af en kan nie glo dat hy nog nie tevore self hier was nie. Die see van liggies onder hulle is ongelooflik mooi.

"Jammer oor al die drama met Boom," sê Zoë verleë.

"Ag, dit was sommer niks," stel Anton haar gerus. Hy voel opnuut weer vreeslik skuldig. As Zoë moet weet die res van

Boom lê nog op Titolino's se kombuisvloer praat sy seker nooit weer met hom nie.

"Dit was in elk geval my skuld. Ek moes gesorg het dat die kelner hom nie wegvat nie."

"Boom was sewentien jaar lank my beste vriend," sê Zoë.

"Sewentien! Ek het nie geweet honde kan so oud word nie."

"Ja." Zoë sug. "Dit was sewentien goeie jare."

Op daardie oomblik is die gebeure van vroeër die aand vir Anton so absurd dat hy op sy tande moet byt om nie kliphard uit te bars van die lag nie.

Zoë kyk agterdogtig na hom. "Lag jy vir my?" vra sy koel.

Anton sluk sy lag en probeer bedaar. "Ekskuus," sê hy plegtig en maak keel skoon, "Boom."

"Wil jy hom sien?" vra Zoë skielik.

Anton voel hoe die benoudheid hom beetpak. "Ek . . . ek het hom reeds gesien . . . in die restaurant se kombuis," stamel Anton.

Maar Zoë kom niks agter nie. "Nee, man!" sê sy en lag. "Wil jy 'n foto van hom sien?"

Die verligting spoel oor hom. "Ja, graag."

Zoë krap in haar handsak en bring 'n foto te voorskyn. "Sit die liggie aan," vra sy. Anton hou die foto naby sy gesig om beter te kan sien. 'n Besproete laerskoolmeisie glimlag breed vir die kamera. Sy kniel by 'n koeëlronde hondjie wat lyk of hy 'n Jack Russel kan wees. Die hond is egter baie vetter as al die Jack Russels wat Anton nog ooit in sy lewe gesien het. Om die waarheid te sê, die dier lyk meer soos 'n rol polonie op vier tandestokkies. Maar dit is nie al nie. Die hond is verskriklik skeel; die een ogie staan op elfuur, die ander een net ná ses.

Anton is byna histeries. Hy weet nie hoe hy die lagbui wat in hom opwel, gaan onderdruk nie. Dit is die snaaksste ding wat hy in sy lewe nog gesien het. En om te dink hy was bang dit is 'n Deense hond!

"Sy naam was Boom oor sy ou ogies," verduidelik Zoë dood-ernstig.

Teen hierdie tyd byt Anton die binnekant van sy wange so hard dat hy bloed kan proe. Hy moet aan iets anders dink, enig-iets wat hom net nie sal laat lag nie.

"Jan-Hendrik het gesê sy ogies is so groot, dit lyk asof hy per-manent boom rook, vandaar sy naam."

Anton se lagbui is skielik nie meer so 'n groot probleem nie. Dit is die tweede keer vanaand dat sy dié naam noem. Zoë, salig onbewus van Anton se reaksie, kyk vir oulaas na die foto en sit dit terug in haar beursie.

"Jy weet, Anton," en sy draai na hom, "jy hoef nie altyd so prim en proper te wees nie."

"Hoe bedoel jy?" vra hy.

"Die meeste mense vir wie ek al daai foto gewys het, het gedink dis moerse snaaks. Boom was uniek. Koddig, ja, maar so sweet. Jy kan soms lag, hoor!"

Anton gee 'n skewe glimlag. "Dit wás vir my vrek snaaks, maar ek was bang ek maak jou gevoelens seer," skerm hy. "En ek kan nie help om te wonder wie Jan-Hendrik is nie," voeg hy 'n bietjie te skerp by.

"Jan-Hendrik? Het ek jou nie gesê nie? Hy's my gay buddie. Dis hy wat my maak stilettos dra het vanaand. Hy's vreeslik oor klere en labels en goed," babbel Zoë.

"Jy bedoel . . ."

"Ja, dis net 'n pel," sê Zoë en glimlag. "My huismaat ook. Ons bly al vyf jaar saam."

"Ek vra maar net," verduidelik Anton. Sy dink seker nou hy is jaloers of besitlik of iets – en dit nogal met hul eerste afspraak.

"Wel, terug na Boom." Zoë skuif haar reg in die sitplek. "Hy was 'n fantastiese hond: lekker skeel, maar fantasties. Hy en my ouma was die twee spesiaalste dinge in my lewe."

"En jou ouma, leef sy nog?" vra Anton versigtig.

Zoë skud haar kop stadig en byt haar onderlip vas.

"Jy weet, my ouma se laaste woorde aan my was: 'Zoë, kind, luister vir Oumie. Moenie jou altyd bekommer oor wat mense te sê gaan hê nie. Mense se moer! Jy sal nooit gelukkig wees as jy nie eerlik met jouself kan wees nie.'"

"Dis baie waar. Maar het jou ouma regtig sulke woorde op haar doodsbed gebruik?" vra Anton verbaas.

"Jong, my ouma het 'n spade a damn shovel genoem. En dit was my laaste gesprek met haar. Sy't daardie aand in haar slaap haar laaste asem uitgeblaas. Geen pyn of lyding nie. Dis hoe ek ook wil gaan."

Anton kyk na Zoë en voordat hy hom kan keer, streel hy saggies oor haar wang. Wanneer hy sy eie impulsiewe reaksie besef, pluk hy gou sy hand terug.

"Ekskuus, ek't nie probeer . . ."

Zoë glimlag net. "Anton, ek's sewe en twintig. Moenie worry nie."

Anton voel steeds hy het misbruik gemaak van 'n baie brose situasie en kyk na die trommel op haar skoot. "Nou ja, sal ons? Dis amper Nuwejaar."

"Jip," sê Zoë en sug.

Hulle klim uit en gaan staan op 'n groot klip waar hulle ver oor die stad kan uitkyk.

"Wil jy iets sê?" vra Anton sag.

"Ek wil, ja," fluister Zoë en maak keel skoon.

"Boom, ek was tien jaar oud toe ek die dag op jou afgekom het in tannie Annatjie se garage. Jou boeties en sussies het lekker aan jou ma gedrink, maar daar was nie nog vir jou ook 'n tietie nie en jy het eenkant in die hoekie gesit en tjank. Toe ek jou sien, het ek geweet ek wil jou hê. Sewentien jaar lank was jy my beste vriend. Jy het geluister as ek gelukkig was en jy't my vingers gelek as ek huil. Ek gaan jou mis, my ou brakkie. Ek hoop daar waar jy weer gebore word, sal jy nét so gelukkig wees."

88

Zoë snuif en Anton sluk aan die lastige knop in sy keel. Wat ís dit met hom? Dit kan nie oor die hond wees nie. Op hierdie oomblik lyk Zoë vir hom broos en klein. Hy sit versigtig sy arm om haar skouer en trek haar sag nader. Hulle staan so totdat Zoë haar stadig losmaak uit sy drukkie. Sy tel die trommeltjie op en begin die deksel oopskroef.

Anton is bitter benoud oor hoeveel as in die trommel oor is. Zoë móét iets agterkom.

Maar Zoë kyk nie in die trommel nie. Sy kantel dit net effens en maak gereed om die as uit te strooi. Nóg sy nóg Anton het egter rekening gehou met die rigting van die briesie wat vroeër die aand opgesteek het. Toe Zoë dus vorentoe tree om die as (die bietjie wat daar oor is) met oorgawe uit te gooi, waai dit alles terug.

Zoë hoes 'n paar keer. Anton, wat die gedoente staan en dophou het, wil nog vra of sy oukei is, maar Zoë begin so lag dat hy nie kan help om saam te lag nie.

"Tipies Boom," proes Zoë en probeer die bietjie as van haar skouers afstof. "Hy moet nou vir oulaas weer al oor my klim!"

Anton weet nie of Zoë wel agtergekom het die helfte van Boom was nie meer in die trommel nie. As sy het, het sy in elk geval nie 'n woord gerep nie. Gelukkig lyk sy ook maar lekker verstrooid, dink hy verlig. Dit is miskien nou nie heeltemal hoe Zoë haar voorgestel het Boom se gedenkdiens sou wees nie, besluit Anton, maar Boom het hom uit 'n potensiële ramp gered. En boonop vir 'n skoot humor gesorg. In sy enigheid sê hy dankie vir die vreemde brakkie en glimlag weer terwyl hy aan die foto dink.

So staan elkeen met sy en haar eie gedagtes. In die verte skiet 'n klomp onwettige klappers en vuurwerk, en motors se toeters weerklink van ver af. Anton loer op sy horlosie. Dit is twaalfuur. "Die nuwe jaar het aangebreek," sê hy plegtig en vryf die oortollige grys as liggies met sy duime uit Zoë se wimpers.

"Happy New Year, Donatello," sê Zoë. Sy glimlag en is vir Anton op daardie oomblik die mooiste verskynsel wat hy nog gesien het.

"Gelukkige Nuwejaar vir jou ook, Volksie," sê Anton, trek haar styf teen hom vas en soen haar.

11

'n Boeiende liefdesverhaal

Anton maak sy oë oop en ruik die geur van sterk koffie wat deur die huis trek. Sy slaapkamer is lig; die son val plek-plek deur die gordyne. Hy draai sy kop na regs. Die plek waar Zoë 'n paar uur vantevore nog gelê en slaap het, is leeg. Hy ruik haar parfuum. Hy het geen benul hoe 'n engel moet ruik nie, maar as hy moes raai, sou dit die sagte geur van lemmetjie en heuning wees wat nou in die kamer rondsweef. Nadat Zoë in die vroeë oggendure aan die slaap geraak het, het Anton 'n lang ruk na haar gelê en kyk totdat hy later self aan die slaap geraak het. Hy kan hom nou nog die kontoerlyne van haar vietse jogalyf, haar blonde hare wat op die kussing oopgewaaier lê en haar fyn wipneusie voorstel. As daar een herinnering is wat hy vir altyd wil koester, is dit dié een.

Ná die vorige aand se soen onder die sterre toe Nuwejaar pas aangebreek het, het dinge baie vinnig gebeur. Anton voel asof hul siele vroeër die aand reeds kontak gemaak het en hul liggame maar net daarby moes inval. Hy glimlag ingedagte terwyl hy die verloop van die aand begin herleef – veral toe hulle uiteindelik by sy huis aangekom het.

Op daardie oomblik kom Zoë die slaapkamer binne met 'n skinkbord waarop twee bekers en 'n bordjie beskuit is. Sy lyk skoon en vars, en haar slanke sonbruin bene steek pragtig af teen Anton se wit werkshemp. Afgesien van die paar skrapies op haar knie van die vorige aand se petalje is sy vir Anton vol-maak. Hy glimlag, vee die slaap uit sy oë en sit sy kussing teen die bed se kopstuk.

"En dié geheimsinnige glimlag, meneer Badenhorst?" Zoë sit die skinkbord op die bedkassie neer. Sy gaan sit langs hom op die bed en woel haar vingers speels deur sy deurmekaar hare.

"My geheim, juffrou Zietsman," sê Anton en streel saggies oor haar wang met die agterkant van sy vingers.

"Lekker geslaap?" vra Zoë.

"Nie regtig nie. Jy't my uit die slaap gehou."

"Het ek gesnork?" vra Zoë grootoog.

"Glad nie, maar ek het heeltyd na jou gekyk," erken Anton. "Ek wou nie slaap nie, ek was bang dit sou alles net 'n droom wees wanneer ek uiteindelik wakker skrik."

"Maar jy's omtrent 'n charmer," sê Zoë spottend. "Jy sou 'n great script vir 'n chick flick kon skryf."

"Ek's ernstig," sê Anton en streel stadig met sy duim oor haar lippe. "Vanoggend vroeg – "

"Was out of this world," maak Zoë sy sin klaar.

Anton knik.

"Ek het jou vertel joga help vir meer mense en dinge as net vir pregnant vrouens," terg sy.

"Vir seker! Ek sal nou joga moet baasraak."

"Dan maak ons 'n plan," sê Zoë en gee vir Anton 'n beker koffie aan. "Dè."

Anton neem 'n groot sluk van die sterk Brasiliaanse koffie. "Vertel my van jou jogaliefde."

"Ag, ek dink ek was maar nog altyd stroomop. Op my se-wende verjaardag wou ek twee gaatjies in elke oor laat skiet. Toe ek uiteindelik by die juwelier uitstap met drie in elke oor was my ouma woedend."

Anton glimlag. Op die een of ander manier kan hy hom hierdie toneel goed voorstel. "Maar waar het jy aan die joga gekom?"

Zoë lyk effens ongemaklik. Sy huiwer 'n oomblik, dan skuif sy haar reg en begin vertel.

"Ek en Jan-Hendrik was nie baie gewild op skool nie, weet jy. Ons het allerhande goed gedoen. In 'n stadium net swart gedra. Sommer one two three het almal geskinder dat ons sataniste is. Dit het ons min gepla; almal was versigtig vir ons. Dis juis met een van ons giere, jogurt, dat ek joga ontdek het. Ek en Jan-Hendrik wou ons eie jogurt maak. Toe gaan soek ons 'n boek in die dorpsbib. Die bibliotekaresse was weird, hoor. Sy het volstrek geweier om die biblioteekboeke volgens die Dewey-stelsel te sorteer. Om titels volgens alfabetiese volgorde te sorteer was vir haar 'n baie praktieser oplossing. Gelukkig ook vir my, want dis hoe ek op die boek oor joga afgekom het. Jis, daai boek was oud! Iewers uit die seventies. Maar dit was fascinating! Ek het elke posisie uitgecheck en gou agtergekom dis nie so moeilik nie. Ek het daai boek oor en oor uitgeneem totdat die bibliotekaresse dit sommer vanself net elke keer hernu het. Voilà! Die res is history."

Zoë lag en doop 'n stuk beskuit in haar koffie. "Hmm . . . lekker, dié," sê sy al kouend.

Anton streel oor haar kaal bene. "En toe?"

"Toe wat?"

"Wanneer het jy jogaklasse begin gee?"

Zoë lag stout. "My eerste klas was vir ons LO-onnie!" Haar oë blink. "Chris van Zyl was 'n ernstige sportman wat uitgeblink het in rugby, swem en atletiek. Die jogagogga het hom later in sy lewe begin byt toe hy gehoor het dit help om spanning te verlig. Of so het hy my vertel. Hy't 'n boek gaan soek, gehoor ek besit so te sê die enigste een in die bib en het my daarvoor gevra. Ons het aan die gesels geraak en kort voor lank het ek hom van die makliker posisies gewys. Op die ou end het ons saam in sy woonstel joga gedoen. Ek was soort van sy instruktrise."

Anton se oë vernou effens. Hy hoop nie hy hoor iets wat hy nie wil hoor nie.

Zoë frons. "Natuurlik moes ou Bets, meneer Van Zyl se buurvrou, die dorp aan die brand praat oor ons. Volgens haar het ons mekaar seker vuurwarm gevry."

Anton kyk na Zoë, haar lang gladde bene, deurmekaar hare, en skielik hou hy niks van dié onderwyser nie.

"Maar daar het niks gebeur nie, of hoe?" Die oomblik dat die vraag uit sy mond glip, voel hy soos 'n hond.

"Is jy jaloers?"

"Nee, ek . . ."

"Jy's sowaar jaloers!" Zoë lag. "Ek dink ek moet jou weer in 'n jogagreep sit!" En met dié spring sy bo-op hom. Dit gee 'n gestoei en 'n gelag af voordat hulle weer moeg langs mekaar neersak, die koffie skoon vergete op die bedkassie.

Anton kom half orent en stut homself op sy elmboog. Die laatoggendson skyn deur 'n gleuf in die gordyn en hy knip sy oë teen die lig. Zoë spring op om die gordyne toe te maak.

"Jis, die son is skerp. Terloops, ek het een van jou honderd werkshemde aangetrek," sê sy terwyl sy die gordyne toetrek. "Hoop nie jy mind nie."

"Glad nie. Om die waarheid te sê, jy laat die heel eerste keer reg geskied aan Jean Paul Gaultier," sê Anton en kyk weer na Zoë se mooi bene.

"Kan ek jou nou 'n eerlike vraag vra?" vra Zoë onverwags toe sy van die venster af terugstap.

Anton sit die koffiebeker, wat hy pas weer opgetel het, neer. Gaan sy nou vra of hy dit met elke meisie tydens 'n eerste afspraak doen, uitvis of hy haar weer wil sien en of hy minder van haar dink omdat sy so vinnig ingegee het? 'n Vrou se kop werk oortyd, dit besef Anton maar alte goed.

"Vra gerus," sê hy, maar sy skor stem verraai sy verbouereerdheid.

Zoë gaan sit kruisbene op die bed, neem Anton se hand in hare en kyk hom diep in die oë.

Anton skuif hom reg vir die bestoking van vrae wat gaan volg en sluk ongemaklik.

"Anton Badenhorst," begin Zoë plegtig en bly 'n rukkie stil.

Anton sluk weer.

"Besit jy hoegenaamd 'n enkele T-shirt?"

Anton is so omgeslaan soos 'n ou posbus in 'n rukwind op 'n Noord-Kaapse kleinhoewe.

"Ekskuus?" vra hy, hoewel hy goed gehoor het wat sy sê.

"Ek vra of jy enige T-shirts het; ek het niks in jou kas gesien nie en Jean Paul Watsenaam is die laaste ding wat ek op so 'n luilekker dag wil aantrek."

Anton loer na die logo op die hemp wat Zoë aanhet. Daar is 'n effense aanduiding van twee klein, ferm borsies en hy staar 'n oomblik of wat langer as wat hy wou. Hy kyk op in Zoë se tergende oë en bloos sowaar.

"Nee," sê Anton. "Ek bedoel, ja, ek het T-hemde."

"T-shírts!" help Zoë hom reg.

"T-hémde," herhaal Anton.

Zoë sug, spring van die bed af en stap na die kas waarheen Anton beduie. Sy maak die deure oop en kyk wat binne-in aangaan.

"Goeie donner!" Sy loer oor haar skouer na Anton. "Colour-coded?"

Anton se klerekas is sy trots. Nie eens Dorothy word daar naby toegelaat nie. Al sy klere is in verskillende kompartemente gerangskik volgens kleur en alfabeties volgens handelsnaam. Dit is hoe sy ma hom geleer het. En dit werk vir hom. Armani is sy gunsteling en neem die meeste van die ruimte in beslag.

"Wat's fout daarmee?"

"Kyk, my ding," sê Zoë en skud haar kop in ongeloof, "ek ken die gayste ou in die hele Johannesburg en sý klerekas kom nie naby joune nie!"

"Metroseksueel is nie gay nie," verdedig Anton.

"Dié kas is nie normaal nie," sê Zoë. "Slaan my dood met 'n Tazmanian tuna! Ek móét 'n foto hiervan neem!"

"Ag, kom nou, Zoë, moenie laf wees nie. Kom lê liewer nog 'n bietjie, toe?"

Maar Zoë maak of sy hom nie hoor nie en trek die onderste laai oop. Die sokkies wat daarin lê, is soos netjiese bolletjies in 'n bakpan gerol en ook volgens kleur gerangskik. Haar blik val op iets metaalagtigs wat heel agter in die laai, onder 'n klomp sokkies, weggesteek is. Dit is 'n paar boeie, kompleet met sleutel en al.

"Oh my stars, Anton!" roep Zoë. "Wat op aarde maak jy met cuffs?"

Anton voel hoe sy wange warm word toe Zoë na hom toe draai met die paar boeie in haar een hand.

"Daar is 'n baie goeie verduideliking daarvoor," verdedig Anton verbouereerd, vlieg van die bed af op en staan voor Zoë in sy Adamsgewaad.

Maar Zoë se aandag is by die paar boeie wat sy van alle kante bekyk. "Wel, persoonlik verkies ek die pienk fur ones!" sê sy en giggel.

Anton sug en sy gedagtes dwaal terug na daardie verskriklike aand met Madeleine Snyman.

Anton was agt en twintig toe hy vir Madeleine ontmoet het, 'n aantreklike, loopbaangedrewe vrou met 'n onversadigbare drang na sukses en uiteraard een van die opkomende advokate in Johannesburg. Hulle het hope dinge gemeen gehad: dieselfde beroep, smaak en beheptheid met netheid. Sy ma was natuurlik gaande oor Madeleine; sy was 'n skoondogter so na haar hart, omdat sy ook 'n perfeksionis, nes sy ma, is.

Anton het hom probeer oortuig dat sy en Madeleine se ooreenkomste nie die enigste rede was waarom hy van haar gehou het nie. Hy wás tog lief vir haar. Altans, hy is seker hy moes wees. Min mense het begrip gehad vir sy siening oor die lewe en Madeleine het hom verstaan. Hy het haar liefde vir geld en materiële besittings toegeskryf aan haar drang na sukses. Maar kort voor lank was Anton verveeld. Al is sy klerekas vol ontwerpersklere dryf geld hom nie regtig nie.

Hy het egter uitgehou en 'n jaar ná hul eerste ontmoeting het hulle verloof geraak. 'n Swierige partytjie is in Sandton gehou; die gedoente het hulle natuurlik baie geld uit die sak gejaag, maar Anton het daarmee vir lief geneem. Wat hom gepla het, was die roetine waarin hul lewe verval het. Hul druk program het geen ruimte gelaat vir spontaneïteit nie; nie wat etenstye betref nie en nog minder wat seks betref. Anton het dit aanvanklik afgemaak as nietighede. Seks word in elk geval oorskat, het hy homself wysgemaak.

Ná nóg ses maande was hul liefdeslewe soos 'n kersie sonder suurstof. Anton het die inisiatief geneem; hulle moes iéts doen om weer 'n bietjie passie in hul verhouding terug te blaas. Die sexy, nuwe onderklere en duur geskenke vir Madeleine kon egter nie die wa deur die drif trek nie.

Twee weke voor hul troudag het Anton en Madeleine by hul gunsteling-eetplek, 'n uitspattige Franse restaurant in Rosebank, gaan eet. Die halssnoer om Madeleine se nek het haar ontwerpersrok volmaak afgerond; sy was immers beeldskoon. Tuis, ná die ete, het Anton vir hulle elkeen 'n glasie port geskink. Madeleine was rustiger en het vir 'n verandering ophou praat oor troureëlings. Anton onthou nog goed hoe hy langs haar gaan sit het en haar sag gesoen het. Daarna het hy stadig begin om haar rok se ritssluiter oop te trek. Hy het haar na die kamer gelei en hulle het albei op die bed gaan lê. Anton het gedink dat dit die oomblik is waarop hy gewag het en het voorgestel dat hulle iets nuuts waag. Madeleine het senuagtig geglimlag, maar niks gesê nie.

Hy het stadig die bedkassie se laai oopgetrek en met 'n grinnik die stel boeie versigtig te voorskyn gebring.

Haar reaksie op sy "verrassing" was baie ver verwyder van die een wat hy homself voorgestel het. Madeleine het hom eers geskok aangestaar en toe opgespring. Toe sy weer haar klere aanhet, het sy Anton begin slegsê. Hy kan nie onthou wat sy hom alles toegesnou het nie, maar een ding het vasgesteek: in háár oë was hy 'n "siek pervert". Waarom was hy nie tevrede met hul lewe soos dit is nie; sy buig reeds agteroor om hom en sy "begeertes" te akkommodeer. Sy is in dolle vaart by die voordeur uit en het met skreeuende bande weggetrek. En dit was die laaste sien van Madeleine.

Die nadraai van daardie aand sou Anton egter veel langer bybly. Soos te wagte is hul troue gekanselleer en Anton was opgesaal met honderde rekeninge en aaklige skinderstories. Hy wou net so gou moontlik van die onaangename affêre vergeet, daarom het hy die stel boeie net so in die agterkant van sy onderste laai teruggedruk en nooit weer daaraan gedink nie. En as hy eerlik met homself moet wees, was die internet net 'n verskoning om nie weer by iemand betrokke te raak nie. Hy het nooit regtig gedink dat daar iets sal kom van die paar meisies wat hy uitgeneem het nie.

En nou staan Zoë vanoggend vermakerig met die verbrandse stel boeie en speel.

"Noudat ek daaraan dink," sê Zoë en glimlag verleidelik, "moet eerder nie sê wat die storie agter die boeie is nie. Dit spoil dalk net my mood!"

"Luister, Zoë, jy moet my glo, ek het dit nog nooit gebruik nie," stamel Anton en probeer die boeie by haar gryp.

Maar voordat hy dit by haar kan afneem, klik Zoë met 'n vinnige beweging die een boei om sy linkergewrig.

"Wel, daar's altyd 'n eerste keer," sê Zoë en glimlag ondeund.

Sy lei Anton na die bed en gee hom 'n ligte stampie sodat hy op die bed te lande kom. Dan gaan sit sy wydsbeen bo-op hom en voordat hy mooi weet wat aangaan, druk sy sy regterarm teen die bed se kopstuk vas en klik die boei toe om sy ander gewrig.

"Wat doen jy?" vra Anton benoud.

"Ek gaan jou nog 'n paar van my jogatruuks wys," fluister Zoë. Sy buk vooroor en soen Anton vurig op sy mond.

Anton kan nie glo hoe Zoë eensklaps van 'n onskuldige meisie in 'n regte klein kwaadkat verander het nie. Met haar vingernael maak sy klein sirkelbewegings om sy naeltjie en 'n rilling gaan onwillekeurig deur sy lyf. Sy leun vooroor en beweeg haar tong saggies oor die lengte van sy maag, op oor sy gespiere bolyf tot in sy nek waar sy 'n ruk lank talm.

Anton voel asof hy kan ontplof. Zoë gaan lê bo-op sy honger lyf, haar ferm borsies druk teen sy borskas en Anton kan haar hart wild teen sy ribbes voel klop. Sy soen hom weer hard op sy mond, maar rol dan eensklaps om en spring op. Verleidelik begin sy die knope van die hemp wat sy dra een vir een losmaak terwyl sy haar onderlip sensueel vasbyt. Dan draai sy misterieus om en stap stadig badkamer toe.

12

'n Effense misverstand

Dorothy Moletse druk die swaar voordeur agter haar toe en sug. Dit is darem regtig moeilik om 'n taxi op 'n openbare vakansiedag te kry. Sy het lank in 'n ry gestaan en toe sy uiteindelik aan die beurt kom, is die taxi kort voor lank by 'n padblokkade voorgekeer waar hulle weer nog 'n hele ruk, wat soos 'n ewigheid gevoel het, moes wag. En nou is Dorothy keelvol.

Anton sal natuurlik met haar raas oor sy vandag ingekom het, maar ag, sy is tog so bekommerd oor hy Kersfees alleen was en nou nog die Nuwejaar óók alleen moet ingaan. Sy moet darem maar 'n ogie oor hom kom hou. Sy het besluit dat sy vandag sou inkom en vir hom sy gunstelingete, bobotie en geelrys, sou maak voordat sy weer huis toe gaan. Dit is ook nie reg dat hy op so 'n dag so ver van sy ouers af is nie.

Toe Dorothy in die kombuis instap, merk sy dadelik onraad. Daar is koffiedruppels, vuil teelepels en 'n opgefrommelde vadoek op die toonbank. Die kasdeure is oop, goed staan sommer net so uitgepak op die toonbank. En die vloer is vol krummels. Dit knars skoon onder haar voete. Dit is nie soos Anton is nie. Die duiwel was in dié huis. In al die jare wat sy Anton ken, het sy nog nooit gesien dat hy 'n plek só deurmekaar los nie.

Sy stap versigtig in die gang af. Die huis is stil, te stil, want teen hierdie tyd sou sy Anton lankal hoor tik het voor sy rekenaar. Sy stap saggies na die studeerkamer en loer om die deur, maar

100

die rekenaar is af. Dit is toe Dorothy terugdraai dat sy die plant op die mat in die gang sien lê. Dit is afgestamp van die tafeltjie. Die kleipot waarin dit was, lê in skerwe op die mat en twee paar skoenspore het grond tot by Anton se kamerdeur op die mat ingetrap.

Dorothy word yskoud, maar terselfdertyd loop 'n dun straaltjie sweet langs haar ruggraat af. Haar mond is kurkdroog. Iets is verkeerd, baie verkeerd. Sy volg saggies die moddervoetspore die gang af en gaan staan 'n entjie voor Anton se kamerdeur. Die hemp wat hy die vorige aand aangehad het, lê in 'n bondel voor die ingang. Nou klop Dorothy se hart wild in haar keel. Die deur is op 'n skrefie oop, net groot genoeg sodat sy kan inloer. Niks sou haar egter kon voorberei op wat sy hierdie Nuwejaarsdag moet aanskou nie.

Op die naat van sy rug lê die man, in Dorothy se oë nog net die seuntjie wat sy help grootmaak het, poedelkaal op sy bed. Albei hande is vasgeboei aan die koppenent van die koningingrootte-bed. Sy onderdruk 'n gil.

"O Jhirretjie tog," fluister sy en gryp dadelik na haar hart. "My arme kjênd."

Kophou, Dorothy Moletse, dink sy by haarself. Die inbrekers is waarskynlik nog in die huis. Terwyl sy stadig haar asem uitblaas, draai sy om en sluip op haar tone terug kombuis toe.

Dink, Dorothy, dink! Sy maak die besemkas saggies oop en haal solank 'n besem uit. Vandag slaan sy hierdie klomp tsotsi's vrek. Sy kyk oor haar skouer om seker te maak niemand het haar gehoor nie. Dan rek sy na die telefoon teen die muur. Met bewende vingers druk sy die nommer. Die telefoon lui aan die ander kant.

"Johannesburg-polisiestasie."

"Es dit die polieste?" fluister Dorothy. Sy kan haar hart tot in haar ore hoor klop en haar handpalms is klam van die sweet.

"Hallo?" vra 'n vrouestem aan die ander kant. "Kan ons help?"

101

"Hoor jy my? By die tyd dat julle hier kom, was hier klaar die mêdar!" fluister Dorothy.

"Mevrou, verduidelik asseblief stadig vir ons wat die probleem is. Het iemand daar ingebreek?" probeer die vrou agter die kap van die byl kom.

"Die hys es gaburgle. Die man van die hys lê vasgemaak by die bed," fluister Dorothy dringend.

"Goed. Kalmeer nou, mevrou, wat is die adres?" vra die stem.

Anton probeer vergeefs regop kom. Sy arms is al styf van in een posisie lê en hy raak bekommerd, want Zoë is al 'n hele rukkie in die badkamer. Sê nou sy het so 'n verwronge sin vir humor dat sy besluit het om die hasepad te kies en hom net so te los? Nee wat, hy ken haar darem nie so nie. Maar eintlik ken hy haar nog maar baie kort, terg daardie stemmetjie weer in sy kop. Hy wil nie eens daaraan dink nie.

"Gaan jy nog lank draai?" roep Anton benoud in die rigting van die badkamerdeur. 'n Paar oomblikke later gaan die deur oop en Zoë staan voor hom in haar Evasgewaad. Anton se angstigheid van minute tevore maak plek vir pure ekstase. Sy lyf is die ene speldeprikke. Kan 'n vrou se liggaam so volmaak wees? Haar twee parmantige borsies, ferm magie, skraal dye met volmaak gevormde kuite . . .

"Ek's gereed," fluister Zoë in 'n sexy, lae stem en stap nader.

Maar die verleidelike oomblik is van korte duur. Skielik is daar 'n harde slag in die voorportaal en dit klink kompleet asof die voordeur afgeskop word.

Zoë vlieg om en nael terug badkamer toe. "Wat van my?" skree Anton agter haar aan, maar dit is vergeefs, want sy het reeds die deur agter haar toegeklap.

Anton se oë rek so groot soos pierings toe twee polisiekonstabels, elk gewapen met 'n pistool, by sy kamerdeur inbars. Agter hulle staan Dorothy slaggereed met 'n besemstok styf in haar hande vasgeklem.

"Wat de hel!" skree Anton. "Dorothy, wat gaan aan?" Anton ruk-ruk met sy vasgeboeide hande aan die kopstuk van die bed.

"Moenie worry, Boetie! Die polieste es hier!" roep Dorothy selfversekerd oor die konstabel se skouer.

"Wat soek julle hier?" vra Anton geskok en probeer die deken aan die voetenent van die bed met sy voete nader hark, maar dit is buite sy bereik. Hy wil nie eens dink watter droewige figuur hy uitmaak nie. "Dis . . . dis nie soos dit lyk nie," stamel Anton. "Dis net 'n speletjie!"

In daardie stadium loer Zoë gelukkig om die badkamerdeur en waai so effens. Die konstabels het eers van Anton na Zoë gekyk en toe proesend probeer om hul pose te hou.

Dit neem die twee konstabels meer as 'n halfuur om Dorothy tot bedaring te bring en vir haar te verduidelik wat aan die gang is. Anton weet nie hoe hy haar ooit weer in die oë sal kan kyk nie.

Toe die polisiemanne, al laggende, uiteindelik by die voordeur uit is, sluit Zoë, in die vorige aand se klere, haar in die sitkamer by hulle aan met 'n glas suikerwater wat sy vir Dorothy aangee. Dorothy neem dit by Zoë sonder om na haar te kyk en Zoë gaan sit afgehaal op die verste stoel in die vertrek.

"Jammer ons het jou laat skrik, Dorothy," probeer Anton en kyk teen die oorkantste muur vas.

Dorothy klap haar tong ergerlik. "Ek is oud, Anton. My hart," sê Dorothy en snuit haar neus doelbewus hard.

Daar heers 'n ongemaklike stilte.

"Dorothy, dis Zoë," sê Anton by gebrek aan enigiets anders om te sê.

"Hallo, Dorothy," sê Zoë verleë.

Dorothy gee Zoë 'n vuil kyk, skud haar kop, maar sê niks nie.

"Ons het net gespeel, Dorothy, ons het nie – " probeer Anton weer verduidelik, maar Dorothy val hom in die rede.

"Bly stil, Boetie. Niks se gaspeel. Mens speel gan met die polieste bangels!" Sy klik haar tong weer vererg en vou haar arms oor haar indrukwekkende borste. Dan kyk sy indringend na Zoë. "Jy!" en sy wys haar vinger beskuldigend na haar. "Jy en die dywel bring die verkeerde goed by dié hys."

"Dorothy," begin Zoë, maar Dorothy vou weer haar arms en draai weg van Zoë af. Sy wil duidelik niks meer hoor nie.

Anton kyk benoud na Zoë en begin halfhartig verduidelik: "Ons het mekaar oor die rekenaar ontmoet, Dorothy."

Dorothy sit haar glas suikerwater so hard op die tafel se glasblad neer dat Anton en Zoë wip van die skrik.

"Die dywel!" sê sy terwyl sy opstaan. "Ek het vor jou gasê dis die dywel! Daai dywel het dié vrou by die hys gabring!"

Daar is nou net een uitweg, dink Zoë, maak keel skoon en begin plegtig met Dorothy in Tswana praat. "Mmê, wa ka, ke rata abuti o, tlhe. O a mmona gore o bolaiwa ke bodutu. Ke kopa o ne e monyetla le ene tlhe, ka kopo."

Anton verstaan nie 'n woord Tswana nie en hou die hele affêre met valkoë dop. Stelselmatig begin Dorothy se gesigsuitdrukking verander totdat daar selfs 'n sweempie van 'n glimlag sigbaar is. Sy sug en tel weer die glas suikerwater van die tafel af op.

"Ek's jammer ons het jou laat skrik, Dorothy," sê Zoë en staan op. Sy gaan sit tussen Anton en Dorothy op die rusbank en sit haar hand op die ouer vrou se skouer.

Dorothy glimlag nou ten volle en kyk dan na Anton. "My hart is oud, Boetie. Julle moenie vor Dorothy so lat skrik!"

Anton kan sy oë nie glo nie. Dorothy se houding het in 'n paar oomblikke handomkeer verander. Hy kyk verras na Zoë, wat geheimsinnig glimlag en vir hom knipoog.

13

Jhalfrezi à la Zietsman

Jan-Hendrik se luidrugtige skaterlag eggo deur die knus koffie-kroeg in Melville. Hy vee sy oë uit en skud sy kop. Dan bars hy weer uit en hyg onophoudelik, kamtig om na asem te snak.

Zoë sit aan die oorkant van die tafel en gee vir Jan-Hendrik 'n tissue aan.

"Lag maar!" sê sy. "Dit was moerse embarrassing! Ek het my boobs droog geskrik en die ergste van als is: ek het heeltemal vergeet waar ek die boeie se sleutel ingedruk het!"

Jan-Hendrik begin van voor af lag. Die eienaar van die koffie-plek staar hulle aan. Hy is waarskynlik verlig dat dié twee lawwe goed vanoggend sy enigste klante is. Gewoonlik is die plek dié tyd soggens al stampvol, maar die meeste mense hou óf vakan-sie óf herstel nog van hul Nuwejaarspartytjies.

"Ons kry toe uiteindelik die sleutel onder die bedkassie nadat almal 'n hele ruk op hul knieë op die mat rondgekruip het!"

"Ook maar goed, anders sien ek hoe hulle hom moet afknip met die jaws of life!" proes Jan-Hendrik deur sy lagbui. "En An-ton moet dit alles van die bed af aanskou?"

"Ja," sê Zoë opnuut verleë. "Alles was so deurmekaar, ek het eers minute later agtergekom hy probeer my aandag trek sodat ek 'n deken of iets oor sy privates moet gooi."

Dit lyk behoorlik asof Jan-Hendrik nie meer vir lank op sy stoel gaan kan bly soos hy lag nie.

"Arme ding," sug Zoë en skud haar kop. "Ek het hom so jammer gekry. Hy's 'n ou met hoë standaarde, weet jy?" Zoë se koffie is al klaar toe Jan-Hendrik eers tot bedaring kom.

"Op daardie onderwerp," praat Jan-Hendrik dadelik sagter terwyl hy nog 'n traan uit sy oog pik. "Hoe vergelyk Anton met Dirk? Ek bedoel Dirkié."

"Hoe bedoel jy?" vra Zoë.

"Jellietot!" raas Jan-Hendrik. "Jy's partykeer so toe soos 'n plastiekpop se parra! Kan jy nooit 'n conversation enduit volg nie?"

"O, Dirkie! Nou vang ek!" lag Zoë toe sy eindelik besef waarop dit afstuur. "Ag, sorry, man. Remember I'm blonde, be gentle on my brain!"

Zoë leun vertroulik oor die tafel na Jan-Hendrik en fluister: "Skat, kom ons sê net, ek het 'n nuwe mýlpaal in my lewe behaal!"

"Oe!" gil Jan-Hendrik, gryp die spyskaart en waai homself kamtig koud. "Be still, my heart!"

Zoë leun terug en beduie vir die eienaar dat sy nog 'n koppie koffie wil hê.

"O ja," voeg sy by, "dankie vir die panty in die handsak. Dit het nogal die gewenste uitwerking gehad!"

Jan-Hendrik lyk verbaas. "Nou wanneer het jy die swop gedoen, madam? Ek dog dit was pure passie van die koppie af tot by die huis."

"Dit wás," sê Zoë en glimlag geheimsinnig. "Ek het hom teen die gangmuur so gesoen dat sy oë nooit sou oopgaan nie. Toe ruil ek met my een hand vinnig panties om."

Jan-Hendrik kyk verbaas na Zoë. "Hoe dóén jy dit?"

"Joga," sê Zoë selfvoldaan en neem 'n groot sluk koffie. "Jy wil mos net een posisie onder die knie kry!"

"Ek sal vir seker nog 'n paar moet leer, lyk dit my!" sê Jan-Hendrik en skud sy kop. "Kan jy dít nou oorvertel!"

"Ek hou regtig baie van hom, Jan-Hendrik," sê Zoë skielik ernstig. "Met hierdie ou het ek 'n konneksie wat ek nie kan verduidelik nie. Jy ken my, ek spring nie sommer saam met enige ou in die bed nie!"

"Toemaar, ek weet," sug Jan-Hendrik. "Daai is mý job!"

Hulle albei glimlag.

"So, gaan jy nou by hom intrek?" vra Jan-Hendrik versigtig. "Want dan sal ek vir 'n ander huismaat moet begin soek."

"Is jy nou kens, skat? Natuurlik nie. Ons ken mekaar nog skaars!"

Jan-Hendrik sug van verligting. "Mens moet maar dié goed vra. Julle vroumense is moerse impulsief."

"Asof jy en jou pelle nié is nie."

"So, wanneer sien jy hom weer?" vra Jan-Hendrik en vryf sy hande dramaties in afwagting.

"Môreaand."

"Jy's deesdae behoorlik 'n social butterfly!"

"Hoor wie práát!" lag Zoë vermakerig. "Komende van jou!"

"You know me, doll. I'll even attend the opening of an envelope!"

Zoë glimlag net. So ken sy Jan-Hendrik.

"En het julle al planne vir die naweek?" vra Jan-Hendrik nuuskierig.

"Ek gaan vir hom kook by ons huis. Ek maak – "

"Let me guess," val Jan-Hendrik haar in die rede, "jou famous Indian Jhalfrezi?"

"Jy wéét dis al wat ek kan maak."

"Is jy seker jy wil die man dít aandoen? Laas keer het ek twee lepels geëet en 'n week lank nommer 3-garing gedinges!"

"Ag, toe nou, jy!" sê Zoë beswaard. "Jy't daai tyd net 'n bug gehad!"

"Presies! 'n Bák onder my bed! En 'n 'Always' in my onderbroek!"

Zoë maak asof sy haar vervies het, kruis haar arms en tuit haar onderlip.

"Oukei! Oukei! Ek's seker hy sal die resep oorleef; mag ek hom darem kom ontmoet?" glimlag Jan-Hendrik.

"Jy mag hom ontmoet. Maar dis dít! Ons eet alleen!"

"Fine! Fine!" Jan-Hendrik sug oordrewe en laat bewe sy onderlip. "Ek sal maar buite op die trappie sit, noudat ek vervang is deur 'n ander man!"

* * *

Zoë is reeds vroegoggend dorp toe met haar Vespa. Sy het stilgehou by haar geliefkoosde Portugese omie vir groente en daarna die ander bestanddele by die Indiërtannie om die draai gaan koop. Anton het haar vertel dat hy heel oopkop is oor kos en amper alles eet. Sy is seker hy sal baie van haar Indiese gereg hou.

'n Paar jaar terug het sy Indië besoek, die een plek wat sy nog altyd wou sien. Sy het meer as twee jaar gespaar vir daardie vakansie en was nog nooit 'n dag spyt dat sy gegaan het nie. Daar is net iets aan daardie kultuur wat Zoë heeltemal fassineer. Die kleure, die geure, die miljoene mense wat nes miertjies daagliks verby mekaar skuifel en mekaar nie elke twee minute aan die nekke wil rondpluk soos in die Hoëveldse verkeer nie. En dan is daar die romantiese Indië. Dink net, 'n man wat 'n marmertempel bou om sy liefde vir 'n vrou te verklaar. Waar hoor mens nou eintlik van sulke stories? Om nie te praat van die joga nie!

Dit is alles dinge wat sy wou gaan ervaar. Sy het al haar hare laat afskeer en vir 'n week by 'n Boeddhistiese tempel gaan inwoon om soul-searching te doen. Dit is hier dat sy "enlightened" was – soos sy graag vertel – om joga na-uurs te begin gee. Jan-Hendrik spot haar natuurlik nou nog oor die kaalkop-tyd in haar lewe, maar sy steur haar nie veel daaraan nie. Natuurlik wou sy ook iets Indies leer kook, en het haar destyds ingeskryf vir 'n kookklas. Die enigste resep wat sy kan onthou, is toevallig ook haar gunsteling: vegetariese Jhalfrezi. Juis dié gereg wat sy vandag maak.

Zoë kerf die laaste paar wortels op en gooi dit langs die bakkie gekerfde rooiuie neer. Sy loer weer 'n keer na die resep wat nog in 'n growwe handskrif gekrap is. 'n Ou Indiër-omie het dit vir haar destyds neergeskryf toe sy daar was. Al die bestanddele is nou bymekaar. Sy gaan dit een vir een na in haar gedagtes en trek die gemmer, knoffel en koljander nader. Anton sal binne twee minute hier wees, dink sy toe haar blik op die kombuishorlosie val. En soos sy nou al vir Anton leer ken het, is hy nóú hier. Sy't nog nie eens behoorlik klaar gedink nie, toe lui die deurklokkie. Dit is hy! Sy spoel gou haar hande onder die kraan af en stap na die voordeur terwyl sy haar hande aan die blou voorskoot afvee. Sy kyk vlugtig in die gangspieël of haar hare reg is en knip vir haarself oog. Die klokkie lui weer.

"Ek kom!" roep sy en maak die deur oop.

Anton staan aan die ander kant in 'n netjiese neutbruin pak klere wat mooi afsteek teen die pienk angeliere in sy hand. Soos die vorige kere kan jy hom deur 'n ring trek. Zoë trek haar babablou voorskoot effens reg. Anton se oë rek en hy maak keel skoon.

"Ek . . . ek dink ek is . . ." stamel hy onbeholpe.

"Ietwat overdressed?" giggel sy en vee sensueel oor die voorskoot. "Ek haat dit om te kook met layers en layers klere. Jy weet mos hoe dit gaan," spot sy. Met die voordeur oop kry sy actually effens koud. Sy hoop nie Anton dink dit was stupid van haar om nét 'n voorskoot aan te trek nie.

Anton lag net en skud sy kop in ongeloof.

Zoë staan nader en soen hom sag en lank. Van Nuwejaar af gaan hulle aan asof hulle iets moet inhaal waarop hulle uitgemis

109

het. Sy kan nie onthou wanneer laas sy iemand so baie en so aanhoudend gesoen het nie.

"Ek het jou gemis," fluister sy tussen die soen deur.

Anton vryf liggies oor haar mooi kaal middeltjie. "En ek vir jou!"

"Vir my?" glimlag Zoë en neem die blomme by hom. "Dis pragtig . . . en seker dúúr gewees."

"Belowe dit was nie," skerm Anton gou.

"Kom binne, kom binne!" nooi sy en draai om. As Anton nie seker was sy het nét die voorskoot aan nie, weet hy nou. Zoë kan voel hoe sy blik in haar agterstewe vasbrand. Hy volg haar tot in die kombuis. Hierdie vertrek is natuurlik heeltemal anders as sy sober wit-en-bruin kombuis en sy hoop hy keur dit goed. Miskien is die helder gordyne en magdom koeibeeldjies, koei-koppies en koeiskinkborde dalk nie regtig sy smaak nie. Maar vir haar en Jan-Hendrik is dit 'n gelukkige vertrek – soos wat 'n kombuis veronderstel is om te wees.

Sy sit die blomme in 'n glaspot, leun oor die wasbak en tap water daarin.

"Kom ek trek at least net jou baadjie uit en haal jou das vir jou af," sê sy toe sy die blomme op die tafel gesit het. Anton gee maar te gewillig kop en sit oomblikke later op die houtstoel wat Zoë vir hom uittrek.

"Wat maak jy vir ons?" vra hy nuuskierig.

Zoë sit die wok op die plaat. "Jhalfrezi à la Zietsman," glimlag sy en gooi die bestanddele een vir een in. "Ek het in Indië geleer om dit te maak."

"Klink interessant, niemand het al vir my persoonlik Indiese geregte gemaak nie."

"'n Gereg," help Zoë hom reg. "Dis ál een wat ek kan maak. Maar die voordeel daarvan is dat hierdie een al amper vervol-maak is!"

Anton lag. "Ek is seker dit sal wees."

"Kon jy toe maklik my plekkie kry?" vra Zoë. "Ek weet dit is nie maklik met al die draaie nie."

"Ek sou dit nie sonder my Garmin kon doen nie."

"Jy cheat lekker!" lag Zoë.

Toe sy oor haar skouer loer, sien sy Anton staar na haar boudjies wat deur die voorskoot loer. Sy glimlag dankbaar.

"Het jy van Indië gehou?" vra Anton. Hy klink effens hees.

"Was mál daaroor," lag sy en gee vir Anton 'n foto van haar aan wat op die mikrogolfoond staan. "Die Taj Mahal was my favourite! Is dit nie net die mooiste love story in die wêreld nie?"

"Dit is iets besonders," glimlag Anton terwyl hy sag met sy duim oor die Zoë op die foto streel. "Waar is jou hare?"

"Ek het dit afgeskeer. Was ook 'n spiritual journey, you know."

"Ek sien," glimlag Anton. "Ek is bly jy't jou hare laat terug-groei. Miskien moet jy my eendag die plek gaan wys. Dit sal werklik verrykend wees om dit deur jou oë te sien en die erva-ring met jou te deel!"

"Remind me again hoekom ek jou so incredibly attractive vind, met jou hoë Afrikaans en al," gesels Zoë al roerend.

"Omdat jy hou van 'n man met styl," lag Anton.

"Hm . . . ek dink ek hou van styl én stamina!" spot Zoë en lek liggies oor haar bolip.

Anton maak sy keel ongemaklik skoon. "So, is jou huismaat vandag hier?"

"Nee, jong. Besig met 'n fancy troue vir iemand. Blykbaar wil die bruid 'n duisend butterflies loslaat en nou moet hulle die goed teel en als. Verbeel jou! En die ergste van als is, die but-terflies alleen kos R10 000."

"Hy kom dus eers later?" vra Anton duidelik sonder veel be-langstelling in die skoenlappers.

"Wie? O, Jan-Hendrik. Nee, ek weet nie. Hy wou jou ont-moet, maar dit het vir my geklink of hy nie sal kan wegkom met die butterfly-bruid in die omtrek nie. Hoekom? Het jy planne met my, meneer Badenhorst?" terg Zoë stout.

Anton verander die onderwerp: "Ek weet nie so mooi van Indië nie. Dit het nie soveel trekkrag vir my nie. Nooit gedink ek sou dit eendag wou besoek nie."

Zoë roer die pruttende gereg en loer na Anton. "Hoekom nie? Indië is fantabulooslik!"

"Ek is maar meer een van daardie mense wat op 'n verlate eiland onder 'n palmboom wil gaan sit en 'n boek lees," verduidelik Anton. "Indië is té besig vir my. Té . . ."

"Unorganized, meneer OCD?" lag Zoë.

"Ek's nie obsessief nie," skerm Anton dadelik. "Wel, miskien net 'n bietjie!"

"Ja, en ek's nie lomp nie!" giggel Zoë. "Eina, vrekkit!"

Zoë pluk haar hand vinnig terug en trippel rond voor die stoof. "Vinger gebrand! Vinger gebrand!"

Anton spring op. "Is jy oukei?" vra hy besorg en bestudeer haar vinger. Haar wysvinger is bloedrooi waar sy dit teen die wok vasgedruk het. Hy sit dit dadelik in sy mond en suig liggies daaraan.

Zoë kry skoon hoendervleis van lekkerte.

"Dankie, dokter Badenhorst," fluister sy sag en staan styf teen hom. Gou kom sy agter dat haar kok-outfit wél die vereiste uitwerking op Anton het.

"Sjoe, dokter Badenhorst," giggel sy stout, "ek dink jy't jou stetoskoop in jou sak vergeet!"

"Neem jy my kwalik?" glimlag Anton met haar vinger steeds in sy mond. "Dit is die eerste keer dat iemand só vir my kook."

"Dit sal heeltemal unfair wees as ek jou nie ook ondersoek nie, dokter," sê Zoë ondeund en vee haar neus sag teen Anton se wang en nek. Dan soen sy hom in sy nek en beweeg stadig af tot op haar knieë waar sy begin peuter aan sy broeksknoop.

"Is . . . umm . . . jy't gesê jou huismaat kom eers later?" vra

112

hy bekommerd in 'n tenoorstem wat Zoë behoorlik amusant vind.

"Sjuut." Zoë sit haar gebrande vinger voor haar mond en trek sy broek af. Sy was net van plan om haar hand verleidelik oor Anton se bobeen te laat gly toe Jan-Hendrik onverwags van die deur af praat.

"Hate to fiddle in your felacio! Maar jou kos brand!"

Zoë laat glip 'n gil en spring dadelik skuldig op. Anton gooi die vinnigste 180-grade-draai in menslike geheuenis en probeer om sy broek weer opgetrek te kry.

Jan-Hendrik skud sy kop van links na regs soos 'n opregte Indiër en slaan oor in 'n Mrs Moodly-aksent. "Oh, excuse me, but the whole Melville can smell New Delhi burning from as far as the post office!"

Zoë pluk die Jhalfrezi van die plaat af en waai verwoed aan al die rookbolle. Sy kan nie glo hulle het dit nie vroeër geruik nie. Sy kan selfs in die venster se weerkaatsing sien hoe Anton bloos. Hy staan steeds met sy rug na Jan-Hendrik toe.

"Jy's vroeg," verwyt Zoë terwyl sy die plaat afskakel.

"I've left the house at the crack of dawn!" sê Jan-Hendrik terwyl hy veelbetekenend na haar voorskoot staar. "En kyk wat loop ek mis!"

"Ag, tóé nou, Jan-Hendrik," sê Zoë ongemaklik. Sy staan maar met haar rug teen die stoof en weet nie waar om te kyk nie. Dit is een ding dat Jan-Hendrik haar al in onderklere gesien het, maar káál. "Dis nie asof ek nie al op jóú ook ingeloop het nie!"

Jan-Hendrik lag en kom nader gestap met sy arm uitgestrek vir 'n formele handgroet. "Aangenaam, Anton, ek's Jan-Hendrik. Al báie van jou gehoor."

Anton draai skaam om en kan Jan-Hendrik nie in die oë kyk nie. "Aangenaam, net soveel van jou gehoor." Hy gee Jan-Hendrik nietemin 'n stewige handdruk.

113

"Obviously nog nie soveel van my gesién soos ek van jou nie," terg hy terwyl Anton soos 'n nickerball in 'n nuwe skakering van rooi verander.

"Toe nou, Jan-Hendrik! Hy ken nog nie jou sin vir humor nie!" sanik Zoë.

"Oh, don't mind me. Ek is anyway op pad kamer toe. Kan ek my e-mail op jou computer check, of is julle van plan om soontoe te vorder?"

"Gaan check jou e-mail! En as jy so gaan aanhou, kry jy niks van my Jhalfrezi nie!"

"O, ek hou verby, dankie. Anton, jy moet vir dááí Jhalfrezi oppas. Dit laat jou dinges soos 'n Russiese reier!" praat Jan-Hendrik gangaf.

Zoë giggel ongemaklik. "Sjoe, ons twee sal ons timing moet begin regkry. Sorry daaroor."

Minute later sit die twee liefdesduifies snoesig aan die kombuistafel. Zoë het haar toe maar uit ordentlikheid gaan aantrek, terwyl Anton weer sy baadjie aangetrek het om op te maak vir die skaamte van vroeër. Hoewel die hele affêre ongemaklik verby was, kan hy darem nou die humor daarin sien en hy wil nie vir Zoë skuldig laat voel oor haar spontane geaardheid nie. Dit is juis wat verlore was in sy vorige verhouding. Daar was geen oomblikke soos dié nie. Anton moes hopeloos probeer om die dowwe vlammetjie suurstof te gee. Zoë het maar so bolangs geskep in die wok, en afgesien daarvan dat die meeste van die kos onderin die wok vasgebrand het, het die Jhalfrezi eintlik heel smaaklik uitgekom.

"Dit is heerlik," komplimenteer Anton haar nadat hy klaar gesluk het en soen Zoë liggies op haar hand. "Jy is 'n bobaaskok."

Zoë lag verleë. "Toe nou, jy! Dis eintlik al wat ek kan maak. Ek het doer agter in die ry gestaan toe kooktalent uitgedeel is. Maar dankie."

"Wel, ek is gaande daaroor, en waarskynlik nog meer gaande oor jou!"

Zoë leun oor in die stoel en plant nog 'n soen op Anton se lippe.

"Laat ek raai," glimlag sy. "Jy kook seker van die boonste rak?"

"Wel, ek is nou nie Auguste Escoffier nie, maar ek ken 'n paar resepte," lag Anton en neem 'n sluk van sy vrugtesap.

"Jy weet voor jou heilige siel ek't nie 'n clue wie August Eskoffie of wat ook al is nie," sug Zoë. "Ek voel soms so dom wanneer ek met jou praat!"

"Nee wat," troos Anton. "Gee vir my twee name van mense van wie jy hou."

"Karamchand?" toets Zoë en glimlag van oor tot oor.

"Geen benul nie," sê Anton vriendelik. "Iemand wat joga beoefen?"

"Nee. Dit is die middelnaam van Gandhi. Oukei, volgende een. Weet jy wie was Tank Man?"

"Iemand uit 'n *Marvel*-strokiesboek?" raai Anton.

"Nee," glimlag Zoë in haar skik. "Jy't nog nooit geprotest nie, het jy?"

"Nog nie, nee. Maar ek neem aan dié man het?"

Zoë se oë vlam trots. "Anton, Tank Man is my ultimate hero!"

'n Sagte glans kruip in Anton se oë. Hy is gaande oor hoe passievol hierdie meisie oor iets kan raak.

"5 Junie 1989. Dit is hý wat alleen voor daardie tenks op Tiananmen Square in Beijing gaan staan het."

"O, ek weet nóú van wie jy praat!" merk Anton opgewonde op. "Maar hoekom is sy naam nooit bekend gemaak nie?"

"Verbeel jou wat sou gebeur het as mense geweet het wat sy naam was. China sou daarna nie dieselfde plek gewees het nie. As jy 'n naam het, kan mense jou volg. Beijing sou alles doen om dit te keer. Ek dink die wêreld van iemand wat sy lewe sal waag vir iets waarin hy glo."

Anton bly 'n rukkie stil. Hy het nog nooit hieroor nagedink nie. Was hy in sy lewe al ooit so passievol oor enigiets? Hy het wel alles ingesit op skool en universiteit en wou graag goed vaar. Maar "passievol" is iets heeltemal anders.

"Ek sal graag meer oor hierdie ou wil gaan lees," sê hy 'n ruk later. "En sien jy nou, ek weet nie alles nie."

"Ag, jy weet net hoe om met my te praat!" Zoë staan op en sit die borde in die wasbak. "Seker jy't lekker geëet?"

"Dit was ongelooflik, dankie. Luister, ek wou jou vra. Sal jy asseblief saam met my na 'n werksete toe kom volgende week?"

Zoë tap warm water in die wasbak en spuit 'n paar druppels opwasmiddel daarin.

"Ek weet nie so mooi nie, jong," begin sy. Dit klink behoorlik asof sy na die regte woorde soek.

Anton staan op, staan agter haar en vat haar aan die skouers. "Hoekom nie?"

"Die mense saam met wie jy werk . . . Hulle is anders as ek. Hulle dink ook anders."

"My vennote is soms ietwat styf, maar ek vra mooi dat jy dit vir my doen. Dis aaklig om altyd alleen tussen hulle te sit. As jy saamkom, sal ek 'n rede hê om te wil gaan."

Zoë draai om en soen hom weer. "Sal dit jou gelukkig maak as ek daar is?"

"Baie," glimlag Anton en soen haar nog 'n keer. Hy dink hy's besig om verslaaf te raak aan hierdie meisie. Hy wil haar net nie los nie. Nooit nie.

"Nou dan doen ek dit vir jou, maar nét vir jou. Net solank jy jou nie vir my skaam omdat ek nie inpas nie."

"Jy's die heel beste," glimlag Anton en druk haar teen hom vas. "Ek wou jou nog vra . . ."

"Hm?" gee Zoë toestemming met haar kop netjies by Anton se nek ingedruk.

"Wat het jy vir Dorothy nou die dag in my huis in Tswana gesê?"

Zoë lag lekker en kyk stip in sy oë. "Ag, sommer niks."

"Toe, Zoë!" hou hy aan. Dit pla hom al van nou die dag af. "Sy vra gedurig uit hoe dit met jou gaan en of ek jou al gesien of gebel het. So asof julle nou beste maats is."

"Doen sy?"

"Ja! Vertel my, toe."

"Miskien is dit tyd dat jy dan begin aandag gee aan jou derde taal," glimlag sy ondeund. "Kom ons maak so. Ek stuur vir jou wat ek gesê het op e-mail en jy kan dit self uitfigure."

"Klink goed," stem Anton en druk haar weer teen hom vas. Skielik grom sy maag ongemaklik en hy hoop van harte Jan-Hendrik was nie reg met sy voorspelling nie.

14

Bon appetit!

Zoë sit grootoog aan die ronde tafel. Haar handpalms sweet onwillekeurig op haar skoot en haar maag is op 'n knop getrek. Sy loer af en toe na haar weerkaatsing in die spieël aan die oorkantste muur en kan nie help om ontuis te voel nie. Sy hoort net nie hier nie. Hierdie restaurant met die rye en rye egte silwereetgerei en gedempte atmosfeer is nie 'n plek waar sy sommer sou instap nie. En dan vra hulle nog R500 vir 'n steak! Totale malligheid; dit is meer as haar en Jan-Hendrik se groceries elke week! Hier sit sy nou en kan nie help om te dink hoe einste Bridget Jones gevoel het nie. Nooit het sy gedink sy sou haarself in iets soortgelyks bevind nie.

Gelukkig sit Anton styf langs haar en streel gereeld met sy hand oor haar been onder die tafel. Was dit nie vir hom nie, was sy al lankal hier uit. Daar sit vier ander mense by hulle aan tafel, maar Zoë kan om die dood toe nie hul name onthou nie. Hulle het hulself as mnr. en mev. So-en-so voorgestel en sy dink dit is uiters ongeskik. Dit is veronderstel om net 'n ete te wees, nie 'n vergadering nie. Aan Anton se linkerkant sit 'n getroude paartjie. Sy loer onderlangs na hulle. Om dinge vir haarself te vergemaklik, is idee-assosiasie nou al genade, soos sy maar altyd op die skoolbanke moes doen.

Die man is skraal met 'n grys kop en lyk vir haar opmerklik baie na 'n sprinkaan. Hy het 'n lang, dun nek waaraan daar 'n

118

moesie pryk met drie lang hare wat daaruit krul. Zoë sou bitter graag daardie drie moesiehare blitsig met 'n knyptangetjie wou uitpluk, en sy moet haarself voortdurend vermaan om nie te lank daarna te staar nie. Sy vrou, mev. My-vinger-het-op-die-haarsproeiblik-gegly, is plomp en waarskynlik in haar laat vyftigerjare. Haar grys rok lyk vir Zoë eerder soos 'n hotelwerker se uniform as deftig. Haar hare is so erg gepluis en daarna so styf gespuit dat Zoë kan sweer 'n mens sal dié kapsel met 'n broodmes middeldeur kan sny. Langs hulle sit ene mnr. Conradie. Zoë onthou dit bloot omdat hy en Jan-Hendrik dieselfde van het. Mnr. Conradie lyk asof hy een van daardie bedenklike mans is wat by 'n skool in sy motor sal sit en pouses kinders met lekkergoed omkoop. Hy het 'n groot, ronde gesig met fyn, rooi aartjies wat op sy wange en neus vertak. Sy hemp lyk hopeloos te klein en sy das lyk of dit hom nog voor die einde van die aand gaan verwurg. Jan-Hendrik sal die horries kry as hy hoor dié man het dieselfde van as hy, dink Zoë.

Aan mnr. Conradie se linkerkant sit die vrou wat Anton as die hoofvennoot van hul firma uitgewys het. Zoë weet instinktief sy en dié vrou gaan nie langs dieselfde vuur sit nie en die feit dat sy vir Zoë ontstellend baie na 'n krokodil lyk, help ook nie om haar op haar gemak te laat voel nie. Die vrou het 'n enorme kakebeen en Zoë onthou die destydse James Bond-fliek waarin die karakter Jaws gespeel het. Wat was sy naam nou weer? Richard Kiel! Zoë skaam haar heimlik omdat sy sommer dadelik 'n karakter in 'n fliek se naam kan oproep, maar omtrent nie een van die mense aan tafel se name kan onthou nie. Die Krokodil lyk egter ook of sy 'n niggie van die koningin van Engeland kon wees; sy het 'n duur string pêrels om haar nek en sy dra 'n deftige, maar tipiese outannie-rok. Geen trouring nie en waarskynlik nooit getroud nie, dink sy. Die vrou straal in elk geval so 'n kilte uit dat Zoë haar geen man aan haar sy kan voorstel nie.

"Dit word gevorder as gelikwideerde skadevergoeding omdat

die verweerder versuim het om 'n aandeelsertifikaat te lewer," sê mnr. Conradie en verbreek Zoë se gedagtegang.

"Presies," sê die Krokodil. Sy het 'n hoë, skril stemmetjie wat Zoë aan 'n skeermeslem herinner. "Die eiser se vordering van 'n bedrag vir die waarde van 'n artikel wat nie gelewer is nie, is 'n eis vir skadevergoeding, wat ingevolge Wet 15/1962 deur die hof verminder kan word. Dus behoort – "

"Ek stem nie heeltemal daarmee saam nie," val die man met die moesie haar in die rede. Sy vrou, die Haarsproeiblik, knik en steek 'n lepel vol gazpacho in haar mond.

"Wat is u reaksie daarop, meneer Badenhorst?" vra die Krokodil en kyk bo-oor Zoë.

Anton kyk na Zoë en sy knipoog vir hom. Hy sit gou sy hand op haar been en knyp haar sag aan die knie.

Die Krokodil tik ongeduldig met haar wysvinger op die tafel. Anton het nog nie haar vraag beantwoord nie.

"Al is summiere vonnis 'n strenger remedie as voorlopige vonnis, is laasgenoemde steeds 'n buitengewone regsmiddel," beantwoord hy uiteindelik haar vraag.

"Presies!" verbreek Zoë skielik die stilswye nadat Anton gepraat het. O hemel, wat het sy nou aangevang?

Die res van die tafel kyk haar verbaas aan.

"Dankie, Zoë," sê Anton verleë en maak keel skoon.

Mnr. Conradie kantel sy kop en glimlag vir Zoë. "Juffrou Zietsman, ek is baie beïndruk. Is u ingelig oor strafbepalings?"

Zoë besef sy is in die sop. Sy het nie die vaagste benul waarvan die mense praat nie en sy het ook geen begeerte om iets daaroor te weet nie. Maar ter wille van Anton wou sy darem ook nie heeltemal deur die mis lyk nie. Wat maak sy nou?

"Ek weet nie juis veel daarvan af nie," skerm Zoë en voel hoe die bloed opstoot na haar wange. "Maar ek vind dit nogal interessant."

Die Krokodil loer uit die hoogte oor haar bril na Zoë. "Hoe

durf u dan u mening lug oor iets waarvan u kennelik niks weet nie?" vra sy en trek haar oë op skrefies.

Feeks! dink Zoë kwaai. Sy moet op haar tande byt om niks te sê nie. Sy wil nie vir Anton verder in die verleentheid bring nie. Sy moes nooit saamgekom het nie! Sy weet mos al teen hierdie tyd dat sy nie by sulke mense inpas nie.

"Juffrou Vosloo," kom Anton gelukkig tot haar redding, en kyk die Krokodil stip aan, "my metgesel het nie in die regte gestudeer nie. Dit sou dus onbillik wees om te verwag dat sy met regsterme vertroud moet wees."

Maar die Krokodil laat haar nie sommer van stryk bring nie. "Meneer Badenhorst, dit is 'n jammerte dat u keuse in metgeselle die kreeftegang gegaan het. As ek dink hoe 'n perfekte paartjie u en juffrou Snyman was – dáár was nou 'n vrou uit een stuk," sê sy.

"Ek stem saam met juffrou Vosloo," kwaak die Haarsproeiblik langs haar man. "Wat hét van juffrou Snyman geword, meneer Badenhorst?" Dit is die eerste keer die aand dat die Haarsproeiblik iets sê, afgesien van die behaaglike geluide wat sy deurentyd maak terwyl sy aan haar ete smul.

Zoë kan nie glo hoe gemeen hierdie mense is nie. Sy knip haar oë 'n paar keer. Sy kan nie nou nog huil ook en hierdie aaklige reptiel en die vretende Haarsproeiblik hul sin gee nie.

Anton is duidelik verleë en sit sy hand gerusstellend op Zoë se been. "Ek weet nie waar juffrou Snyman haar bevind nie; ek het ook geen begeerte om te weet nie en ek sal dit waardeer as daar nie weer na haar verwys word nie," sê hy ferm.

"Ja-nee, dames," kom die Moesieman vir Zoë op, "dit is darem nie goeie smaak om Anton se eks voor hierdie jong meisie te bespreek nie, of hoe?"

"Gmf," snork die Krokodil, maar sy Haarsproeiblik-vrou uiter darem 'n sagte "jammer", wat ook dalk net 'n keelskoonmakery kon gewees het.

Die hoofgereg daag op, maar die atmosfeer aan tafel is reeds so donker soos 'n avokadopeer wat te lank buite gestaan het.

"Meneer Badenhorst," vra die Haarsproeiblik 'n minuut later, "het u toe *My Fair Lady* by die Staatsteater te siene gekry?"

"Umm, ja, ek het dit gesien. Dit was baie vermaaklik," antwoord hy.

"Get out of here!" sê Zoë opgewonde en slaan Anton gemoedelik op die blad. Die ander aan tafel kyk geïrriteerd na haar, maar Zoë sien dit skaars raak.

"Ek bedoel, het jy genuine *My Fair Lady* gesien?"

"Ek het, ja," sê Anton en sit sy arm beskermend om Zoë se skouers. "Ek gaan soms Staatsteater toe."

"Dit was great!" sê Zoë entoesiasties. "Ek en Jan-Hendrik was mal daaroor! Ons ken die hele ding woord vir woord."

Mnr. Conradie kyk na Zoë en glimlag soos 'n navorsingsrot wat stuiptrekkings kry. "Wie's Jan-Hendrik?" vra hy uit die bloute.

"Dis my gay buddy," antwoord Zoë onskuldig. "Hy is mál oor musicals!"

Die suurknolle aan tafel gaap Zoë oopmond aan asof sy so pas die grootste flater ooit begaan het.

Zoë besef gou wat die probleem is. Bestaan daar dan nog werklikwaar sulke mense? "Ek ken baie gay mense," sê sy, nou meer bedaard. "Ek hoop nie dit is 'n probleem nie."

"Dit is nie," paai Anton, maar Zoë kan sien hy probeer haar ondersteun.

"Wat het u gestudeer, juffrou . . ." vra die Haarsproeiblik ná 'n ongemaklike oomblik van stilte.

"Zietsman!" help Zoë haar reg. Sy is bly sy is nie die enigste een wat sukkel om die geselskap se vanne te onthou nie. Sy wil net antwoord dat sy joga gestudeer het, toe 'n duiweltjie op haar skouer kom sit.

"Ek het Viparita Karani aan Harvard gestudeer."

"Viparia wat?" vra die Krokodil versigtig.

"Viparita Ka-ra-ni," herhaal Zoë in duidelike lettergrepe. "Dis 'n kursus wat jou leer om jou Hanumanasama beter te verstaan en te begryp hoe dit alles inknoop met die Utthita Parsvakonasana," verduidelik Zoë en kyk haar uitdagend aan. Nou sal ons sien wie nie ingelig is nie.

Almal is 'n ruk lank sprakeloos, totdat die Krokodil die stilte verbreek.

"O ja, natuurlik," sê sy, maar haar stemtoon verraai 'n tikkie onsekerheid. "My vriendin se dogter het presies dieselfde kursus aan Harvard gestudeer, nogal met cum laude verwerf," sê sy uit die hoogte.

"Ashtanga Namaskara? Onderskeidings in die hele kursus?" vra Zoë, kamma verbaas. "U vriendin se kind moet omtrent slim wees om dit te cum!" sê sy en onderdruk 'n glimlag.

"Sy is geniaal," antwoord die Krokodil en bring 'n groot stuk filet na haar mond.

Anton kyk na haar en vorm die woord "joga?" met sy mond. Zoë knik en kyk af. Hulle kan doodeenvoudig nie nou begin giggel nie.

Ten spyte van die styfheid en spanning van die aand laat Anton haar tog op haar gemak voel en daarvoor is Zoë maar te dankbaar. Dit sê baie van 'n suit.

Ná nog 'n lang stilte hervat mnr. Conradie weer die gesprek. "So, meneer Badenhorst, wanneer het u gesê kom u ouers kuier?"

"Hulle kom so vroeg Maart," sê Anton en vee sy mond met die servet af.

"Uitstekend!" roep die Krokodil. "Ek het Magda so lanklaas gesien en ons kom tog so goed oor die weg," sê sy en kyk terloops na Zoë.

Zoë voel 'n koue rilling langs haar ruggraat af gaan. Asof hierdie aand nie nog erger kan raak nie. Die feit dat Anton se ma en die Krokodil so goed oor die weg kom, voorspel niks goeds nie. Sy sien glad nie daarna uit om sy ouers te ontmoet nie en sug hoorbaar.

"Waar woon u ouers, juffrou Zietsman?" vra die Haarsproeiblik. Zoë kan nie haar vinger daarop sit nie, maar sy kan sweer dié vrou sit met 'n vraelys op haar skoot en tiek boksies die heel aand.

"O," sê Zoë droogweg, "my ouers is al jare dood."

"Jammer daaroor," sê die Moesieman. "Wie het u dan grootgemaak?" vra hy besorg.

"My ouma," sê Zoë en steek 'n stuk tofoe in haar mond.

"Mag ek vra hóé u ouers oorlede is?" probeer die Krokodil uitvis.

"Dwelms," jok Zoë, steeds emosieloos, en krap haar slaai deurmekaar.

Die Krokodil trek haar gesig op 'n plooi. "My genugtig! Was hulle dwelmslawe?" vra sy 'n volle oktaaf hoër.

Al die ander mense aan tafel is doodstil. Mnr. Conradie maak ongemaklik keel skoon.

"Nee, mevrou Kro- . . ." stamel Zoë.

"Vosloo," help Anton.

"Júffrou Vosloo," sê die Krokodil en haar blik deurboor Zoë.

"Wel, júffrou Vosloo," sê Zoë en gluur terug. "Waar begin ek? My ouers is doodgery terwyl hulle een aand gaan stap het."

"Dis vreeslik," sê die Haarsproeiblik aan die oorkant van die tafel en Zoë is verbaas oor die skielike medemenslikheid. "Absoluut vreeslik!"

"Dit ís," sê Zoë en snuif vir groter trefkrag. " 'n Advokaat was onder die invloed van dwelms, heroïen om presies te wees, en toe ry hy hulle met sy motor om. Hulle is albei op slag dood."

Daar is weer 'n onaangename stilte aan die tafel. Anton staar geskok na Zoë.

Toe Zoë die frons op Anton se gesig sien, skop sy hom onder

die tafel en gaan voort met haar storie. "Ongelukkig, soos u self ook behoort te weet, ken mense in hierdie posisies ánder mense in hoë posisies. Die saak is binne 'n paar dae uitgegooi. Gelukkig het ek en my ouma darem elkeen 'n uitkeerbedrag van my ouers se versekering gekry. Die geldjies kon my darem deur my skoolloopbaan kry," sluit Zoë af.

Ná dié treurmare maak almal gou verskoning om huiswaarts te keer.

Anton en Zoë is skaars in die motor toe sy uitbars van die lag. "Het jy hul gesigte gesien?"

"Wil jy vir my sê jy't gejok?" vra Anton verontwaardig.

"Natuurlik!" sê Zoë. "Het jy die Krokodil se gesigsuitdrukking gesien toe ek sê die advokaat was onder die invloed van heroïen?"

"Wie's die Krokodil?" vra Anton.

"Man, die ou feeks wat my met jou eks vergelyk het," antwoord Zoë.

"O, Vosloo. Ek kan nog steeds nie glo jy het gejok oor so iets soos jou ouers se dood nie," sê Anton.

"Wel, streng gesproke is dit nie eintlik 'n liegstorie nie." Zoë se stem bewe. "Hulle is so goed soos dood en ek hét by my ouma grootgeword," sê sy sag. Sy hoop nie sy het alles nou nóg erger gemaak nie. Sy wou die skynheilige spul net 'n slag op die neus laat kyk. Sou Anton nou kwaad wees? Of dalk het hy besluit dat sy regtig nie by hom pas nie?

"Hoe bedoel jy? Waar is jou ouers dan?" vra Anton.

"My pa en ma was . . . ís regte loskoppe. Ek was 'n glips en hulle het toe maar getrou, soos mense daardie tyd gedoen het. Maar toe ek eers op die toneel was, is die liefde by die agterdeur uit." Zoë sug. "My pa het die pad gevat en my ma kon nie meer alleen die pressure vat nie. Toe los sy my by my ouma, gaan travel en kom net nooit weer terug nie."

"Wanneer laas het jy van hulle gehoor?" vra Anton versigtig.

"Ag, ek het so 'n paar jaar terug, met my twenty-first, 'n op-roep van my ma gekry. Sy woon in Duitsland en wou skielik, ná al die jare, opmaak, asof niks gebeur het nie. Ek het nee gesê."

"En jou pa?"

"Poskaarte so elke nou en dan. Hy's 'n regte globetrotter, nooit lank op een plek nie."

Anton se gesig is strak. "Ek's regtig jammer, Zoë."

Sy probeer ongeërg glimlag. "Ag, dit maak nie meer saak nie. Soms dink ek ek verstaan hulle – ek's dalk ook soos hulle. Nooit lank op een plek nie."

Hulle ry in stilte verder totdat Zoë in 'n gemaak vrolike stem sê: "Ek kry jóú wel jammer."

"Hoekom?" vra Anton.

"Omdat jy elke dag saam met daai klomp suurknolle moet werk," sê Zoë en lag saggies.

"Ek moet, ja," sê Anton en glimlag. "En hulle's nog my ven-note ook!"

"Badenhorst, Reptiel en Vennote," merk Zoë droogweg op.

"Sies vir jou. Hulle is nie regtig so erg nie, Zoë," kom Anton vir sy kollegas op.

"Nee, wragtie," lug Zoë haar mening. "Ek's seker daar sou nog hoop gewees het as hulle net die besemstokke uit hul alies wou trek!"

"Selfs vir juffrou Vosloo?"

"Die Krokodil?" Zoë skud haar kop heftig. "Goodness, nee, sy's beyond repair! Toe sy eers begin brag oor haar vriendin se Harvard genius was ek amper in stitches! Sy't nie 'n clue gehad waarvan ek praat nie!"

"So, wat is die Astanga-ding waarvan jy gepraat het?"

"Ashtanga Namaskara," help Zoë hom reg. "Jy sal my nie glo nie, maar dis 'n posisie waar jy hande-viervoet moet staan met jou ken, knieë en bors op die vloer en jou boude teen die ceiling vas." Zoë lag nou kliphard. "En die genius van 'n girl het dit gecum!"

Anton glimlag, maar hou sy blik op die pad.

Zoë kyk na Anton. Hierdie aand was 'n ramp. "Jammer as ek my nie vanaand gedra het nie, Anton. Dis net, jou kollegas is nie my cup of tea nie. Hulle is regtig uptight. Goeie donner, die lewe is nie so ernstig nie!" Sy skud haar kop vies. Sy is altyd op die verdediging as sy voel soos nou.

"Ek weet," sug Anton, "die probleem is net dat ek my beste voet moet voorsit omdat ek saam met hulle werk. Boonop is ek seker die helfte jonger as hulle én 'n junior vennoot."

Zoë sit haar hand op Anton se been. "Ek verstaan, regtig. En ek sal volgende keer my act regkry. Solank volgende keer net nie môre of volgende week hoef te wees nie."

"Ek kan werksfunksies ook net in baie klein dosisse hanteer," sê Anton. "Maar om terug te kom na jou ouers . . ."

"Dis genuine fine!" skerm Zoë. "Oor verwerping kan ek en Jan-Hendrik en Boom, bless his soul, 'n boek skryf. Maar ons het survive."

Zoë het probeer spot, maar Anton sit sy arm om haar tingerige skouers. "Ek sal jou nooit verwerp nie, belowe," sê hy plegtig.

"Sjuut," sê Zoë ernstig en druk haar wysvinger teen Anton se lippe. "Moenie beloftes maak wat jy nie kan nakom nie, Anton. Jy ken my skaars."

15

Die groot vraag

Hettie maak die voordeur eers ná die tweede lui oop. Sy is in haar derde trimester van swangerskap. Die styfpassende, bont T-hemp laat haar maag lyk soos 'n reuselugballon wat dreig om enige oomblik op te styg. Sy loop voor Zoë die huis binne met haar hand stewig op haar rug geplant. Haar wange is uitermate rooi en haar bos roesrooi hare staan in al vier windrigtings.

Nadat hulle die jogamatjies uitgegooi het, sê Hettie, amper beskuldigend en effens uitasem: "Jy lyk chirpy."

Zoë gaan sit langs Hettie op die vloer. "Ek is!"

"Mag ek raai? 'n Man in jou lewe," sê Hettie droogweg.

"Jy's só reg!" sê Zoë en gaan neem agter Hettie plaas.

Hettie kreun toe Zoë haar bene ooprek.

"Nou vertel bietjie!" por Hettie. "Ek sien jy's die afgelope ruk anders."

"Wel, vir een, hy's moerse nice en hy behandel my soos goud."

Hettie rol haar oë. "Pasop net vir daai spul spykerhane," waarsku sy beterweterig. "Jy dink nog jy's in beheer en dan woeps-waps sit jy met 'n bowling ball van drie kilogram in jou uterus!"

"Nee, wat," lag Zoë, "Anton is anders. Ek weet dit net."

"Famous last words, Elizabeth Taylor!" maan Hettie.

"Man, dis moeilik om te verduidelik. Ek voel net ek het my

deksel gekry. Ek weet nie wat ek reg gedoen het om hom te verdien nie."

"Karma, my skat," kreun Hettie terwyl Zoë haar bene in 'n twintig-voor-drie-posisie trek.

"Eina, donner! Wat ek wou sê, is: jy verdien dit – al is dit net omdat jy ons klomp pregnant puffs help."

"Het jy op jou eie hier by die huis geoefen?" vra Zoë kwaai soos 'n tipiese musiekjuffrou.

"Nee," bieg Hettie eerlik, "ek het net gefight. Dis al wat ek gedoen het, gefight."

Zoë kyk simpatiek na Hettie, wat 'n paar maande gelede nog stralend gelukkig was. Haar lewe het amper soos 'n sprokiesverhaal geklink. Uitstekend gevaar op skool en sy was aanvanklik ook eerste in haar klas op universiteit. Dinge het begin skeefloop toe sy prof. Jan Eksteen ontmoet het. Hul verhouding was ná 'n paar afsprake so ernstig dat hy al van trou begin praat het. Hettie se ouers het haar gewaarsku. 'n Twintig-jaar-ouderdomsverskil is nie speletjies nie en boonop was die twee keer geskeide Jan Eksteen 'n berugte rokjagter. Maar die liefde is blind en hy het Hettie oortuig dat hy nog nooit so oor iemand gevoel het nie.

Hettie het 'n droomtroue gehad en is selfs as *Huisgenoot* se Bruid van die Jaar aangewys. Aanvanklik het dinge voor die wind gegaan totdat Hettie begin praat het van kinders. Jan het dit duidelik gestel: geen kinders nie. Ná bitter rusies en groot ongelukkigheid het Hettie haar later daarby berus. Sy was stil geskok toe sy die dag hoor sy is swanger. En bangbly. Want daardie een uit 'n miljoen kans dat die Pil nié werk nie, was toe net mooi haar kans.

Sy het die tyding aanvanklik vir haarself gehou en heimlik gehoop Jan sou bly wees. Maar toe sy hom uiteindelik daarvan vertel, het sy reaksie haar ergste vrees bewaarheid. Hy was woedend, het Hettie voor 'n ultimatum gestel: hy óf die baba, en haar daarvan beskuldig dat sy met opset swanger geraak het. Die hoop dat hy uiteindelik aan die idee gewoond sou raak en dat sy hart mettertyd sag sou word, is verydel toe hy haar vir 'n egskeiding vra. Hul sprokieshuwelik was iets van die verlede en Hettie het die huise en 'n enkelbedrag gekry, op voorwaarde dat Jan Eksteen nooit weer 'n woord van Hettie óf die kind hoor nie.

"Waarom los jou ouers jou nie uit nie?" vra Zoë ontstig toe sy Hettie met die volgende posisie help. "Jy's mos al mooi groot en lankal uit die huis uit!"

"Selfde ding, jong. Hulle sê ek sal nie alleen vir die baba kan sorg nie," sê Hettie verbitterd. "Maar ek sal hulle wys. Daar's mos baie suksesvolle enkelouers."

"My ouma het my alleen grootgemaak en ek het heel goed uitgedraai!" sê Zoë en dink skielik daaraan dat Anton se kollegas waarskynlik nie met haar sou saamstem nie.

"Jy sien," begin Hettie, maar kreun en steun van ongemak toe Zoë haar rug probeer reguit druk. "Eina vrek, Zoë!"

"Sorry, jong, maar ons moet hier klaarmaak," paai Zoë.

"Ek wil ook met jou oor iets anders praat," kreun Hettie toe sy weer regop sit.

"Ek luister."

"Wat dink jy van 'n watergeboorte?" vra Hettie.

"Ek dink dis 'n fabulous idee!" roep Zoë opgewonde. "Jy móét dit doen!"

"Dis net dat my ma-hulle moerse gekant is teen die idee. Jy wil nie dalk by wees met die bevalling nie?" vra Hettie half skaam.

Zoë se oë glinster asof sy so pas 'n toekenning gekry het. Wat 'n eer sal dit nie wees om by hierdie baba se geboorte te wees nie, om nog 'n nuwe lewetjie die wêreld te sien inkom!

"Dit sal 'n voorreg wees," sê Zoë en vee lastig die water uit haar oë uit. "Dankie dat jy my gevra het!"

130

"Hel, Zoë," sê Hettie en haar stem kraak effens. "Dis die eerste positiewe woorde wat ek in 'n moerse lang ruk hoor. Thanks." Sy snuif ongemaklik.

Zoë leun vooroor en druk Hettie styf teen haar vas. Dan laat los sy skielik.

"Die baba skop!" roep Zoë opgewonde.

"Hy protesteer omdat sy ma hom in sulke vreemde posisies laat lê voor sy geboorte."

Zoë gee Hettie se boepmaag 'n piksoen.

"Luister, Het," sê sy nou meer ernstig terwyl sy haar hand oor Hettie se maag vryf. "Babas is nie stupid nie. Hulle voel dinge aan. Jy sal alles moet begin kalm vat."

"Ek sal," belowe Hettie. "Thanks vir alles."

Daardie aand lê Anton op Zoë se bed terwyl sy haastig haar kamer aan die kant probeer maak. Zoë is allesbehalwe slordig, maar volgens die Anton Badenhorst Buro vir Standaarde slaag sy nie juis die toets nie. Sy kan sien Anton moet hom bedwing om nie self in te spring en te begin wegpak nie, maar hy hou haar net fyn dop. Sy loer na sy kant toe en glimlag. Hulle ken mekaar vandag presies 'n maand, maar dit voel asof hulle mekaar al jare lank ken.

"Dit sal help as jy 'n stelsel het waarvolgens jy goed wegbêre," gee Anton raad van die bed af.

Zoë draai om en kyk verward na die twee boeke in haar hand. Sy het sowaar vergeet waar sy hulle wou indruk. "Ek het 'n stelsel, dankie," sê sy en druk die boeke by die eerste moontlike laai in. "So ja." Sy stof haar hande af en kom sit langs Anton.

"Jy's verslawend, weet jy?" sê Anton en glimlag vir haar.

"Ja?" vra Zoë tergend.

Haar selfoon biep skielik en sy lees die boodskap. Terwyl sy lees, byt sy haar onderlip vas.

"Is alles oukei?" vra Anton.

"Ja," sug Zoë, skakel 'n nommer en druk die foon teen haar oor. "Dis my baas. Hy sê dat ek eers Woensdag moet inkom werk toe. Wag vir stock en goed."

"Sjoe, dis laat in die jaar om oop te maak. Dit is al die 24ste."

"Ek weet," sê Zoë onrustig. "Ek sê jou mos ek moes die 7de al begin werk het. En elke keer wanneer ek probeer bel, is die foon af. Soos nou weer."

"Klink nie vir my goed nie," sê Anton bekommerd toe Zoë half vies weer 'n keer probeer bel.

"Wel, hy moet my nog vir Desember betaal, so ek sal seker binnekort weet wat aan die gang is. Maar wag, genoeg van my job, ek gaan nou nie heelaand hieroor tob nie. Sal hom môre bel. Dis nou nóg die regte tyd en nóg minder die regte plek. Ek sit vir ons musiek aan," sê sy en stap na haar boekrak toe. James Blunt se "You're beautiful" blêr oor die luidsprekers toe Zoë weer langs Anton tot sit kom.

"Is jy oukei?" vra hy vriendelik.

"Jip!"

"Die musiek is gepas," sê Anton terwyl hy oor Zoë se hare streel.

"Solank jy net weet, as ek vir James Blunt persoonlik ontmoet, is jy history!" sê Zoë en hulle albei lag.

Anton druk haar styf teen hom vas en soen haar liggies teen haar voorkop.

"Dan sal ek moet seker maak hy kom nooit na hierdie omgewing toe nie," sê Anton gemaak bekommerd.

"Dis ook nou nie asof ons al officially 'n couple is nie." Zoë skrik skoon dat sy hierdie woorde wat al 'n maand lank in haar kop maal so maklik kon laat glip.

"Jy weet hoe ek oor jou voel," sê Anton half onkant betrap. "Jy weet mos . . ."

"Ja?" sê Zoë en fladder haar ooglede terwyl sy vir Anton glimlag. Sy put onbeskryflike genot daaruit om hom in sulke ongemaklike posisies te plaas, amper soos om die sleutels weg te vat van iemand wat altyd wil bestuur.

Anton los Zoë uit sy omhelsing en staan uitdrukkingloos op. Zoë skrik haar asvaal. Sy moes te ver gegaan het! Hoe kry sy dit reg om altyd in hierdie situasies te beland? Sy't geweet . . . Hy gaan seker nou huis toe omdat sy hom in 'n blik gedruk het. Maar Anton stap nêrens heen nie. Hy gaan kniel voor Zoë en soen haar hande.

"Zoë Zietsman," begin hy, "ek weet ek ken jou skaars 'n paar weke, maar ek hou regtig baie van jou. Sal jy . . ."

Zoë voel hoe al die bloed uit haar kop uit loop. Sy voel skielik lighoofdig en asof die tee wat sy vir hulle vroeër gemaak het skoon mampoer was.

"Sal jy my meisie wees?" vra Anton opreg terwyl hy haar hande in syne hou.

Zoë weet nie hoe sy moet voel oor sy laaste sin nie. Sy weet dit is belaglik om te verwag dat hy die jawoord sou vra, maar tog . . . 'n Korte oomblik het sy nie geweet of sy bly of bang moet wees nie. Ruk jou reg, Zietsman, maan sy haarself. Sy is eerlikwaar nie nou al gereed vir die groot vraag nie. Maar 'n sug wat bedoel was om binne te bly, ontsnap.

"Mag ek maar act?" vra sy gou.

"Natuurlik," por Anton haar aan. "Ek sal dit verkies."

Zoë sit haar hande voor haar mond asof sy so pas 'n Mej. Wêreld-kompetisie gewen het. "Ek weet nie wat om te sê nie!" roep sy teatraal.

"Sê ja!" help Anton.

"Ja!" gil Zoë en gooi haar arms om Anton se nek. "Ja, Anton! Ja!"

Anton bars uit van die lag.

"Jy's die deksel na wie ek al so lank soek," fluister sy sag in sy oor.

"En wat is 'n deksel sonder 'n pot?" voltooi Anton die prentjie

133

en vee een van haar goue lokke agter haar oor in. "Ek't daardie e-pos op my eie vertaal, met heelwat hulp van die woordeboek, bygesê. Jy weet mos, daardie ene met jou profetiese woorde aan Dorothy daardie dag in my huis."

Zoë lag hardop. "Uiteindelik! Ons vrou-tot-vrou-geselsie! Ek het dit al meer as twee weke terug gestuur. En kon jy dit uitfigure?"

Anton soen haar sag en dan begin hy: "Jy't vir haar gesê dat ek die regte een is en dat jy regtig baie van my hou en dat sy jou asseblief 'n kans moet gee. So iets?"

"Hm . . . die essentials is daar, ja!" sê sy sag en soen hom weer. "Die grammatika en al daai is bysaak. Ek sal jou moet beloon vir daardie huiswerk."

Anton tel haar in sy arms op en draai 'n keer of wat in die rondte op maat van die musiek. "Ek kan nie wag nie. Dit is juis daardie belydenis aan Dorothy wat my net nog meer aangespoor het om jou vanaand te vra."

Hoe gelukkig is sy nie, dink Zoë terwyl Anton haar styf vashou. Hettie sit alleen in haar kolossale huis terwyl sý saam met 'n droom van 'n man is.

Die refrein van "You're beautiful" speel sag in die agtergrond terwyl Donatello sý amptelike Volksie hartstogtelik soen.

16

Brasilië en ander kort uitknipsels

Anton en Zoë lê lepel onder haar deken met die Indiese paisley-patrone. Zoë luister na sy rustige asemhaling, maar sy is hopeloos te opgewonde om aan die slaap te raak. Hulle gaan al die afgelope vier uur vas uit en sy kan nie 'n tyd in haar lewe onthou wanneer sy gelukkiger was as nou nie.

Die afgelope twee weke was 'n soort honeymoon vir Anton en Zoë; hulle kon hul hande behoorlik nie van mekaar afhou nie en Zoë begin dink sy verstaan nou Taryn se verslawing. Anton is nog nie behoorlik by die deur uit nie of sy mis hom reeds. Zoë het ook soveel tyd op hande vandat haar baas haar laat weet het hulle maak die winkeltjie eers later oop. Daarom benut sy dit nou maar om haar kliënte ekstra te pamperlang en nog meer tyd saam met Anton deur te bring. Jip, alles voel net reg. Afgesien van die onsekerheid oor haar werk by HerbaZone, het sy geen bekommernis in die wêreld nie.

Zoë hoor die voordeur oopgaan. Dit moet Jan-Hendrik wees wat huis toe kom. Vanaand was dit haar beurt om die onderklerereël toe te pas en dus het sy sorgvuldig haar pienk bra om die deur se handvatsel gedrapeer. Verbeel sy haar of hoor sy Jan-Hendrik lag terwyl hy verbystap?

Anton se reëlmatige asemhaling word ligter. "Slaap jy?" vra hy sag.

"Hm . . . Jy hou my uit die slaap," fluister Zoë terug.

"Ditto," sê Anton en knibbel saggies aan haar oor. Zoë sit meteens regop en kyk in die kamer rond. Anton sit orent en kyk haar aandagtig aan.

"Hoe open-minded is jy?" vra sy vinnig.

"Ek sou sê ek is oop vir baie dinge," sê Anton, maar klink nie vreeslik oortuig van sy saak nie.

"Wel," begin Zoë versigtig, "jy kon seker sien ek het 'n Brazilian gehad, nè?"

"'n Brasiliaan?" vra Anton verdwaas en kyk verward rond in die kamer vir 'n foto of iets van Zoë en 'n ander man. "Ek dog jy sê jou eks was Afrikaans?"

"Nee, poepies!" Zoë lag, maar besef skielik Jan-Hendrik kan waarskynlik elke woord hoor wat hulle sê en sy sit haar wysvinger op haar lippe om vir Anton te wys hulle moet sagter.

"Ek praat van 'n Brazilian wax," fluister sy en beduie waarna Anton moet kyk.

Anton bloos bloedrooi en Zoë kan sien hy voel simpel omdat hy nie dadelik gesnap het nie.

"Ek het gesien, ja. Dit lyk . . . mooi," stamel hy.

"We-e-e-el," sê Zoë en rek die woord uit so lank as wat sy kan. Hoe gaan sy hierdie ding aan Anton verduidelik?

"Ja?" vra Anton angstig.

"Dit is die jaar 2008 en nie net vroue . . . umm . . . nie net vroue . . . Ag, hoe kan ek dit stel? Nie net vroue snoei die heining nie," sê Zoë verleë en draai een van haar krulle om haar vinger. Sy doen dit altyd as sy effens opgetense is.

Anton lyk steeds asof hy nie snap wat sy bedoel nie, maar reageer gou met 'n "O, ek sien," toe Zoë met haar oë na sy lies beduie.

"Dit . . . dit lyk so effe woes daar in Paternosterland," sê Zoë en trek haar oë groot.

"Zoë!" lag Anton. "Mans is veronderstel om woes te lyk."

Zoë wys dadelik weer hulle moet saggies praat en Anton

bedaar oombliklik. "Ons moet saggies. En dis old school daai. Dis caveman style."

"So," fluister Anton versigtig, "jy wil help . . . snoei?"

"Ek dog jy vra nooit nie!" fluister Zoë en vlieg op badkamer toe.

Zoë keer terug met allerhande manikuurapparate en sit dit op 'n wit handdoekie neer.

"Ek kan nie onthou dat ek jou regtig toestemming gegee het nie. Maar oukei. Gaan dit seer wees?" vra Anton effens benoud.

"Glad nie. Ek sal mooi met jou werk," belowe Zoë plegtig.

"Jy het dit al vantevore gedoen, nè?" vra Anton hoopvol.

"Nope. Dis my eerste keer met 'n man. Ek wou my vorige boyfriend, maar ek was bang ek knip . . . Jy sien, hy was nie baie . . . anyway, relax net! Ek sal baie mooi werk."

Anton sluk hard. Zoë lyk behoorlik soos 'n dokter voor 'n groot operasie. Sy is só gefokus dat sy byna 'n permanente frons op haar voorkop het. Anton beweeg nie.

"Ek dog ek noem dit maar net," sê Zoë terwyl sy hom soos 'n ingewikkelde meetkunde-som vanuit drie kante bestudeer, "metrosexuals soos jy is veronderstel om hierdie goed gereeld te doen."

"Werklik?" sê Anton geamuseer. "Dis nou nie asof manstydskrifte ons presies wys hóé nie."

"Dis hoekom jy vir my het," sê Zoë en sit die skêrtjie na 'n paar knippe hier en daar neer. Sy staan 'n ent terug en beskou haar handewerk. "So ja," en Zoë glimlag ingenome. "Baie beter."

"Dankie," sê Anton verlig. Zoë staan op, trek haar onderste laai oop en bring 'n miniatuurstofsuier te voorskyn. Anton se oë rek merkbaar.

"Zoë," sê hy bekommerd en probeer orent kom. Zoë staan gereed met die Black & Decker 6V Dustbuster.

"Ja, my lief?" glimlag sy en gaan sit langs hom op die bed.

137

"Ek's nie so seker of – " maak Anton kapsie.

Maar Zoë gee nie vir Anton kans om sy sin te voltooi nie. Sy skakel die toestel aan en laat waai.

Anton se oë bly toegeknyp totdat Zoë uiteindelik die apparaat afskakel en terugdruk in die laai. Hy maak sy een oog op 'n skrefie oop en loer na sy lies.

"Dankie Vader, als is nog daar!"

"Jislaaik, my ding, jy lyk nou soos 'n nuwe sikspens, soos my ouma sou sê."

"Dankie," sê Anton beskeie en trek die laken vinnig weer oor sy nodiges.

"Wag, ek's nog nie klaar nie!"

"Wat nou?" vra hy bekommerd. "Ek sien eerlikwaar nie kans vir meer as dit nie. En jy gaan my definitief nie met 'n skeermes bykom nie!" sê Anton ferm.

"Nee, dommie," lag Zoë. "Ek het ander goed."

"Jy het dit al voorheen gedoen, reg?" vra hy benoud toe sy die laken weer aftrek.

"Natuurlik," sê Zoë en meng 'n teelepel akwaroom met 'n paar druppels Veet. "Ek gebruik aqueous cream, so dis glad nie sterk nie, en 'n klein bietjie nutmeg vir 'n aangenamer reuk. Daar's niks wat by die geur van speserye kom nie – veral by 'n man. Jy sal dit nie eens voel nie, trust me."

Die ambulans skud verskriklik deur die leë oggendstrate.

"Anton, ek is verskriklik jammer!" huil Zoë terwyl sy Anton se hand vasklou.

Anton se wange gloei en die sweet drup hom af. Hy is ineengekrimp van die pyn en lê in 'n fetale posisie.

"Ek's só jammer!" snik Zoë en die trane loop voortdurend oor haar wange.

"Shut up, Jellietot," skree Jan-Hendrik aan die oorkant in die ambulans. "Wat de hel het jy gedink doen jy?" Zoë het hom uit pure paniek 'n paar minute gelede gaan wakker klop en nou sit hy hier hoog en droog saam met hulle in die ambulans.

"Ek het nie bedoel om . . ."

"Zoë, jy't nie geweet nie." Anton blaas stadig sy asem uit.

"Dis nié oukei nie," raas Jan-Hendrik en kyk Zoë kwaai aan. "Het jy die vaagste benul hoe dit moet brand?" Hy draai na Anton. "Nou moet ek die man só weer te siene kry. Under terrible circumstances. Kan jy niks normaal doen nie, Zoë?"

Die noodhulp-ou wat saam met hulle ry, steek 'n spons in louwarm water en druk dit onder die laken in.

"Eina!" skree Anton. "Dis f- . . . dis bitter seer."

Zoë hou skielik haar hande in die lug bokant die laken wat oor Anton getrek is, haar oë styf toegeknyp. Die vreemde noodhulpwerker kyk haar aan asof sy van lotjie getik is, maar dit is Jan-Hendrik wat praat. "Wat doen jy nóú weer?"

"Ek stuur positiewe energie van my lyf na syne," verduidelik Zoë, steeds met toegeknypte oë. "Die liggaam bestaan uit energie en – "

"Nee, Jellietot," val Jan-Hendrik haar kwaai in die rede, "die liggaam bestaan uit sensitiewe spots en jy het reeds genoeg skade aangerig!"

"Maar ek het opgelees daaroor," sê Zoë vasberade.

"Waar? In Mrs Balls se *D.I.Y. Guide to Pickled Penises,* hè?" hap Jan-Hendrik.

"Toemaar," fluister Anton en sy hand soek na Zoë s'n.

Zoë laat sak haar hand en vryf Anton liefdevol oor sy hare.

"Ek's so jammer!" herhaal sy ontsteld.

"Jellietot, bedaar nou. No use crying over spilt Veet."

In enige ander situasie sou Zoë gelag het oor Jan-Hendrik se aanmerking, maar vanaand is dit nie snaaks nie.

"Ek het dit al voorheen met myself probeer en – "

Maar Jan-Hendrik gee haar nie kans om haar sin te voltooi nie. "Zoë Dakota Zietsman, watter deel van die bytjies-en-blom-

139

metjies-storie verstaan jy nie lekker nie? Moet ek vir jou 'n up-dated speech gee? Mans en vroue is verskillend! Al ooit gewon-der hoekom Pick n Pay nie Nair-for-there in die mans se section aanhou nie?"

Zoë snik en Anton kreun.

"Anton, as sy nou weer so simpel is, dan bel jy my dadelik en hoor eers of dit toelaatbaar is," sê Jan-Hendrik vies.

Anton knik net. Maar dit is vir almal in die ambulans so dui-delik soos daglig: as dit van die pasiënt afhang, sal daar nooit, ooit weer aan die Badenhorst-heining gesnoei word nie.

17

Af, affer, afste

Zoë lyk of 'n trein oor haar geloop het. Sy het sedert vroeg-
oggend langs Anton se hospitaalbed gewaak en skietgebedjies
opgestuur dat hy tog nie moet doodgaan nie. Sy het haar ont-
settend kwalik geneem vir wat vroegoggend in haar slaapkamer
gebeur het. Dit is haar skuld dat hy nou hier lê. Hoekom moet
sy altyd so . . . anders wees? Kan sy nie net normaal wees nie?
soos Jan-Hendrik tereg in die ambulans gesê het. Sy weet hy
het waarskynlik nie eens besef wat hy laat uitglip het nie, maar
nogtans. Sy doen altyd alles anders. En asof dinge nie nog erger
kan raak nie, het sy 'n voice mail van Dirk gekry! Dirk van alle
mense. Hy is die laaste persoon vir wie sy nou op hierdie dag en
datum krag voor het. Sy voel sommer van voor af boos vir hom
en tik vinnig 'n SMS.

Dirk, ek's siek en sat vir jou boodskappe!! Los my uit. Daar's nie 'n
snowball's hope in hell dat ek jou weer 'n kans gaan gee nie. Óf ek
verander my nommer óf ek gaan polisie toe. Kies!! :-(Z

Sy stuur die SMS en probeer vir oulaas haar baas weer bel ter-
wyl sy na die hospitaal se ingang stap. Geen antwoord. Sy bêre
die selfoon vies. 'n Oomblik later verskyn Jan-Hendrik met sy
Golf voor die ingang en sy stap na die motor toe. Hy het haar
kom oplaai om te gaan stort voordat sy vir Dorothy gaan haal

141

om vir Anton te kom kuier. Dorothy was vroeg vanoggend behoorlik ontsteld toe sy laat weet het Anton is in die hospitaal en het baie ferm daarop aangedring om Boetie te kom sien.

Twee uur later hou Zoë voor Anton se huis stil. Sy kyk hoe Dorothy die huis sluit en na die Golf toe stap. Dorothy het 'n hele tas vol klere en dinge gepak. Sy dra duidelik swaar daaraan. Dit is hierdie mamma-kant van haar wat Zoë so van Dorothy waardeer. Daar is waarskynlik hope dinge in daardie tas wat Anton nie sal nodig kry nie, maar sy maak net seker hy't alles wat sy dink hy wel nodig kan kry.

Dorothy lig die tas op die agtersitplek en klim met 'n sug in die motor. "Zoëtjie, ek het gan varstaan wat jy by die foun vortel het. Waarom es Boetie by die hospital?"

Zoë huiwer 'n oomblik. "Dorothy, hy het 'n ongeluk gehad."

"Haau!" roep Dorothy benoud en gryp vir haar hart. "Met die kar?"

"Nee . . . met sy lyf," soek Zoë vir 'n antwoord.

"Haau! Nou wat het hy gadoen?"

"Ag, Dorothy. Dis moeilik om te verduidelik. Weet net dat hy oukei gaan wees."

Zoë weet nie hoe om vir Dorothy te verduidelik nie, want hoe meer sy besef wat gebeur het, hoe meer verregaande klink die hele spul. Boonop het daar blykbaar van die Veet-mengsel in sy urienweg ook beland, en dít is hoekom die arme man nog in die hospitaal moet bly. Hoe gaan sy vir Dorothy dit alles verduidelik?

"Dorothy, sal jy gou vir my wag?" vra Zoë terwyl sy 'n ruk later Jan-Hendrik se Golf onder 'n koelteboom parkeer. "Ek moet net gou iemand gaan sien." Zoë se gesig is bleek en daar is donker kringe om haar oë. Sy is gedaan. Maar sy is bekommerd oor Hettie wat haar 'n uur terug gebel en gevra het sy moet haar in dié koffiewinkel ontmoet. Sy wil net vinnig hoor of alles nog reg is.

142

"Ee, Mmê." Dorothy glimlag en haal haar breiwerk uit. Sy is al maande besig met dieselfde truitjie vir haar dogter se baba en sy is bevrees dat Katlego al hopeloos te groot daarvoor sal wees wanneer sy die dag klaar is.

"Dorothy wag vor jou by die kar. Jy moet regop loop! Anderste jy lyk ôk siek."

Zoë glimlag flou. "Ek sal gou probeer maak, Dorothy," sê sy en klim met moeite uit die motor.

"Hallo, mevrou!" roep 'n harde manstem uit die bloute langs haar. 'n Groot, bebaarde man staan vlak voor Zoë, maar sy skrik so groot dat sy nie eens kan gil nie. Als is net stokstyf en doodstil in haar. Oomblikke later staan Dorothy soos 'n dapper soldaat aan haar sy.

"Wat gat aan by jou kop?! Ke tla go betsa wena! Staan terug, jy!"

"Jammer, mevrou," sê die man, nou self verskrik. "Ek wou net vra of ek die motor kan oppas."

"W-wat?" stamel Zoë, steeds oorbluf, maar Dorothy was sy kop van voor af.

"Kan jy nie sien ék sit by die kar?" raas sy kwaai. "Weg voor my aangasig!"

Zoë loer onderlangs na Dorothy en onderdruk 'n glimlag. Kom weg voor my aangesig, dit is ongetwyfeld iets wat sy by Anton se ma gehoor het, dink Zoë.

"Dié mense maak my sommer lelik by die hart!" raas Dorothy weer.

"Ag, Dorothy, hy doen seker maar net sy werk, jong," sê Zoë en sug. Sy weet nie hoe sy deur hierdie dag gaan kom nie.

"Es lekker job wat dié mense het," sê Dorothy afgehaal. "Ek kyjer ôk by die boom saam met my friends, maar ons charge nie!"

Zoë besef sy gaan nie vandag Dorothy se siening oor karwagters verander nie en groet haastig. "Ek sal nie lank weg wees nie, Dorothy. Sien jou nou-nou."

Dorothy loop soos 'n waghond 'n keer om die motor voordat sy inklim en haar breiwerk optel.

Die koffiewinkel is druk besig, maar Zoë gewaar darem vir Hettie van ver af by 'n hoektafel waar sy sit en waai. Sy plak die beste glimlag moontlik op haar bakkies en vleg deur die beknopte ruimte en opmekaar tafeltjies.

"Ek's so bly jy kon kom!" glimlag Hettie en beduie vir Zoë sy moet sit.

"Haai, Hettie. En dié Oreo-melkskommel?" Hettie weet mos van beter.

"Moenie met my begin nie!" waarsku Hettie en tel haar wysvinger dreigend op. "Ek het een dag in 'n maand nie bleddie morning sickness nie, en dan eet en drink ek wat ek wil."

"Maar jy behoort nie meer siek te wees ná jou tweede trimester nie," verduidelik Zoë.

Hettie gee haar 'n vuil kyk en wys na haar maag. "Nou leun jy oor die tafel en try dit vir dié baby verduidelik!"

Zoë is nie regtig in 'n geselserige bui nie, en sy wens net hierdie dag kan 'n einde kry. "Waarom wou jy my sien?"

"Ag, ek wou net bitch," sug Hettie en vat nog 'n groot slurp van haar melkskommel. "Kry vir jou iets."

"Nee, dankie. Wat gaan aan?"

"Jan het al my kredietkaarte laat stop! En sy prokureurs het my laat weet dat ek nie 'n sent meer kry totdat ek skik nie."

"Ek dog dan julle het al geskik?" vra Zoë verward. "Hierdie ding gaan darem al maande en maande aan."

"Presies! Dis nie my skuld nie. Ek het lankal reeds gesê wat ek soek, maar daai lot is goed, hoor. Hulle probeer vir hom geld spaar net waar hulle kan."

Zoë kan nie normaal dink nie, en sy weet dit was 'n oordeelsfout om te kom. Noudat Hettie se geldkrane toegedraai is, gaan sy waarskynlik sny net waar sy kan en haar jogalesse gaan seker eerste waai. En sy het juis hierdie geldjies nodiger as ooit.

"So, as ek nie geld kry totdat die saak afgehandel is nie, ly alles teen wil en dank daaronder," begin Hettie verduidelik en dit wil voorkom asof sy nou Zoë se vrees gaan bevestig. "En dis hoekom ek gevra het jy moet kom."

"Is die jogalesse dus nou down the drain?" Zoë kan die woorde nie keer nie.

Hettie kyk half verward na Zoë en bars dan uit van die lag.

"Wat? Is jy nou mal? Ek wil juis vir jou sê dat ek my meubels sal verkoop voordat ek my joga los. Jy's al een wat my aan die gang hou!"

Zoë sug van verligting en glimlag effens. "Ek's so bly om dit te hoor, ek het net gedink – " Haar selfoon lui en sy lees *Mnr. Cho, HerbaZone* op haar skerm. Uiteindelik bel haar baas! Sy staan op, fluister onderlangs: "My werk!" en stap gou na 'n stillerige kant van die koffiewinkel.

"Meneer Cho," groet Zoë verlig, "wat gaan aan? Ek los al die hele week boodskappe!"

Die Chinees wag 'n ongemaklike ruk voordat sy stem vreemd moeg en dof in haar oor opklink. "Zoë, ek het nie goeie nuus nie."

Zoë se hele maag draai op 'n knop. So dít is hoekom sy nie die afgelope twee weke moes inkom werk toe nie.

"Ons het alles ingesit om die winkel te probeer red," verduidelik die Chinese omie verder. Hy bly al meer as twintig jaar in Suid-Afrika en sy Afrikaans is vlot. "Ek is so jammer."

"Wat van jou?" vra Zoë en dit voel asof die knop in haar keel haar doodwurg.

"Ek weet nie, Zoë. Miskien terug China toe. Maar na wat? Tye is maar oral swaar deesdae. Mense probeer spaar waar hulle kan. Ons medisyne is geen prioriteit nie."

"En Desember se salaris?"

145

Die man antwoord nie.

"Ek sien," sug Zoë ná 'n ewige stilte. Sy't haar bene afgehardloop voor die Kersvakansie en alles tevergeefs. Verdomp!

"Ek's jammer, Zoë," sê die man weer en sny die verbinding summier af.

As hy nie self soos 'n verslane soldaat geklink het nie, sou Zoë nog wou dreig met wetgewings en dinge, maar sy weet voor haar siel as daar een mens is wat eers alles op die proef sou gestel het, dan is dit mnr. Cho. Sy is skoon vies vir haarself. Sy moes dit lankal agtergekom het. Daar moes tog tekens gewees het. Hoekom het sy haarself in dié penarie laat beland? Sy belowe al die afgelope twee weke die huishuur vir Jan-Hendrik en kyk nou.

"Is jy orraait?" vra Hettie vlak agter haar.

Zoë ruk soos sy skrik, maar knik asof niks gebeur het nie. Sy wil nie nou hieroor praat nie.

"Ek gaan nou ook maar spore maak," kondig Hettie aan. "Seeing that you're as talkative as a tea bag."

"Jammer, Hettie."

"Ag, nee wat. Dis niks! Ek kan anyway sien jy's iewers anders vandag. Wil jy praat?"

Zoë glimlag strak. "Nee, dis reg."

"Thought so," glimlag Hettie en haak by Zoë in terwyl hulle uitstap na die motors. "Onthou net, soms mag jy ook maar met mense share. Ek sanik gereeld in jou ore."

Hulle groet en Zoë is al 'n ent weg toe Hettie haar skielik weer van agter op die skouer tik. Zoë draai vraend om, maar Hettie gryp haar en gee haar 'n liefdevolle druk.

"Hei, soms het elkeen maar 'n hug nodig!"

"Dankie, Hettie. Dit beteken baie vir my."

Sy wuif en stap na die boom waar Jan-Hendrik se Golf staan. Is dit moontlik om op een dag sulke laagtepunte te tref? wonder sy. Waar gaan sy nou 'n nuwe werk kry? Daar is 'n waglys van mense wat joga by haar wil neem, maar sy kan tog nie net op hulle staatmaak vir geld nie. Nie sonder 'n studio of iets nie.

Toe sy naby die motor kom, hoor sy 'n lawaai. Dit is Dorothy wat weer iemand uitskel.

"Gat kry vor jou werk!" skree Dorothy, hande op die heupe. Die bedelaar kies die hasepad, nes die karoppasser van vroeër. Dorothy skud haar kop. "Dié bêggars! Eisj."

"Jy is omtrent kwaai vandag, Dorothy. Kom ons ry voordat jy met nog iemand baklei," sê Zoë en klim in die motor. "Ek gaan gou vir Anton die koerant en 'n bietjie vrugtesap koop sodra ons by die hospitaal kom. Jy kan solank by hom gaan inloer. Oukei?"

"Ee, Mmê," sê Dorothy en glimlag.

18

Voëls van verskillende vere

Die privaat hospitaal is erg besig. Elke kort-kort word dr. So-en-so oor die interkom geroep. Anton is baie dankbaar dat hy in 'n enkelkamer lê, want as hy die vernederende episode nog aan medepasiënte ook moes verduidelik, sou hy hom dood-skaam. Dit is al amper einde Januarie en hy is in die hospitaal! Die verpleegster het 'n boog oor die middelste deel van sy bed gespan sodat die laken nie aan sy lyf moet raak nie. Zoë was vanoggend uit badkamer toe en het haar duidelik asvaal geskrik toe sy die boog sien. Het sy eerlikwaar gedink hulle moes sy onnoembares amputeer? Hy kry haar jammer; sy voel bitter sleg. Maar daardie plek is vrek seer. En teen dié tyd weet die hele personeel al waarom hy hier lê en almal giggel agteraf in die gange.

Anton moes vanoggend nóg 'n onaangename takie afhandel en aan ou Vosloo probeer verduidelik waarom hy nie kan kom werk nie. Nodeloos om te sê, het hy 'n leuen vertel. Die ou Krokodil sou net daar neerslaan as sy die eintlike storie moes hoor. Hy het toe maar vir haar gesê hy het voedselvergiftiging opgedoen.

"Voedselvergiftiging?!" het sy aan die ander kant gegil.

"Ek is werklik jammer, juffrou Vosloo." Anton het gehoop sy kan nie hoor hy jok nie. Hy het nog nooit gelieg om van die werk af weg te bly nie.

"Dis seker weer daardie nuwe aanhangsel van u wat die restaurant gekies het."

"Nee, juffrou Vosloo," het Anton duidelik vererg geskerm, "en haar naam is Zoë."

Die Krokodil het hom egter nie kans gegee om verder te praat nie. Hy kon eintlik die ysblokkies in haar stem hoor rinkel. "Meneer Badenhorst, ek vertrou u sal so gou moontlik terugkom werk toe. U weet hoe belangrik die Van Staden-saak is. Ek wil nie 'n onnodige gesloer hê nie."

"Ek weet, juffrou Vosloo, en ek sal Maandag terug wees," maar die verbinding aan die ander kant was reeds dood voordat Anton nog klaar kon praat.

Hy voel steeds bitter ongemaklik oor die situasie. Hy haat dit om nie die waarheid te praat nie. So diep ingedagte is Anton dat hy die vreemde man eers gewaar toe hy vlak voor hom staan. Wie op dees aarde is dit? Ten spyte van die bloedige Januarie-hitte dra die man 'n pikswart leerbaadjie en 'n bandana met 'n kopbeen op. Klein sweetdruppels klou aan sy stoppelbaard en sy asem is warm in Anton se gesig terwyl hy hom aangluur.

"Kan ek help?" vra Anton. Die ou is duidelik in die verkeerde kamer.

"Ek's Dirk Dreyer!" bulder die reus se stem deur die vertrekkie.

Anton loer na die deur en probeer vinnig uitwerk wat sy kanse is om hier weg te kom. Helaas nie veel nie.

Dirk staar woordeloos na Anton, maar sy oë spreek boekdele. Dit is duidelik dat hy niks van Anton hou nie. Die vent het waarskynlik 'n probleem met hom. Anton probeer dink uit watter saak die man moes opduik. Dit is nie die eerste keer dat hy al gedreig is in sy beroep nie.

"Hallo, Dirk," groet Anton formeel. "Jy's seker ek kan nie help met iets nie?"

149

Anton loer oor sy skouer en wonder of hy die noodknoppie betyds sal kan bykom voordat hierdie Simson hom soos 'n tak-kie in twee knak. Dit is 'n groot ou en hy het nie vandag krag vir hierdie soort moeilikheid nie.

"Jy ken vir Zoë," sê ene Dirk Dreyer.

Anton is verward. Wat weet dié man van hom en Zoë? En wat het dit hoegenaamd met sy sake uit te waai?

"Ek ken haar, ja," sê hy versigtig. "Hoe ken jý haar?"

"Weet jy wie's ek?" vra Dirk bars en tik met sy wysvinger teen Anton se bors. Dit voel behoorlik soos 'n boomstomp.

"Geen benul nie," sê Anton en glimlag senuagtig.

"Ék is Zoë se boyfriend!" en hy benadruk die woord "boy-friend".

Is hý die eks na wie Zoë in 'n paar gesprekke verwys het, wonder Anton, die een wat sy nie wou snoei nie? Zoë het son-der twyfel 'n wye smaak in mans. Daar is net een ooreenkoms tussen hom en die Dirk-vent en dit is dat hulle albei mans is, dink Anton.

"Jy bedoel seker jy's haar eks, want ék en Zoë is al 'n geruime tyd saam en sy het nog nie van jou gepraat nie," help Anton hom reg. Hy kan self nie glo hy sê sulke onnadenkende goed vir hierdie aggressiewe ou nie. Maar hy gaan nie toelaat dat hierdie Goliat hom intimideer nie.

Dirk Dreyer gryp Anton aan die gewrig en draai sy arm.

"Au!" skree Anton. Is die man regtig van sy sinne af?

"Het ek gesê ek's haar eks? Het ek gesê ek's haar donnerse éks?"

"Nee," kreun Anton benoud en die bietjie moed wat hy by-mekaargeskraap het, verdwyn soos mis voor die son. Asof hy nie al in genoeg pyn verkeer nie.

"Ek en Zoë gaan deur 'n rough patch," sê Dirk, "maar ek hoor allerhande strontstories. Ek soek dit nie!"

Anton voel hoe sy hand begin doodgaan en hy probeer met

150

sy ander hand Dirk se greep losmaak. Hoe op aarde het die man hom hier opgespoor?

"Dirk, jy maak my seer!" pleit Anton. Hy is net buite bereik van die bedlampie, anders was hy kapabel genoeg en slaan die vent daarmee.

Dirk laat los Anton se arm en hy sug van verligting toe hy die bloed voel terugloop.

"Soos wat ek die storie verstaan, het jy en Zoë die verhouding beëindig," sê Anton so kalm moontlik.

"Watse la-di-da taal is dít, ou? Ek's nie jou bliksemse client nie, hoor!" Dirk se stem is nou heelwat harder en hy staan weer dreigend nader.

"Misverstand, dan," sê Anton en maak ongemaklik keel skoon. Hierdie man gaan hom so moker dat hy seker hoeveel weke lank in traksie sal moet lê. En as hy nie in soveel pyn gelê het nie, het hy werklikwaar vandag sy man meer probeer staan, maar hy kan self nie eens behoorlik toilet toe stap nie.

"Luister hier, jou klein bliksem," kners Dirk op sy tande en gryp Anton voor die bors. "Jy los my Zoë uit, of ek breek elke donnerse been in jou lyf. Een vir een. Verstaan jy my?"

Op daardie oomblik sien Anton vir Dorothy wat niksvermoedend by die kamer instap. Sy steek eers in haar spore vas toe sy die vreemdeling sien, maar toe kyk sy om hom in Anton se oë. Sy stap doodluiters nader en gee vir Dirk 'n klipharde hou teen die agterkop met haar handsak.

Voordat Dirk − óf Anton − behoorlik tot verhaal kan kom, begin die houe op Dirk se kop reën. Hy probeer keer, maar Dorothy sláán.

"Dorothy!" probeer Anton, maar sy hoor niks nie.

"Vyl-goet!" skree Dorothy en met dié twee lettergrepe kry sy nog twee houe in.

Anton probeer weer paai, maar Dorothy skud net haar kop. As hy net nie so hulpeloos was nie! Wanneer Zoë in die ka-

151

mer gekom het, weet hy nie eens nie. Sy is skielik net daar en probeer ook vir Dorothy van Dirk, wat ineengekrimp langs die bedkassie sit, aftrek.

"Hou op, Dorothy! Ek is hier. Kry nou end!"

Voordat Dorothy baie teësinnig haar greep verslap en hierdie vreemde soort tsotsi met sy tokkelos-kopdoek laat gaan, verskyn 'n verpleegster in die deur en al wat Anton kan uitmaak, is "matrone".

"Skei nou uit! Almal van julle!" Anton weet nie wanneer laas hy so magteloos kwaad was nie.

"Daar hét julle dit nou!" sê Zoë, bleek met rooi oë. "Dirk, wat de hel doen jy hier?"

Sy lyk sleg, dink Anton, so asof sy gaan bars van woede of uitputting.

"En hoe weet jy ek is hier?!" skree sy met die volgende asem.

"Zoë, my doll, ek mis jou. Ek volg jou nou al van die break-up se tyd af. Ek wil dinge hê soos ons was in die past."

"Jy mís my?" vra Zoë vies. Haar oë lyk selfs vir Anton onheilspellend. "Én jy agtervolg my?"

"Nie agtervolg nie, meer check up en of course mis ek jou!" sê Dirk en probeer nader tree, maar Zoë lig haar hand en keer hom in sy spoor.

"Waar was jy elke naweek wat ek alleen by die huis moes sit?" begin sy die verwyte uitslinger.

"Doll, ek het jou genooi – "

"Om saam met jou dronklap-buddies te gaan slaap in 'n tent iewers op 'n godverlate plek, naweek vir naweek? Om wakker te word langs 'n man wat in sy eie puke lê en slaap?"

"Dit was net een keer – "

"En waar was jy toe jou trailer trash best buddy my jou matras genoem het?"

"Jy weet dat Flip net gejoke het!" verduidelik Dirk verontwaardig. "Hy het dit nie bedoel nie!"

"Jy was by! Jy kon iets gesê het!"

"Doll . . ."

"Doll se gat, Dirk!" raas Zoë. "Jy het my laat sleg voel oor hoe ek lyk, wie ek is. My joga was airy-fairy, my drome belaglik." Zoë klink vir Anton nou rustiger.

"Ek het gejoke, Zoë!" probeer Dirk skerm. "Jy ken mos my humour!"

"Bleddie stupid humour as jy vor my vra!" gooi Dorothy klippe van die hoek af.

Dirk kyk na Dorothy, maar teen dié tyd, sien Anton, is hy reeds mak gemaak.

"Zoë," soebat Dirk en sy stem breek, "ek mis jou, my doll. My lewe is 'n ef-op en ek voel empty."

"Dirk!" sê Zoë bot, "dit het nie gewerk nie! Dit sou nooit werk nie! Aanvaar dit nou, asseblief."

Sy loer vinnig na Anton en hy sien sommer Dirk volg haar blik. Anton kan sweer daar's vlamme in Dirk se oë.

"Hy's 'n softy, Zoë!" sê Dirk verontwaardig. "'n Mamma's boy! Jy los mý vir iemand soos hy?"

"Ja. En ek is mál oor hom," sê Zoë beslis. "Hy weet at least hoe om 'n vrou soos een te behandel!"

"Noem jy dít 'n man?" roep Dirk en wys met 'n bewende vinger na Anton. Anton wil nog iets sê, maar Dorothy kom dreigend nader.

"Ei!" laat sy van haar hoor. "Ke tla go betse wena! Ek slat vor jou nes nou-nou!"

"So, hy het geld en 'n smart kar. Dis wat jy al die tyd gesoek het, nè?" sê Dirk en sy stem bewe. "Jy's 'n fortune seeker! Ek het gedog daar's meer in jou, maar ek het die kat aan die gat beetgehad! Dié asshole is 'n klein – "

"Shut up, Dirk!" skreeu Zoë bloedrooi in die gesig en pluk die bed se laken op met haar regterhand. "Verduidelik vir my 'klein' in jou woordeboek!"

153

Anton dog hy sterf net daar op die plek. Dit is te laat om Zoë te keer. Dirk Dreyer sien in volle glorie 'n ánder kant van Anton Badenhorst – ekstra Veet-swelsel en al! Dirk, Dorothy en enigiemand wat om twintig oor twee verby kamer 504 sou stap. Die skielike koue briesie wat teen sy lieste waai, is 'n duidelike aanduiding vir Anton: sy wilde vermoede is inderdaad werklikheid. Dit hét gebeur. Dit is nie net 'n droom nie. Hy sien hoe Dorothy se mond oopval. Hoe Zoë die laken terugpluk en haar hande kwaai op haar heupe sit. Hy sien Dirk omdraai en uitstap. Alles asof dit in vertraagde tempo gebeur. 'n Oomblik is dit doodstil in sy kamer.

Toe praat Anton die eerste keer vandat Zoë die kamer ingekom het rustig: "Kan julle my asseblief 'n oomblik verskoon?"

Zoë en Dorothy kyk grootoog na hom.

"Ek's jammer oor Dirk, ek – "

"Zoë, gee my asseblief net 'n tydjie. Jy ook, Dorothy." Hy wil net tot verhaal kom. Nog nooit in sy lewe het daar soveel dinge ná mekaar met hom gebeur nie.

Zoë wil weer praat, maar Anton lig net sy hand. Hy wil dink oor wat vandag gebeur het. Hy móét dink.

19

Die elf gebooie

Vroeg Sondagoggend sing die wiele van Anton se Audi op die snelweg. Hy is die vorige dag ontslaan nadat die dokter verduidelik het dat hy, benewens die allergiese reaksie vir die haarverwyderaar, nog allergies vir die neutmuskaat óók was. Dié nuus het Zoë darem effens beter laat voel, al was sy nog bitter verleë oor die hele Dirk-debakel van Vrydagmiddag. Sy't ook om verskoning gevra omdat sy die laken so blatant opgepluk het, maar sy wou vir eens en altyd vir Dirk laat verstaan het dat Anton meer man is as hy. Anton het self baie ongelukkig gevoel oor die hele affêre, maar het dit op die ou end afgemaak. Hy was wel die hele aand ná die voorval krapperig. Saterdag was hy nog steeds effens teruggetrokke. Dit is dié dat sy hom maar vanoggend kom haal het. Sy moet probeer opmaak vir haar flater en het 'n verrassing vir hom. Hy het maar lugtig gelyk. Sy neem hom ook nie kwalik as hy haar verrassings nie meer vertrou nie. Maar van hierdie een sal hy sommer hou, besluit Zoë.

"Ek kan nie glo jy vertrou my met jou kar nie," sê Zoë in die bestuursitplek terwyl sy die een motor ná die ander verbysteek.

"Natuurlik," sê Anton onoortuigend. "Ek wil in elk geval bietjie rus," maar hy knyp sy oë toe elke keer wanneer Zoë te naby aan die motor voor haar ry.

Zoë sit haar hand sag op sy bobeen en glimlag.

"Ek wou jou eers blinddoek," sê sy met 'n vonkel in haar oë. "Maar toe besef ek jy't die afgelope ruk heeltemal te veel surprises gehad."

Anton glimlag. "Jy kan dít weer sê. 'n Maand gelede het ek nie geweet daar bestaan 'n wêreld buite my kantoor en my studeerkamer nie."

"Wel, wag totdat jy vandag meer van mý wêreld sien! Ek belowe jy sal dié een geniet!"

Zoë sing kliphard saam met die liedjies wat oor Highveld Stereo speel.

"Jy het 'n mooi stem," komplimenteer Anton haar. Sy merk nog heeltyd hoe hy haar uit die hoek van sy oog dophou. "Is daar enigiets wat jy nié kan doen nie?"

"Hm . . ." Zoë glimlag. "Ek wens ek kon 'n kersie se stingeltjie met my tong knoop. Ek oefen al jare!"

"Ek kan!" sê Anton trots en knip vir haar oog.

"Genuine?" vra Zoë, duidelik beïndruk.

"Dit verg natuurlik baie oefening," verduidelik Anton ernstig, "maar dit het alles te doen met hoe jy jou tong wikkel."

Zoë bloos onverwags en glimlag by haarself. Anton praat uit ondervinding.

"Wat nou?" vra Anton en loer nuuskierig na haar.

"Nee, niks," sê sy en kyk stip voor haar.

Zoë draai die radio 'n hele kerf harder om die aandag van haar af te trek. Gelukkig red een van die liedjies op Highveld Stereo die ongemaklike oomblik en sy gil uitbundig toe die liedjie se inleiding speel. "Dis mý song, my gunsteling van alle tye!"

"Wat?!" skree-vra Anton.

"Savage Garden se 'Affirmation', luister na die woorde! Dis my en Jan-Hendrik se theme song!"

Zoë begin in haar noppies uit volle bors saamsing.

"Indrukwekkend!" roep Anton ná die tweede vers.

"Sing saam!" nooi Zoë en trek weg met die koor.

156

Zoë stel die radio sagter toe die laaste note van die liedjie wegsterf en glimlag voldaan. "Ek en Jan-Hendrik het uit daai liedjie ons eie elf gebooie gekies. Ons probeer ons lewe daarvolgens leef."

"So, ken julle al elf?" vra Anton nuuskierig.

"Jip!"

"Ek glo jou nie!"

Zoë se oë vonkel, want as daar nou een ding is wat sy geniet, is dit 'n dare!

"Een: Moenie kwaad gaan slaap nie. Twee: Moenie ander vertrou met jou geluk nie. Drie: Jou ouers het die beste job gedoen wat hulle kon. Aanvaar dit. Vier: Beauty magazines gee jou 'n slegte selfbeeld. Moenie dit lees nie!"

"Ek's beïndruk!" knik Anton.

"Vyf: Seksualiteit is natuurlik en word nie gekies nie. Dis Jan-Hendrik se favourite, by the way. Ses: Vertroue is belangriker as monogamie. Sewe: Mooiheid kom van binne, en nee, Anton, dis nie net lelike mense wat so dink nie!"

Anton lag kliphard. "Agt?"

"Agt: Familie is belangriker as weelde. Nege: Jy kan nooit gelukkig wees as jy nie leer om te kan vergewe nie. Tien: hm . . ."

"Komaan, Zoë, jy vaar so goed," hits Anton haar aan.

"O ja! Tien: Liefde bestaan vir altyd, selfs in dood. En, drum roll, die elfde een som almal op: Karma!"

Anton leun oor en soen haar op die wang. Hy sit sy hand op haar bobeen en streel sag daaroor.

Sy het nog nie 'n woord gerep oor waarheen hulle op pad is nie, maar toe sy die Soweto-afrit vat, sien sy Anton sluk 'n paar keer.

"Zoë, het jy nie nou die verkeerde afrit geneem nie?" Anton lyk bekommerd. Maar Zoë skud net haar kop en glimlag.

"Wanneer laas was jy in Soweto?" vra Zoë en bevestig hiermee wat sy sommer kan sien hy die hele tyd nog vrees.

157

"Ek, wel . . ." Anton sluk. "Ek was nog nooit in Soweto nie," erken hy vinnig. Sy kan sien hy loer ongemaklik na haar.

Maar Zoë lyk nie teleurgesteld nie en glimlag ingenome. "In daai geval, meneer Badenhorst, you're going to love this!" sê sy opgewonde en draai af na die Mofolo-uitbreiding.

"Baie mense dink Soweto is oral vuil en behoort verwaarloos te wees, maar kyk hoe mooi en kleurryk is die huisies," lug Zoë haar mening.

"Die wasgoed aan die drade vorm 'n tapisserie van reënboog-kleure," beaam Anton en loer nuuskierig na buite. "Die uitbun-dige veelkleurigheid daarvan is soveel mooier as die koue grys beton van die stad."

"Weet jy hoe lus maak jy my as jy sulke poetic goeters sê?" glimlag Zoë stout.

"Nee, vertel?"

"Ek vertel nie, ek wys!" spog sy, maar voeg vinnig by: "Na-tuurlik wag ons net eers vir jou om ten volle te herstel!" Zoë hou voor 'n gebou onder 'n koelteboom stil en sy en Anton klim uit. By die ingang pryk 'n naambord: *Othandweni Children's Home.*

"Nog 'n foto," sê sy gou en sit haar digitale kamera op die Audi se dak neer.

"Nie al weer nie!" sug Anton.

Zoë is skielik so behep met foto's neem. Sy't hom gisteroggend seker al twintig keer afgeneem. Hulle ken mekaar al hóé lank en hulle het nog nie mooi foto's saam nie, so sy begin nou ernstig werk maak van dié projek.

Zoë hardloop van die Audi terug na waar Anton voor die kinderhuis se hek staan en hang om sy nek.

"Sê miernes!" beveel sy.

"Miernes," herhaal Anton gehoorsaam en doen sy bes om natuurlik te glimlag.

Zoë is nog nie eens behoorlik by die hek in nie toe een van die kinders haar deur die venster gewaar en skree: "Zoë is hier!"

Kort daarna kom 'n groep kinders by die voordeur uitgebondel om haar te omhels.

'n Vrou van so êrens in die dertig kom uitgestap en omhels Zoë.

"Dumela tsala," groet Zoë. "O kae?"

"Ke teng. Wena o kae?" antwoord Nomsa opgewonde en klap haar hande saam.

"Dit gaan baie goed!" lag Zoë. "Dis Anton. Anton, dis Nomsa."

Nomsa glimlag breed: "O a lebega!"

"Hy is, nè?" Zoë draai na Anton en knipoog. "Sy sê jy's handsome."

Anton bloos en steek sy hand na Nomsa se maer hand toe uit. Sy nooi hulle binnetoe en beduie na die deur waar 'n klomp kinders Zoë se naam opgewonde skree.

"Jy's omtrent gewild," sê Anton agter Zoë.

Sowat dertig kleuters gryp Zoë om haar bene toe sy die volgende vertrek binnestap. Sy moet keer om nie haar balans te verloor nie.

"Hallo, julle karnallies!" sê Zoë en buk af om vir elkeen 'n drukkie te gee. 'n Paar kinders sak op Anton toe waar hy skaam-skaam agter Zoë aanloop. Die een ná die ander gryp hom om sy bene sodat hy nie 'n tree vorentoe of agtertoe kan gee nie. Dit is 'n heerlike speletjie. Anton lyk nie of hy so spontaan soos Zoë kan reageer nie, en lyk behoorlik soos 'n uil op 'n kluit. Hy probeer stram glimlag, maar sy gesigsuitdrukking is eerder dié van iemand wat deur 'n trop hiënas gepak word. Zoë sien gou wat aan die gang is en bedink 'n plan om orde te kry. "Hei, julle, dis my maat, Anton; wil julle dalk vir hom 'n liedjie sing?"

Die kinders is duidelik gewoond daaraan om vir vreemdes te sing, want kort daarna los hulle Anton en gaan staan elkeen op sy plek, nogal in koorgelid. Zoë knipoog vir hom.

'n Man met 'n kitaar kom vorentoe gestap en gee vir Zoë 'n

druk. Zoë stel hom aan Anton voor as Goodness Dlamini, die bestuurder van die kinderhuis, en neem die kitaar by hom.

Anton staan steeds soos 'n soutpilaar versteen agter Zoë. Hy lyk heeltemal oorweldig. Sy voel-voel oor die snare en druk die eerste akkoorde. Fyn kinderstemme trek los met 'n liedjie: "He's got the whole world in his hands."

Zoë verander die snaardruk by die koorgedeelte en loer na Anton. Daar speel 'n fyn glimlag om sy mond en sy voel behoorlik in haar skik. Sy het so gehoop dat hy begrip sou hê vir haar vrywilligerswerk, maar dit verras haar dat hy so vinnig geraak is deur die oggend se gebeure.

Zoë het twee jaar gelede aangebied om een Sondag per maand by die kinderhuis uit te help met kunsklasse, stories lees, liedjies leer en sommer net liefde gee. Die Zoeloe-vertaling vir die naam van die huis, Othandweni, beteken letterlik Plek van Liefde. Die sentrum huisves meer as negentig kinders wat wag om by geskikte gesinne uitgeplaas te word. Die kinders kom uit verskillende agtergronde: sommige is mishandel en ander se ouers is reeds oorlede aan vigs. Maar dié kinders verleen ook kleur en betekenis aan Zoë se lewe, en help haar altyd om moed te hou wanneer sy self voel sy weet nie meer watter kant toe nie.

Terwyl die kinders hul laaste paar note sing, merk Zoë dat Anton sy das losknoop en sy hempsmoue oprol. Sy glimlag. Wil jy nou meer, dat Anton Badenhorst nou sy das vir 'n klomp kinders sal afhaal!

Toe die liedjie klaar is, stap Anton nader en gee 'n dawerende applous. Dan storm hulle op Anton af en hy sukkel van voor af om regop te bly. Al verskil is nou dat hy breed glimlag en baie meer ontspanne is. Zoë sluk aan 'n lastige knop in haar keel en vee vererg die trane uit haar oë.

Daar is een kleuter wat nie saam met die ander om Anton saamdrom nie. Dit is een van Zoë se gunstelinge, Lesego. Hy hou 'n klein vuisie na Zoë toe uit.

"Wat het jy daar, Lesego?" vra Zoë nuuskierig.

Lesego giggel en sy haasbekkie verklap die geheim. Hy maak stadig sy handjie oop en twee wit voortandjies lê op sy handpalm.

"Twee, nogal op dieselfde tyd?"

Lesego lag breed en maak blitsvinnig weer sy hand toe. Hy hardloop na waar die res om Anton staan. Ná ure van speel en vele foto's neem, groet Anton en Zoë die kinders, Goodness en Nomsa.

"Tatta!" roep Zoë nog weer 'n keer voordat hulle in die motor klim.

"O tsamaye hantle!" roep Nomsa. Lekker loop.

Anton lyk uitasem toe hy in die motor klim. Hy het immers meer as dertig kinders op sy rug rondgedra, nogal oor die hele skoolterrein. Hy lyk gelukkig heelwat rustiger met die terugryslag en daar is 'n gesonde blos op sy wange. Hy maak grappies en vra uit oor die kinders van Othandweni.

"Ek is so bly jy het my saamgeneem," sê hy vir Zoë toe hulle later by haar voordeur staan.

"Ek moet vir jóú dankie sê!" lag Zoë. "Jy het my taak vandag baie ligter gemaak, ek is gewoonlik óp wanneer ek moet huis toe gaan."

"Zoë, ek dink nie jy besef hoe . . ." begin Anton sag en neem haar hande saam in syne, "ek dink nie jy besef hoe 'n groot impak vandag op my gehad het nie."

Zoë glimlag en soen hom sag.

"Ek voel soos 'n nuwe mens, maar ek weet nie mooi hoe om dit te beskryf nie."

"Voel dit of die mure waaraan jy jou lewe lank bou vandag so 'n bietjie afgebreek is?" vra Zoë, self verbaas oor haar suiwer Afrikaans.

Anton knik, en druk haar teen sy lyf vas.

"Jammer omdat ek eers so styf was, Zoë. Ek was net nog nooit omring deur soveel kinders nie. Ek meen ek het kwalik drukkies van my eie ma gekry. En daardie kinders gee so maklik soveel liefde."

"Hei," sê Zoë ernstig en vat sy gesig vas in haar hande. "Dis orraait. Kyk hoe vinnig het jy jou aangepas!"

"Wil jy inkom?"

"Nie vanaand nie," sê Anton. "Ek wil gaan nadink oor dinge."

"Niks so goed soos me-time nie!" stem Zoë.

"Dankie dat jy my vandag so rondgery het," glimlag hy.

"Dankie dat jy my vertrou het met jou kar," sê Zoë sag.

Anton soen haar 'n laaste keer, stap terug en Zoë waai van die voordeur af. Sy begryp alte goed waarom Anton vanaand alleen wil wees. Vandag was sy net Zoë. Niks voorgee nie. Niks aanplak nie. Net Zoë. Sy sal wat wil gee om te weet wat Anton nou van haar dink. 'n Paar dae gelede het sy gedink sy gaan hom verloor, maar vanaand . . . Dit voel of sy die res van haar lewe saam met hom kan deurbring. Maar voel hy dieselfde?

* * *

Anton staan alleen by sy sitkamervenster wat oor Johannesburg se stadsliggies uitkyk. Hy dink terug aan vroeër vandag. Hy het so lank met oogklappe deur die lewe gegaan, nie ander se swaarkry raakgesien nie. Vosloo & Vennote skenk gereeld geld aan welsynsorganisasies, maar van die omstandighede waarin hierdie mense leef, weet hy en sy kollegas net mooi niks nie. Die geld is ook maar eerder 'n offer aan die reklamegod, wat die skenkings net nog meer gewetenloos maak. In dié geval heilig die doel seker nie die middele nie. Wat sou Zoë daarvan sê? Such is life, dalk? Nee, sy sal in opstand kom teen die skynheilige koeie. Red nou 'n volk met so 'n nasie? Nee, dit is te Afrikaans. Anton glimlag. Hy betrap homself al meer dat hy dinge

162

vanuit Zoë se perspektief begin sien. Wat glad nie 'n slegte roep is nie. Sy gee nuwe eer aan die woord "eerlikheid".

Van nou af sal dit anders wees, besluit hy. Van nou af gaan hy werklik betrokke wees. Hy stap balkon toe, maar steek vas voor die vaas wat sy ouers vir hom uit Griekeland saamgebring het. Zoë het nou die dag gesê sy wil graag Griekeland hart en siel belééf. Hy het tóé niks gesê nie, maar hy weet vir seker hy gaan die een wees wat Griekeland vir haar gaan wys. En sy sal dit met haar lyf ook deurleef! Hy lig die vaas versigtig op en kyk aandagtig na die prentjies wat daarop gegraveer is – die liefdesgod Eros in 'n bedenklike posisie met Afrodite, die godin van liefde.

"Jy het my ook onder jou spel, Zoë Zietsman," fluister hy sag. "Ek raak elke dag liewer vir jou." Hy streel sag met sy wysvinger oor Afrodite. "My Venus-meisie, jy met jou goue krulkop en spontane, warm geaardheid raak al meer die son waarom my aarde wentel."

20

Die ander Dawid

Dinsdagaand hou Zoë die Hoëveldse donderstorm dop wat nader kruip van Potchefstroom se kant af. Haar ouma het altyd gesê dat 'n storm uit Potch gewoonlik die ergste is. Die weerlig vertak soos 'n helder spinnerak oor die hemel en Zoë trek haar oë op skrefies. Sy staan op, sit die venster op knip en trek die gordyne toe. Sy verlang so na Anton. Dis al ná agt en sy't nog nie vandag van hom gehoor nie. Hy kla steen en been dat ou Vosloo al meer aggressief raak en dat hy nou keelvol is vir haar. Arme Anton, hy doen sy bes om met haar kontak te behou, maar hy is eenvoudig net doodmoeg wanneer hy saans by die huis kom. Hulle het mekaar amper 'n week laas gesien.

Sy steek 'n kersie aan en gaan sit in 'n gemaklike posisie op haar pers jogamat vir haar daaglikse mediteersessie. Sy probeer haar kop skoonmaak; hierdie hele ding dat sy haar werk verloor het, rus swaar op haar hart. Sy weet nie hoekom nie, maar sy kon Anton nog nie van die hele treurmare vertel het nie. Miskien wil sy nie hê hy moet haar jammer kry nie. Miskien wil sy hom wys sy kan die wa alleen deur die drif trek. Sy het wel nog twee nuwe kliënte gaan besoek vir jogalesse en Hettie het weer geld uit haar eks gekry en gevra vir nóg 'n les elke week. So, sy glo sy sal weer binnekort die lig sien. Die *Jobmail* lê ook netjies onder haar bed waar sy dit vanoggend ingedruk het. Sy sal later weer daardeur blaai.

Zoë asem 'n paar keer diep in en uit, maar Anton se gesig kom heeltyd by haar op. Vandag is al 5 Februarie, dink sy. As sy 'n keuse gehad het, sou sy nog meer tyd saam met hom wou deurbring, maar sy verstaan sy situasie. Sy het hierdie intense drang om na hom om te sien, vir hom te sorg, ontbyt te maak – daardie soort ding. En dit is nie dinge dié wat sy al ooit vir enige ou wou doen nie. Sy maak haar oë oop en sien die foto van Anton op haar rekenaarskerm, omring deur amper dertig kinders. Klein Lesego sit op sy skoot en glimlag oopmond. Anton was so geraak daardeur toe sy hom vertel het dat Lesego een van die MIV-positiewe seuntjies is. Hy kon nie ophou uitvra oor die klein haasbekkie nie. Haar gedagtegang word onderbreek deur haar rekenaar se pieng-geluid wanneer sy 'n boodskap ontvang. Sy staan op, stap nader en gaan sit op die rekenaarstoel.

Donatello: Hei, Zoë, jy daar?

Sy is so verlig om hom hier te sien.

Volksie: Ek is! Hoe gaan dit met jou? Verlang my dood na jou!

Donatello: Ditto. Dis maar dieselfde storie. Vosloo was weer in een van haar buie. Wat maak jy?

Volksie: Ek het probeer mediteer.

Donatello: Jammer, ek sal dan later weer gesels.

Volksie: Ag, toe nou, jy! Jy's dit werd. Jy't al weer laat gewerk. Gun die Krokodil jou nie 'n lewe nie?

Donatello: Lyk nie so nie. :-(

Volksie: Sy't net 'n goeie . . . ag, jy-weet-wat nodig. Jy oukei?

Donatello: Ja, wat. Net effens geïrriteerd vanaand. Slegte bui.

Volksie: Hoekom?

Donatello: Ek's moeg en dink oor dinge.

Volksie: Dink jy darem aan my ook?

Donatello: Ja, natuurlik.

Volksie: So, nou's ek 'n díng?

Donatello: Ha-ha. Jy weet wat ek bedoel.

Volksie: Trek net jou been. ;-)

Donatello: Ek verlang na jou.

Volksie: En ek! Wanneer sien ons mekaar?

Donatello: Hopelik gou. Ek wou jou nog vertel, my ouers kom die naweek van die 1ste Maart kuier. Wil graag hê jy moet hulle ontmoet.

Zoë dink eers 'n rukkie voordat sy antwoord.

Volksie: Ek weet nie of dit so 'n goeie idee is nie.

Donatello: Ek verstaan nie mooi nie.

Volksie: Ek is bang ek maak nie 'n goeie impression nie.

Donatello: Maar natuurlik sal jy! :-)

Volksie: Jou kollegas was nie baie mal oor my nie. En hulle is buddy-buddy met jou ma.

Donatello: My engel, jy hoef jou nie aan my kollegas te steur nie. En onthou, my ouers het baie lank saam met hulle gewerk, so hulle ken mekaar al jare.

Volksie: Maar ek wil graag hê jou ma moet van my hou.

Zoë was bang hiervoor. Sy weet Anton het nog nie regtig gaan sit en dink oor presies wat sy ouers van haar sou dink nie. Sy het al gesien hoe ouers verhoudings kan befonkfaai.

Donatello: Zoë, jy hoef nie my ma te beïndruk nie. Ek is mal oor jou en dit is al wat saak maak.

Volksie: Oukei dan. As jy so sê. Kom ons verander die onderwerp.

Donatello: Ekskuus?

Volksie: Sê jy ooit 'sorry'?

Donatello: Nee, maar ek sê wel jammer. :-)

Volksie: Werk jy môreaand?

Donatello: Nee. Ek is beskikbaar. Ek sal jou graag wil sien.

Volksie: Great! Dis Jan-Hendrik se b-day. Ons het vir hom
'n P-party by sy pel se huis gereël.

Donatello: 'n P-partytjie? Wat's dit?

Volksie: Was jy nog nooit by 'n theme party nie?

Donatello: Nie waarvan ek kan onthou nie.

Volksie: Well, my dear, môreaand kom jy P-party toe. Jy
moet aantrek soos iets wat met die letter P begin.

Donatello: Wie gaan almal daar wees?

Volksie: Omtrent al die skewe ouens in Johannesburg! Dit
gaan moerse fun wees! En ek dink jy't dit nodiger as
ek.

Anton se antwoord vat 'n rukkie om deur te kom. Zoë weet
sommer dadelik hy gaan probeer kop uittrek.

Donatello: Weet nie of ek sulke wilde partytjies in die mid-
del van die week moet bywoon nie. Ek moet die volgende
dag nog iets vir die wêreld beteken.

Volksie: Komaan! Jy moet 'n slag uitkom. Jy's opgestres.
En almal wil jou ontmoet! Jan-Hendrik het hulle vertel
jy's 'n dish!

Donatello: Ek is nie so seker ek wil as 'n entrée beskou
word nie. :-(

Volksie: Ag, toe nou, jy skuld my vir daai aand saam met
die Krokodil en company!

Donatello: Ek weet nie so mooi nie.

Volksie: Asseblief, Anton? Ek kan jou belowe daar sal
straights ook wees. Daar is altyd. :-)

Donatello: Oukei, maar ons bly nie tot te laat nie.

Volksie: Great! Ek gaan as 'n polisievrou.

Donatello: Ek sal nog moet dink wat ek gaan prakseer.

Volksie: Kry my net so ná sesuur. Oukei? Foonoproep.
   Praat later!

Zoë sit die foon 'n minuut later langs die muis neer. Dit is die vierde maatskappy wat haar laat weet hulle het reeds iemand gekry, en dankie dat sy aansoek gedoen het om te temp. Sy sug harder as wat sy moet. Dalk het sý op die ou einde hierdie P-partytjie nodiger as Anton! Wat sy ook al doen, sy moet seker maak sy steek haar moedeloosheid goed genoeg weg. Hy moenie weet van die job nie. Nie nou al nie. Want Anton sal haar wil help.

* * *

Om die een of ander rede dink Anton aan sy graadtwee-onderwyseres, juffrou Bam, toe Zoë die voordeur in 'n sexy polisie-uniform oopmaak. Afgesien van 'n dik swartraambril lyk hy presies dieselfde as wanneer hy soggens werk toe gaan.

"Ek gaan as 'n professor," verdedig hy homself toe Zoë vraend na hom kyk. Juffrou Bam het vir hulle die storie van Stadsmuis en Plaasmuis vertel. Dit was een van Anton se gunstelingstories, min wetende dat hy hom nog eendag self met een van die karakters sou identifiseer. Zoë hardloop kamer toe en kom uit met haar kamera. Sy moet net eers weer die geleentheid vasvang. Anton sug.

By hul bestemming aangekom, druk Zoë die voordeurklokkie en 'n paar oomblikke later maak Jan-Hendrik die deur oop. Hy het 'n Pink Panther-kostuum aan.

"Jellietot!" gil hy oordrewe en val Zoë om die hals. Mens sal sweer die twee het mekaar jare laas gesien.

168

"Happy birthday, babes!" wens Zoë hom geluk en soen Jan-Hendrik op die groot swart neus wat deel van die kostuum uitmaak.

"Dankie, my skat! Wat is dit?" vra hy nuuskierig en probeer voel wat in die pakkie is.

"Versigtig! Versigtig! Kyk asseblief eers later; dis nogal stout," waarsku Zoë ondeund.

Anton voel hoe sy ore warm word. Hy sou nou enige plek in die wêreld wou wees, net nie hier nie. Selfs in ou Vosloo se kantoor.

"Oe, nou is ek so nuuskierig, ek kan sterf," jubel Jan-Hendrik en sit sy hand teatraal teen sy bors. "Anyway, Jellietot, jy lyk gorgeous!"

Hy laat staan sy manewales toe hy vir Anton in die skadu's gewaar. "Hallo, Anton," sê hy vriendelik en gee hom 'n druk-kie. Anton slaag nie eintlik daarin om sy ongemaklikheid weg te steek nie, en Jan-Hendrik laat los hom vinnig. Hy probeer duidelik die ongemak red deur vir Anton te vra as watter P hy gekom het.

" 'n Professor." Anton het regtig nie geweet wat om te kies nie en hy het ook nie tyd gehad om iets anders te gaan aantrek nie. Die kostuumkatalogus wat hy by 'n plek in Sandton gaan haal het, het geen noemenswaardige idees gehad wat hom betref nie. Smaak verskil beslis. Watse mal mense hou in elk geval par-tytjie in die middel van die week? dink Anton wrewelrig.

"Nice," sê Jan-Hendrik en glimlag, maar sy gesigsuitdrukking maak geen geheim daarvan dat hy dit nie as 'n baie oorspronk-like idee beskou nie.

"Kom gerus binne," nooi Jan-Hendrik en staan terug. "Sê my, Anton, hoe gaan dit nou met . . . umm . . ."

"Baie goed, dankie," sê Anton vinnig en loop vooruit voor-dat hy mooi kan sien na watter rigting Jan-Hendrik se vinger wys. Hy stap 'n vertrek vol mense, meestal mans, binne. Dié wat nie op die rusbank plek gekry het of rondstaan nie, sit op die vloer en banke se armleunings of selfs kruisbeen op die kombuistafel.

Temapartytjies is iets wat dié groepie mense duidelik baie ernstig opneem, dink Anton geïrriteerd, maar sy blik rus goedkeurend op die keurige kunswerke en smaakvolle meubilering van die vertrek. Jan-Hendrik en Zoë kom staan langs hom.

"Marius is 'n Picasso, Werner is 'n prostituut, Divan is 'n pirate, Schalk is 'n penguin," sê Jan-Hendrik terwyl hy sy gaste aan Anton en Zoë uitwys. "Jacques is 'n plastiese chirurg en daai drie daar . . . wel, julle hoef geen verbeelding te gebruik nie," sê hy en giggel toe hy na drie mans wys wat die manlike anatomie trots verteenwoordig.

"Dis die baas van die huis, Johan, of Joan soos hy ook bekend staan," stel Jan-Hendrik hulle vriendelik voor. Johan-alias-Joan is net in 'n einaklein Speedo-swembroek geklee en kleurryke kolletjiespatrone is oor sy hele lyf geverf. Hy groet dadelik sy nuwe gaste.

"Anton Badenhorst," stel Anton homself plegtig voor en steek sy hand uit na die vreemde man wat hier voor hom staan.

"Hallo," groet Johan wulps en steek 'n papperige hand eers na Anton en toe na Zoë uit.

"Watter P is jy?" vra Zoë terwyl sy Johan se hand skud.

"'n Poespas, my darling," sê Johan en talm 'n rukkie op die s'e vir groter trefkrag. Zoë se oë rek en sy loer na Anton om te sien wat sy reaksie is.

"Dit beteken 'n mengelmoes van verskillende dinge," antwoord Anton vinnig om Zoë van 'n verleentheid te red.

"Impressive!" sê Jan-Hendrik en knipoog vir Zoë. "Kom kry vir julle iets om te drink."

Anton gee 'n skewe glimlag en druk saggies Zoë se hand. Op 'n vreemde manier begin iets in hom die atmosfeer selfs effens geniet.

170

Hulle loop 'n man in pajamas amper onderstebo en Anton se oë rek toe hy gewaar hoe iemand in 'n pandakostuum 'n Paashaas agternasit.

"Dis nog niks," praat Johan vlak agter Anton. "Ons het ook 'n prostaat wat hier êrens ronddwaal." Nou lag Anton kliphard. Hy het in sy lewe nog nooit so iets beleef nie.

"Kom, julle twee," roep Jan-Hendrik. "Anton, Joan wil vir jou iets wys."

Anton volg die twee mans met die marmertrap op en skrik hom byna dood toe 'n reuseperdeby, met 'n bordjie om sy nek, *Ek steek graag,* aan die bopunt van die trap staan. Anton vermy maar net oogkontak en stap versigtig verby toe hy die reuse-angel gewaar. Hy besef skielik hoe Zoë 'n paar weke gelede tussen sy stywe kollegas moes gevoel het. Net so uit plek soos hy. Maar hy sal, soos sy, die beste van die aand maak. Met die prentjie van juffrou Bam in sy gedagtes troos hy homself dat Plaasmuis weer vinnig sal terugkeer huis toe. Hy moet net vasbyt.

"Kom in!" nooi Johan gul en Anton gaan heel teësinnig sy slaapkamer binne. Dit is ook, soos die res van die huis, smaakvol ingerig, maar aan die oorkantste muur hang 'n tamaai olieverfskildery van Donatello se Dawid-standbeeld.

"Die Dawid!" roep Anton verras uit en staar oopmond na die reuseskildery.

"Hm?" vra Zoë. "Dis mos nie die Dawid nie, hy's hopeloos te maer. En wat lê daar by sy voet?"

"Dis Donatello se Dawid," verduidelik Anton en stap bewonderend nader om die skildery te bestudeer. "Dit is Goliat se kop hierdie en daar is Goliat se swaard."

"En daardie ding," voeg Jan-Hendrik gou by en wys na Dawid se lies, "is die wortel van alle kwaad!"

Zoë en haar boesemvriend giggel, soos wat net hulle kan, en Anton skud maar net sy kop.

"Baie kunstenaars in die Renaissance-tydperk het naakbeelde

geskets en dan gebeeldhou," verduidelik Anton plegtig. Hy be-kyk die skildery vanuit elke moontlike hoek. "Dawid was Do-natello se eerste bronsbeeld wat sonder ondersteuning gestaan het. Om die waarheid te sê, baie meen dit is die eerste een van die Renaissance-tyd."

"Jy ken jou kuns," sê Johan, duidelik beïndruk. "Hou jy daar-van?"

"Baie," sê Anton en vryf liggies oor die olieverf op die skil-dery. "Waar het jy dit gekry, Johan?"

"Joan, bedoel jy," sê Johan en giggel. "My ding, hierdie beeld van 'n man het ek self geskilder."

"Regtig?" vra Anton verstom.

Johan knik trots.

"Ek het vir Joan vertel jy hou van Donatello," sê Jan-Hendrik en knipoog. "Zoë vertel my dis jou logon-naam."

Anton loer skrams na Zoë en sy glimlag verleë.

"Wel, as jy dan so baie daarvan hou, kan jy dit maar kry!" sê Johan en trek 'n stoel nader. Hy strek boontoe en haal die skil-dery van die muur af.

"Luister, dit was nie 'n skimp nie, hoor," sê Anton huiwerig. "Ek het nie bedoel – "

"Omdat jy 'n fan is – en omdat jy ten minste weet nie net Mi-chelangelo het 'n Dawid nie. Ek wil anyway al lankal iets anders daar hang," plaas Johan hom op sy gemak.

"Nou wie gaan Dawid se plek inneem, Joan? Jou nuwe Leba-nese aan-hung-er?" sê Jan-Hendrik en giggel.

"Bitch!" sê Johan gekrenk en stamp Jan-Hendrik teen die skouer.

"Jan-Hendrik," fluister Zoë, "ek's nie so seker Anton wil 'n skildery van 'n kaal man in sy huis hang nie."

Jan-Hendrik loer verbaas na Anton wat ongemaklik met die skildery in sy hande staan.

"Hoekom nie?" vra Johan en Jan-Hendrik byna gelyktydig.

172

"Wel, no offence, maar die feit dat hy van Donatello hou, beteken nie hy wil heeldag teen Dawid se . . . wortel vaskyk nie!"

Anton kyk dankbaar na Zoë. Sy slaan die spyker op die kop. Hoewel Johan Donatello se Dawid baie lewensgetrou geskilder het, kan hy hom kwalik voorstel hoe die groteske kunswerk in sy minimalisties gemeubileerde sitkamer sal lyk. Boonop is sy hele familie so konserwatief. Hy kan sommer sien hoe sy ma 'n oorval kry met so iets in sy huis. Maar Anton voel te sleg om die gegewe Dawid in die bek te kyk, daarom kyk hy Johan net vas in die oë en sê: "Baie dankie. Ek waardeer dit regtig."

"Nou toe, Joan, begelei jy nou ons geagte professor met sy hoogs gewaardeerde skildery sommer reguit na onder," beveel Jan-Hendrik vir Johan. "En niks afdwaalpaadjies nie; die man kry baie gou skaam. Ek wil net gou vir Jellietot iets sê. Ons wil so 'n bietjie alleen wees, as julle die skimp kan vang."

Zoë frons kwaai en trek haar oë na Anton se kant.

"Sal jy oukei wees, Zoë?" vra Anton bekommerd. Iets in Jan-Hendrik se stem en houding klink so kwaai, al asof dit niks goeds vir sy huismaat voorspel nie.

Maar Zoë knik net en Anton loop teen sy sin by die kamerdeur uit. Agter hom knip Jan-Hendrik die deur ferm toe.

'n Ruk later sluit Zoë haar onder by Anton aan wat kopstukke met 'n man in 'n priestergewaad gesels. Anton is duidelik verlig om haar weer te sien; hy het nou al genoeg van mansgeselskap gehad, al voel hy meer en meer op sy gemak.

Later het hy wel vermoed sy goeie luim het baie met die blou konkoksie in 'n ponsbak te doen gehad. Buiten die voorval waartydens die panda styf langs Anton kom sit het en sy naamkaartjie in sy baadjiesak gedruk het met die boodskap *Bel my!* daarop, het die res van die aand sonder drama verloop.

Anton kan nie onthou wanneer laas hy so lekker gedans het nie. Die musiek was grootliks bekende tagtiger-treffers en hoewel hy aanvanklik ietwat styf en skugter was, het hy sy inhibisies later skoon vergeet – weer eens waarskynlik te danke aan die pons.

Zoë was natuurlik die spreekwoordelike "belle of the ball" en die klomp mans het omtrent geprotesteer toe sy en Anton aankondig dat hulle nou huis toe gaan.

Van Zoë se belofte dat hulle nie te lank sou bly nie, het daar min gekom en eers ná eenuur die oggend stap hulle natgesweet na Anton se motor toe.

"Dankie, julle!" roep Jan-Hendrik van die voordeur af, maar sy afskeidsboodskap word onderbreek deur Johan wat haastig by hom verbyskuur en skree: "Wag, goggas!"

Teen dié tyd het die kolletjiespatrone op sy lyf verander in 'n behoorlike poespas van kleure.

"Jou Dawid!" sê hy en hou die skildery trots na Anton toe uit. "Ek het dit ook aan jou gededicate. Lees agter!"

Anton is skielik spyt dat hulle nie vroeër probeer wegglip het nie, maar glimlag hoflik en neem die skildery by Johan.

"Baie dankie," sê Anton weer en klop hom op sy natgeswete skouer.

"Dis dierbaar van jou," sê Zoë en soen Johan op die voorkop. 'n Paar gaste loer om die deur en waai vir die paartjie toe die motor wegtrek met Donatello se Dawid kiertsregop op die ag-tersitplek.

21

Die verlore leidraad

As daar nou 'n ding in Zoë Zietsman se lewe is wat sy sou wou verander, is dit haar nuuskierige streep. As kind het sy reeds in November al in haar ouma se kaste begin rondsnuffel vir haar Kerspresent. Selfs Jan-Hendrik weier summier om enige geskenk naby die huis te bring tot op die dag wanneer dit nodig is.

Die liewe Jan-Hendrik, dink Zoë. Sy's darem maar doodeenvoudig mal oor hom. Hy is soms net te goed vir woorde. Tydens sy verjaardagpartytjie het hy haar in Johan se kamer mos lelik voor stok gekry. Sy herleef die hele ongemaklike gesprek in haar gedagtes, en 'n warmte vou opnuut soos haar ouma se ou gehekelde blokkieskombers om haar toe.

"Is iets fout?" vra sy benoud. Jan-Hendrik lyk skielik baie ernstig, maar waarskynlik net so ernstig soos iemand in 'n Pink Pantherpak kan lyk. Tog is sy hierdie liggaamshouding al te gewoond.

"Verduidelik die e-mail," beveel Jan-Hendrik streng en plak sy hande teen sy heupe.

Zoë bloos bloedrooi en kyk af. "Ek het nie geweet hoe om dit in jou gesig – "

"Hemel, Jellietot!" sug hy. "Dink jy nie ek weet jy sukkel met geldjies hierdie afgelope ruk nie? Dis mos nie jou skuld dat HerbaDome gevou het nie."

"HerbaZone."

175

"Whatever! Jy is die enigste familie wat ek het, Jellietot. Jy hoef nie in sak en as te kom vra vir uitstel vir die huishuur nie."

"Ek's jammer," sê Zoë nou heeltemal verleë. "Dis maar net, dinge gaan swaar – "

"Ek sorg vir jou totdat jy iets anders kry!" sê Jan-Hendrik beslis. "Ek het 'n paar goeie troues om te doen en if push comes to shove, dan kan jy my help blomme op die tafels sit."

Zoë stap nader en gee haar beste vriend 'n groot druk.

"Nooit weer stuur jy vir my 'n e-mail omdat jy my nie in die oë kan kyk nie. Dit het vrek seergemaak! Ná alles waardeur ek en jy al is!"

"Sorry."

Jan-Hendrik se bui verander oombliklik. "Nou ja, kom ons gaan paartie!" en hy slaat haar met sy stert op die boud.

Ja-nee. Wat is 'n lewe sonder vriende? Haar gedagtes skiet terug na die hier en nou. Waaraan het sy nou weer gedink voordat sy op Jan-Hendrik, haar enigste eie security blanket, vasgeval het? O ja, verrassings. Wat is 'n lewe nou sonder verrassings? Boring kwadraat. Saai, sou Anton natuurlik sê. Zoë glimlag sag. Sy ís mal oor verrassings; dit is geen wonder dat sy van haar kop af wil raak oor Anton se geheimsinnigheid wat Valentynsdag betref nie. Hoeveel dae al probeer sy iets uit hom trek, selfs die geringste ou leidraadjie, maar hy laat niks glip nie. Al wat sy weet, is dat hy iets spesiaals beplan en dat sy geen planne moet maak vir die hele Donderdag, as sy dit kan verhelp, nie. Sy moet haar baas mooi vra of sy sommer die hele dag kan afkry, was sy opdrag.

So dikwels al wou Zoë dit aan Anton uitlap dat sy haar werk verloor het, maar elke keer is daar iets wat haar keer. Is sy dalk bang vir Anton se reaksie? Is dit trots? Hoop sy om gou iets in die plek van HerbaZone te kry? Zoë skud haar kop. Wat maak dit tog saak wat die rede is? Sy gaan dit nie nou probeer ontleed

176

nie. Feit bly, sy is werkloos, en net danksy die dierbare Jan-Hendrik nie nog haweloos ook nie. Afgesien van Hettie Basson se afspraak vanoggend, is haar hele dag verder dan ook oop.

"Zoë!" kreun Hettie terwyl sy in 'n hurkposisie met haar hande biddend voor haar sit. "As ek nou nog een van hierdie squats moet doen, bungee die baby vanself uit!"

Zoë lag. "Nee wat, jy gaan goed aan. Maak net seker jy balanseer op die bal van jou voet."

"Balanseer. Ga! Ek wens daai Jan Eksteen se ballas is seer vir wat hy aan my gedoen het! Ek sweer hierdie kind is so groot, hy sal al sy naam kan skryf teen die tyd dat hy die lig aanskou!"

"Nog net drie," moedig Zoë aan. "Kom, jy kan dit doen!"

Zoë moet erken dat Hettie tot dusver die grootste van al haar kliënte is. Sy word letterlik by die dag groter. Hettie klink oortuig dat dit 'n seun is, maar sy het die dokter die dood voor die oë gesweer as hy die geslag verklap. Sy raai dus nog die hele tyd.

Ná die laaste gehurk val Hettie terug op die jogamat en gooi haar arms wyd oor die vloer.

"Explain to me," grom sy uitasem terwyl sy met die plafon praat, "waar kom al daai klomp 'embrace motherhood' chicks daaraan dat pregnancy jou revitalise, al daai shit! Ek't al morning sickness van dag een af en voel asof ek permanently constipated is. Hierdie storie is allesbehalwe 'n experience wat ek ooit sal vergeet óf verwerk, for that matter."

Maar Zoë se gedagtes is elders en sy lig die soveelste keer vanoggend haar selfoon op.

"Luister jy wanneer ek praat?" kap Hettie vererg terug.

"Ja," jok Zoë en sit die selfoon skuldig neer.

"Ek's besig om my soul voor jou uit te stort en al wat jy doen, is op jou foon speel."

"Jammer, Hettie," sê Zoë sag. "Dis net, vandag is . . ."

"Já?"

"Valentynsdag, en ek het nog niks van Anton gehoor nie."

Hettie kom so vinnig orent dat Zoë kan sweer sy hoor haar rugwerwels kraak.

"Valentine's! Ha! Don't make me sick! Wil jy weet wat het ék verlede jaar dié tyd gedoen?"

"Sê maar," antwoord Zoë. Sy wou nie regtig die gesprek in dié rigting stuur nie.

"Vandag 'n jaar gelede het Jan my uitgevat na die niceste restaurant in die hele Gauteng. Opgedress, hare gedoen, make-up, nuwe bra. Tieties hoog en proud. You know the drill. Sy favourite wyn wat so droog was dat my tong nou nog aan my verhemelte vassit. Bosse en bosse rose en selfs 'n band wat heel-aand my favourite songs gespeel het. Huis toe. Ek kry my goue oorbelle, hy kry sy blowjob, en dit was all downhill after that."

Zoë leun oor en gee vir Hettie 'n stywe druk. "Ek's so jammer dat dinge so uitgewerk het," troos sy.

Hettie vryf liggies oor haar maag. "Hoe kan enige man so teen 'n lewetjie wees, Zoë?" fluister sy en wys onverwags 'n kant van haarself wat Zoë nog nooit tevore gesien het nie. Sy kan sweer sy gewaar 'n belofte van 'n traan in haar lewensharde vriendin se oog. Maar net so gou ruk Hettie haar weer reg.

"Mans is bliksems en jy beter ook dit gou agterkom. Nou ja toe, laat ek en die bowling ball in die pad val voordat ek jou verder depress met *The Days of our Lives*. Mý weergawe."

"Jy gaan oukei wees," glimag Zoë en help vir Hettie op haar voete. "Jy weet jy gaan!"

"Geniet jou date vanaand en vang at least iets stupids genoeg aan om my volgende keer mee te entertain."

Zoë plak 'n kus op Hettie se wange en stap net mooi na haar Vespa toe haar selfoon meteens bliep. Haar hart klop onreël-matig. Anton gaan uiteindelik sy plan bekend maak vir die aand! Sy was in haar lewe nog nie so opgewonde oor 'n Valentynsdag soos vandag nie. Sy lig die foon op en lees die SMS:

Dit was die plek van ons eerste gesprek,
Tyd dat jy jou sleutelbord nader trek. XX

Zoë se hart voel asof dit deur haar ribbes breek. Anton stuur vir haar leidrade! Hy gaan haar op 'n skattejag of iets stuur. Sy jaag soos 'n mal haas huis toe en kan nie vinnig genoeg tot sit kom by haar rekenaar nie. Die plek van hul eerste gesprek? Matchmate.co.za! Gretig kliek sy op die webwerf en teken aan. Sy loer deur die naamlysie en afgesien van die gereelde Hot-Male44 is daar geen bekende name nie. Ook geen teken van Donatello nie. Vreemd. Waar bly Anton dan? Sy staan op en tel weer die selfoon van haar bed af op. Sy lees die boodskap oor en oor. Dit is mos waar hulle mekaar ontmoet het. Sy gaan sit weer en merk meteens boaan die skerm dat sy een boodskap het wat wag.

"Wee' jy, Zoë," sê sy hardop. "Partykeer is jy 'n experiment in artificial stupidity!"

Sy kliek op die boodskap. Dit is van Donatello af! Sy lees dit stadig en noukeurig.

Jy het hier 'n hak gebreek en my hart gesteel,
Ons liefdeskontrak was reeds geseël.
Ek sal altyd jou glimlag aan daardie tafel onthou.
Al wat ek kan verklaar, is: "Ti amo!" XX

Zoë lees die boodskap drie keer en elke keer sug sy ná die "Ti amo!" Anton is die mees romantiese ou wat sy nog ooit leer ken het; nog nooit het 'n man in haar lewe soveel moeite vir Valentynsdag gedoen nie (of enige dag for that matter). Hy's by Titolino's – die gesellige restaurant waar hulle Oujaarsaand ge-eet het! Sy kyk op haar horlosie. Dit is nou net voor twaalf. Gaan hy haar met 'n middagete by die Italiaanse restaurant verras? Sy gun haar nie veel tyd om te lank daaroor te tob nie. Sy hardloop

179

na die badkamer, spring in 'n stort en binne 'n kwartier is sy, uit-gevat in 'n nousluitende rooi rok, voor die spieël besig om haar lang wimpers met die maskaraborseltjie by te kom.

"Waar's Jan-Hendrik as jy hom die dag soek?" mompel sy hardop terwyl sy haar hare met die borsel bykom. "Hoe moet ek op 'n date gaan sonder hom?"

Oomblikke later stap Jan-Hendrik ewe houtgerus by haar ka-merdeur in asof hy haar gedagtes kon lees.

"Jy kom asof jy gestuur is!" roep Zoë bly en spring in Jan-Hendrik se arms.

"Easy, girl! Vir wat is jy so deftig aangetrek? Jy's mos nie een vir designer outfits nie? Waar krap jy daai hot nommertjie uit?"

Zoë gooi hom 'n vuil kyk. "Dis Anton, man. Hy stuur my op 'n skattejag. Hy los oral vir my clues en goed! Ek moet Clearwa-ter Mall toe gaan!"

"Dit gaan maar altyd so op die eerste Valentine's, dear," sug hy. "Jy's gelukkig as jy volgende jaar 'n papierblom kry!"

"Ag, toe nou, jy! Is jy nou net suur omdat jy nie iemand spe-siaals het nie?" terg Zoë.

"Well, I'll have you know dat ek vanaand 'n party saam met die hotste studs in Jozi het!"

"Glad for you, meneer, maar lyk ek goed genoeg vir my Ama-zing Race?"

"Daai plakkies van jou is 'n Amazing Disgrace!" beduie Jan-Hendrik met sy neus en trek dit dramaties op.

"Dis die plakkies wat Anton vir my gekoop het die aand van ons eerste date," verdedig Zoë en trek daardie onderlip van haar soos net sy kan. "Jan-Hendrik, ek weier om weer met stilettos te gaan! Dis 'n skattejag, nie South Africa's Next Top Model nie."

"Suit yourself, dear! Loop net myle van my af met jou Ragab-slippers in die openbaar! By the way, ek wil anyway na die mall toe gaan. Moet ek jou sommer daar aflaai?"

"Sal great wees! Ek moet nog vir Anton 'n present kry!"

180

"Wat dié keer? Ek hoor daar's 'n Valentine's special op die Phillips Puberty Parlour!"

"Sies vir jou! Ek dog ons praat nie weer oor daai affère nie!" sê Zoë afgehaal.

"My mond is so toe soos 'n pot aqueous cream!" spot Jan-Hendrik en koes net betyds toe Zoë se kussing verby hom trek.

"Verskoon my," sê Zoë gretig en glimlag van oor tot oor terwyl sy Anton se present in 'n bruin kardoes vashou. Jan-Hendrik staan nuuskierig by die ingang vir haar en wag.

Dieselfde maer kelner wat hulle op Oujaar bedien het, kyk op agter die toonbank. Hy skrik hom asvaal toe hy haar sien, want dit was juis hierdie meisie en haar kêrel wat hom laas met daardie kombuispetalje amper sy werk laat verloor het.

"Middag, juffrou. Kan ons help?" probeer hy so streng professioneel moontlik klink.

"Ja. Is Anton hier? Ek is hier vir ons Valentynsete."

Die arme kelner lyk asof sy met hom Frans praat.

"Meneer Badenhorst?" probeer sy weer. "Ek moet hom hier ontmoet vir middagete?"

"Jammer, dame, ek het geen benul waarvan u praat nie. Hier is geen meneer Badenhorst nie. Ook nie 'n bespreking vir een nie."

Sou hy die bespreking dan onder "Donatello" gedoen het? wonder Zoë. Sekerlik tog nie. Sy kyk verontwaardig verby die toonbank waaragter die kelner soos 'n waghond op aandag staan. Miskien sien sy vir Anton êrens sit. Maar daar's geen teken van enigiemand anders buiten een paartjie in 'n hoek van die vertrek nie. Ten einde raad wink sy maar vir Jan-Hendrik, wat steeds buite die deur staan, nader. Hy kom pralend ingestap en merk die maer outjie by Zoë op.

"Oh . . . my . . . gosh! Plak my op 'n stage en noem my Liberace!" gil Jan-Hendrik opgewonde. "Tomsie! Ek was fuella dat jy my nie gebel het nie, en kyk waar werk jy? 'n Klipgooi van my huis af!"

As Zoë al ooit 'n mens Jik-bleek gesien het, is vandag die dag. Die jong mannetjie lyk asof hy agter die toonbank wil smelt. Jan-Hendrik kom duidelik nie agter hy is nou besig om die ou ongemaklik te laat voel nie en gaan ongestoord voort.

"Jellietot, dit is Tommy, of Tomsie soos ons almal hom noem. Tomsie, dit is my beste vriendin, Zoë, van wie ek jou altyd vertel!"

Zoë se ouma sou nou sê die outjie het agter 'n sifdraad gestaan toe hulle met koeistront gespeel het, want sy sproete is nou éérs prominent soos hy kleur verloor. Die outjie lyk oomblikke weg van flou val en kan steeds nie 'n woord uiter nie.

"Aangenaam," glimlag Zoë.

"O," fluister Jan-Hendrik agter sy hand, "hy's obviously one of the gang, maar nog very much in the closet, so don't make it prominent that he's family!"

Zoë sou graag vir Jan-Hendrik wou uitwys dat hý suksesvol in die einste taak was, maar daar is nie nou tyd nie. Hy luister in elk geval nooit na haar preke nie.

"Tommy . . . ek bedoel, Tomsie," bepaal sy haar aandag eerder by die wasbleek kelner, "weet jy dalk waar my boyfriend kan wees?"

Met dié kom 'n ander kelner aangestap en groet vriendelik. "Verskoon my. Is u Zoë Zietsman?"

"Ek is!" glimlag Zoë. Uiteindelik weet iemand wat aangaan!

"Meneer Badenhorst was gister hier en het gevra dat ek dié vir u moet gee wanneer u vandag hier opdaag," sê hy met 'n knipoog terwyl hy die rooi koevert aan haar oorhandig.

"Dankie," lag sy en maak dit gretig oop.

"Toe, léés!" hits Jan-Hendrik haar aan terwyl hy oor haar skouer loer.

Dit was 'n hartseer afskeid van 'n liewe vriend,
Maar jy't die taak dapper en vol moed gedoen.
Hoog bo Johanensburg, op hierdie spesifieke plek,
Het ek die vrou van my drome die eerste keer gesoen. XX

"Ons moet berg toe!" roep Zoë bly. "Hy wag vir my daar!"

"Hy of die volgende clue?" sanik Jan-Hendrik.

"Ag, jong, wees nou 'n slag bly om my onthalwe en laat my dit geniet!"

Jan-Hendrik kyk op sy horlosie en sug. "Nou ja, toe, ek het seker nog tyd."

Zoë vou die koevert op en sit dit in haar handsak. Sy waai vriendelik vir Tommy, wat steeds op dieselfde plek geanker staan.

"Dankie, Tomsie, en dit was lekker om jou te ontmoet!"

"Toedeldoe!" wuif Jan-Hendrik vriendelik. "Bel my! En moenie so nelly wees nie!"

"Nelly?" vra Zoë nuuskierig toe hulle by die deur uitstap. Sy leer maar nog die lingo.

"Neurotic!" lag Jan-Hendrik en stap kar toe.

Jan-Hendrik parkeer die swart Golf op dieselfde plek waar Anton destyds op die laaste snik van Oujaarsaand stilgehou het. Zoë spring uit en kyk hoopvol rond of sy vir Anton óf sy Audi kan gewaar. Sy het haar op pad hierheen al voorgestel hoe hy vir haar met 'n donker pak en een rooi roos onder 'n gazebo of iets wag. Vonkelwyn in die hand en roosblare wat ronddwarrel in 'n ligte windjie.

Maar weer eens is hy nie daar nie. Al wat sy gewaar, is 'n boom vol rooi koevertjies wat aan smal stukkies tou hang. Maklik twintig of meer. Dit lyk amper soos Kersversierings. Sy kyk steeds hoopvol of sy nie vir Anton agter die boom gewaar nie, maar besef met 'n ligte fladdering van haar hart dat haar skatte-

183

jag nog lank nie verby is nie. Sy stap nader, pluk die eerste koe-
vertjie af en maak dit gretig oop. Binne staan:

Soms dink jy dis die regte een, maar kom gou agter dit is
nie.
 Jy sal moet aanhou soek totdat jy die régte een kry.

Zoë frons en pluk 'n volgende een af. Dieselfde boodskap. 'n
Volgende. En weer dieselfde boodskap. Sy lag uit haar maag. Nie
net staan haar hare in alle windrigtings nie, maar sy's al papnat
gesweet van al die rondhardlopery. Sy is van voor af bly sy het
nie daardie verdomde stilettos aangetrek nie. Die spykerhakke
sou die laaste spyker in die kis van 'n sprankelvoorkoms, soos
daardie een gewraakte outannie-tydskrif dit altyd stel, geslaan
het. Dit is eers met die tweede laaste briefie wat sy raakvat dat
'n ander boodskap vir haar binne-in wag.

Teen hierdie tyd is jy al moeg gespook,
Maar ek belowe dis amper klaar.
Gaan na my huis, stort lekker,
Jou finale leidraad wag daar. XX

* * *

Dorothy Moletse gryp vir Zoë om die lyf toe sy die deur oop-
maak.
 "Dumela, Mmê," mompel Zoë terwyl sy hoopvol na suurstof
soek in Dorothy se boesem. "Ek is ook bly om jou te sien!"
 "Au, wie es dié man?" vra Dorothy meteens toe sy vir Jan-
Hendrik agter Zoë opmerk. In 'n kwessie van oomblikke het
sy verander van 'n vriendelike mamma tot 'n oorbeskermende
kiewietwyfie.
 Zoë sukkel-sukkel haarself los uit die omhelsing, staan te-

184

rug en stel voor. "Dit is Jan-Hendrik, Dorothy. My beste pel."

Dorothy bekyk Jan-Hendrik ondersoekend van kop tot tone en klap haar tong vies. "Wat soek die man by jou op die Valentine's Day?"

"Hy't my gou kom aflaai. Anton het my hierheen gestuur," verduidelik Zoë.

"Aangenaam, Dorothy," groet Jan-Hendrik, min gepla deur haar aanvallende houding, en hou sy hand vriendelik uit. Dorothy kyk eers 'n ruk verdag daarna, steek dan haar hand stadig uit en groet Jan-Hendrik met die stewigste greep wat sy kan raakvat.

"Kom in," nooi Dorothy en laat Zoë eerste stap. Voordat Jan-Hendrik 'n tree kan gee, skuif sy netjies soos 'n muur tussen hom en Zoë in. Hy rol maar net sy oë oudergewoonte en volg hulle die huis in.

Hulle stap na die sitkamer en Zoë gaan sit op die dubbelbank. Jan-Hendrik mik-mik om langs haar te gaan sit, maar Dorothy gooi 'n perfekte pas de chat wat enige balletonderwyseres trots sou maak en land netjies langs Zoë op die bank. Jan-Hendrik sug oordrewe en gaan sit vererg op die oorkantste bank.

"Dorothy," glimlag Zoë, "Anton het laat weet ek moet hier kom stort en dat daar iets hier vir my is."

"Ee, Zoëtjie, hy het vor my die name card gagee. Hy het gasê jy moet hom by daai plek kry."

Dorothy sukkel behoorlik om op te kom van die lae bank en Zoë kan nie glo dit is dieselfde vrou wat netnou so 'n reusekatsprong uit daardie selfde lyf kon kry nie. Sy gaan staan by 'n kiaathoutkis en trek die boonste laai oop. Zoë staan opgewonde nader.

"Ek het die dêng hier by die laai gabêre," sê sy en kom met 'n naamkaartjie te vore. Sy hou dit uit na Zoë. "Hy't gasê six o'clock jy moet kom."

Zoë kyk op haar digitale polshorlosie. Dit is 16:13. Sy bestu-

185

deer die kaartjie. In die regterkantste hoekie is 'n groot foto van Cleopatra en dwarsoor die kaartjie staan *Sphinx* geskryf, met 'n telefoonnommer en 'n adres daaronder.

"Ken jy die restaurant Sphinx?" vra Zoë terwyl sy nuuskierig na Jan-Hendrik draai.

Hy staan op en stap nader. Dorothy speel binne oomblikke weer skild en staan netjies tussen die twee.

"Maggies, tannie," sanik Jan-Hendrik, "ek soek nie Zoë se lyf nie. Ek's so skeef soos 'n gradeboog!"

"Wat praat die man?" vra Dorothy vererg.

"Dorothy," verduidelik Zoë, "dankie dat jy so mooi na my kyk, maar Jan-Hendrik is my beste vriend van skooldae af. Hy hou baie van Anton en is regtig net 'n vriend."

Jan-Hendrik strek vererg oor Dorothy en pluk die kaartjie uit Zoë se hand.

"Hm . . . nog nie van die plek gehoor nie," merk hy op en trek sy neus soos hy altyd maak as hy nie weet nie.

"Dink jy dis theme related?" vra Zoë nuuskierig.

"Moet wees," antwoord Jan-Hendrik terwyl sy blik op die oop laai by Dorothy val. "Kyk hier!"

Die twee vroue draai om en gewaar albei 'n kostuumkatalogus in die laai. Op die voorblad pryk 'n reuseprent van Cleopatra en Mark Anthony.

"Dink jy ook wat ek dink?" vra Zoë in ekstase.

"Dis obvious, Jellietot! Jy moet na die plek gaan as Cleo! Daai man is darem 'n real romantic! Dis nou jammer van daai sexy rooi nommertjie, maar die tabberdjie is anyway al asvaal verlep van die stof. Thank heavens die plakkies sal moet waai."

"Haau, ek vastaan nie wat julle van praat!" sê Dorothy.

"Kyk, Dorothy," verduidelik Zoë, "die kaartjie het op die boekie gelê, so Anton wil hê ek moet soos dié vrou aantrek."

"Nee, Zoëtjie, nee," gooi Dorothy bekommerd wal. "Anton hy het nie vor my die boek – "

186

"O, ek is mal oor die idee," val Jan-Hendrik haar wreed in die rede. "Wie't gedink hy sou so gou van themes hou?"

Hulle giggellag en Zoë draai die boek na Dorothy toe.

"Dink jy ek gaan smart lyk as ek so aantrek, Dorothy?"

"Ma' die vrou sy het die swart hare dan?"

"Ja, dis 'n kostuum en die hare is 'n pruik. Ons moet na dié winkel gaan en die kostuum gaan huur," verduidelik Zoë en en tik met haar vinger op die voorblad.

"Fabulous," gil Jan-Hendrik terwyl hy deur die katalogus blaai. "Dan kan ek sommer iets kry vir my Leather and Feather party vanaand! Ons kan gou die klere gaan huur."

"Leather and Feather?" glimlag Zoë.

"Never a dull moment in my world!" lag Jan-Hendrik. "Nou toe, as jy sesuur vir Prince Charming moet ontmoet, dan moet jy nou gou maak; ons het minder as twee uur oor. En ons moet nog by Honeydew uitkom."

"Ek stort sommer gou hier!" kondig Zoë aan en storm direk na Anton se gastebadkamer. Jan-Hendrik en Dorothy bekyk mekaar eers ongemaklik en gaan sit albei tjoepstil weer op die bank en wag.

"Ek is baja confused by die kop," sê Dorothy 'n ruk later.

"Hoekom?" vra Jan-Hendrik onbelangstellend terwyl hy deur die katalogus blaai.

"Anton hy het net vir my daai name card gagee. Nie dáái boek ôk!"

"O, oukei, whatever," antwoord Jan-Hendrik ongesteurd, steeds met sy neus in die boek.

Zoë wikkel haarself vir eers terug in haar rooi rokkie. Nog net 'n bietjie make-up en dan's sy gereed om haar Cleopatra-metamorfose te ondergaan. Oomblikke later trek hulle weg in die Golf, met die naamkaartjie en die katalogus in die hand, en waai vriendelik vir Dorothy, heel onbewus daarvan dat die laaste leidraad in Anton se badkamer vir haar lê en wag.

187

22

Die Egiptiese vloek

Daar is min dae dat Zoë nie vir Jan-Hendrik as beste vriend waardeer nie. Maar vandag is vir seker 'n uitsondering. Nadat hy sy eie leer-en-veer-pak uitgesoek het vir die aand, het hy haar omskep in die mooiste Cleopatra wat Johannesburg nóg gesien het. Hy het die grimering net so goed afgerond soos in die dae van antieke Egipte en selfs die eienaars van die kostuumwinkel het daarop aangedring om foto's saam met Zoë te laat neem. Net voor sesuur hou Jan-Hendrik voor die Sphinx-restaurant in Ruimsig stil en gee vir Zoë 'n drukkie.

"Jy gaan fabulous wees, Jellietot!" moedig hy haar aan.

"Ek kon nie vandag sonder jou deurgemaak het nie," sê Zoë half bewoë en soen vir Jan-Hendrik op sy wang.

Zoë klim versigtig uit die Golf en stap na die voordeur van die Sphinx. Sy gewaar Anton se Audi en haar hart klop opgewonde. Die plek is ongelooflik mooi en sy kan nie glo dat sy nog nie daarvan gehoor het nie. Kleurryke skilderye, asook vergulde reusebeelde van mummies en sfinkse dra alles by tot die ou Egiptiese tema. Zoë vergaap haar behoorlik. Voordat sy 'n kelner vir haar tafel kan vra, vat 'n man haar aan die elmboog.

"Jy's hier! Ook net betyds," roep hy opgewonde. Hulle stap weer by die deur uit en loop buite om die gebou. "Kom, ons wag vir jou!"

Zoë kan nie glo hoe goed Anton die hele ding beplan het nie. Hierdie mense eet letterlik uit sy hand en gaan meer as uit hul pad uit om die aand spesiaal te maak.

"Is hy al hier?" vra sy opgewonde. "Ek't sy kar buite gewaar."

"In die gehoor. Heel regs! Jy is nog mooier as wat ek gedink het. Geen wonder hy kan nie wag nie," sê die ouerige man vriendelik. Hy help haar by die agterdeur in.

"Dankie vir die kompliment," bloos Zoë en gaan sit op die bank wat die man vir haar wys.

"Ek's Herman," stel hy hom voor. "As jy enigiets nodig het, vra gerus."

"Haai, Herman, ek's Cleopatra," grap Zoë. "Ek is ongelooflik dors. Wat van 'n Long Island iced tea?"

"Ons reël dit dadelik," sê Herman en gee 'n bos met twintig bloedrooi rose vir Zoë. "Hy het gevra ek moet dit vir jou gee."

Zoë wil uit haar vel spring. Hierdie dag kon nie beter uitgedraai het nie!

"Dis pragtig!" sê sy opgewonde en ruik aan die rose.

Herman bestel gou die drankie oor die telefoon en kom sit langs Zoë.

"Kom ek vertel jou net gou wat jy veronderstel is om te doen," begin hy.

Anton Badenhorst het 'n probleem by die toonbank van die Sphinx-restaurant. Op die een of ander manier het die bespreking skeefgeloop.

"A.J. Badenhorst," verduidelik hy tot vervelens toe aan die kelner.

"Ek begryp, meneer Badenhorst, maar A.J. Badenhorst en sy metgesel het reeds opgedaag."

"Dit is onmoontlik," verduidelik Anton en kyk oor die vol restaurant. Daar is vanaand nie plek vir 'n muis nie. "Ek het dan nou net hier aangekom!"

"Is dit u telefoonnommer hierdie?" vra die kelner en hou 'n vel papier na Anton toe.

"Nee, dit is nie!" sê Anton kwaai. "My telefoonnommer is doodgekrap en die nuwe een is bo-oor dit geskryf! Ek het hierdie bespreking al amper 'n maand terug gedoen!"

"Dit spyt my om u mee te deel, meneer, maar dit wil voorkom of daar vanaand twee A.J. Badenhorste is."

"Ek glo dit nie!" sê Anton vererg. Hy is woedend. Die aand was veronderstel om perfek te wees.

"Volg my asseblief, meneer, dan gaan hoor ons by die paartjie of hulle weet wat aangaan. Dalk kan ons 'n plan maak."

Anton stap briesend agter die kelner aan en vleg deur die tientalle gelukkige paartjies tot amper heel voor in die restaurant. Die kelner kom uiteindelik tot stilstand by 'n tafel vir twee waar 'n ou man en sy dogter sit.

"Verskoon my," glimlag die kelner, "u is meneer Badenhorst, reg?"

"Ja," antwoord die man bot.

"A.J. Badenhorst?" vra die kelner weer.

"Ja, hoekom?" grom die man. Sy dogter loer vraend oor die spyskaart.

"Ek dink daar was 'n misverstand met die bespreking," verduidelik die jong man. "Wanneer het u die tafel bespreek?"

"Vanoggend," antwoord die man kortaf. "Ek gee nie om watter fout daar was nie, ons move nie!"

"Nee, nee," paai die kelner. "Ons het net 'n dubbelbespreking en – "

"Ek is ook A.J. Badenhorst," merk Anton vies langs die man op. "En ek het die tafel al 'n maand terug bespreek!"

"Dis hoekom hulle dalk die telefoonnommer wou verander, Panda," praat die meisie nou die eerste keer.

Panda? Anton én die kelner besef gelyk dat dit nie die man se dogter is nie, maar 'n date!

"Ek worry nie," sê die man ongeskik. "Kry vir hom 'n ander tafel."

"Wel, meneer, die probleem is, vandag is Valentynsdag en – "

"Die probleem is," skree die man kwaai, "dat jy besig is om my te irriteer!"

Meteens verdoof die ligte en 'n stem klink luid oor 'n mikrofoon: "Ladies and gentlemen, we welcome you to Sphinx, where the sights, sounds and the tastes of the world's oldest civilisations come alive! And no one welcomes you more than our very own Cleopatra!"

Spreiligte verhelder die verhoog en Egiptiese musiek begin deur die hele vertrek dreun.

"Meneer Badenhorst," roep die kelner oor die harde musiek.

"Ja?" antwoord albei mans.

"Die vertoning gaan nou begin. Kan u net asseblief hier sit vir 'n rukkie. Ek belowe ons maak 'n plan net sodra dit klaar is."

Die ou man wil nog kapsie maak, maar die jong meisie gryp 'n stoel by 'n tafel naby hulle en nooi Anton vriendelik om te sit.

"Kom sit gerus. Moet jou nie aan hom steur nie."

Die kelner verdwyn in die donker en daar sit Anton en die ander twee snoesig aan die beknopte tafel. Hy haal sy selfoon uit sy sak en begin vir Zoë 'n boodskap tik, maar dan gewaar hy Cleopatra op die verhoog. Dit kan nie wees nie!

Zoë Zietsman neem 'n diep asemteug en stap deur die gordyne. Om die een of ander rede het Anton gereël dat sy 'n vertoning moet gee. Daar gaan nie 'n dag verby dat hy haar nie op die een of ander manier verras nie. Sy kom tot stilstand in die middel van die verhoog onder dawerende toejuiging van die bykans driehonderd gaste. Wat op dees aarde maak sy nou? Wat voer Anton in die mou? Sy weet hy is ongelooflik romanties met al sy leidrade vandag, maar wat maak sy dan op die verhoog – as

Cleopatra? Ja, sy weet Anton het wel deeglik agtergekom hoe sy al die aandag by die P-partytjie geniet het, maar sy hét darem die meeste van die mense daar reeds tevore ontmoet. Hierdie storie is verregaande!

Die musiek verander en bolle rook waai uit die ysmasjiene agter haar. It's time to shine. Zoë strek haar arms wyd en begin so professioneel moontlik oor die verhoog sweef. Herman het net gevra sy moet grasieus beweeg en Egiptiese style naboots terwyl die musiek speel. Die bewegings wat sy nou uithaal, lyk eerder asof dit uit 'n Bollywood-fliek kom. Tog, wat ook al sy doen, dit lyk asof dit die goedkeuring van die gehoor wegdra. Dit is vir seker die eerste keer in haar lewe dat sy voor so 'n groot gehoor staan, maar sy sal jok as sy moet sê dat sy dit nie opwindend vind nie. Die spreiligte skyn helder van bo af en sy sukkel om vir Anton in die gehoor raak te sien. Waar is hy en wat dink hy? Herman het gesê hy sit heel regs. Sy kan niks anders as die spreiligte sien nie. Die gehoor gaan mal en sy glimlag van oor tot oor.

Herman Niehaus staan trots en toekyk hoe Zoë almal vermaak. Dit is sy tweede week as funksie-organiseerder by die Sphinx en hierdie meisie doen presies wat hy gevra het en nog meer. Ek's seker dit is die eerste van vele funksies, dink hy in sy skik. 'n Oomblik later word hy op die skouer getik.

"Wie de hel is sý?" sny die skril stem langs hom deur sy oomblik van selftevrede glorie.

Herman lyk asof hy 'n spook sien. Eerder 'n mummiespook van dertig jaar voor Christus, want hier staan nóg 'n Cleopatra!

"Dis . . . dis Denise," hakkel hy verward en loer na Zoë op die verhoog, "my baas se nuwe meisie."

"Ék is Denise, jou domkop! Ék is jou baas se nuwe meisie!" skreeu die besete vroumens en skud haar kop dat die swart pruik vir Herman in die gesig sweep.

192

"Nou wie is sý dan?" vra hy en kyk vraend na Zoë wat nou al begin joga-moves op die verhoog uithaal. Hy kan voel hoe sy moed tot in sy skoene val.

"No, you tell me!" gil Denise en storm histeries op die verhoog. Afgesien van die musiek word die gehoor tjoepstil en kan nie glo watter soort opwinding hulle nou meemaak nie.

Zoë is mal oor die aandag. Sy moet om die een of ander rede iets reg doen, want die gehoor raak net nog meer opgewonde. Hulle het waarskynlik nie geweet Cleopatra kan sulke moves uithaal nie. Skielik besef sy die skare hou op juig en merk iets agter haar op. So waar as wraggies, hier stap nóg 'n Cleopatra op die verhoog. Nou voel sy éérs verward. Wat gaan aan?

"Wie is jy?" sis Denise kwaai deur knersende tande. Sy sluit haar langs Zoë aan en glimlag vir die gehoor terwyl sy sensueel begin dans.

"Zoë," antwoord sy onder die musiek deur. "Wie is jy?"

"Ek is veronderstel om hierdie dans te doen!" raas Denise en stamp vir Zoë hard met haar heup voordat sy in die volgende beweging oorgaan.

Zoë is glad nie beïndruk deur dié klein feeks se houding nie en stamp vir Denise net so hard teen die sy. Denise kantel een-kant toe, maar herwin gou weer haar balans. Die gehoor juig asof dit 'n Super14-finaal is.

"Klim van my verhoog af!"

"My kêrel het gereël dat ek die dans moet doen," sê Zoë vies en gooi die meisie 'n vuil kyk.

"Wie's jou kêrel?"

"Anton."

"Wie's Anton?"

"Wie's jý?" vra Zoë kwaai en glimlag vriendelik toe die gehoor harder begin klap.

Enkele oomblikke lyk dit asof die Cleopatras mekaar wil uitdaag tot 'n Romeinse gladiatorgeveg, tog word elke beweging noukeurig op die maat van die musiek uitgevoer.

Twee mummies verskyn skielik op die verhoog en help die Cleopatras – redelik hardhandig – agter die gordyne in. Beslis nie 'n maklike takie nie, aangesien hulle meestal vashaak in die verbande en niks meer as geisjatreetjies kan gee nie. Die gehoor gil: "Encore! Encore!"

Oomblikke later het Herman die twee meisies agter die verhoog.

"Wie is die girl, Herman?" vra Zoë nou duidelik hoogs die donder in.

"Ek is Denise!" skree die ander Cleopatra. "Hoe durf jy my show steel?"

"Jou show?" hap Zoë kwaai terug. "Anton het gereël dat ek vanaand – "

Herman keer haar in haar tirade. "Dame, daar was 'n misverstand. Ek het gedink dat jy Denise is."

"Nee, ek's Zoë," verduidelik sy en raak skielik stil. "O flip! Die man wat vir my gewag het . . . is nie Anton nie?"

"Ek het geen benul wie Anton is nie, Zoë," sê Herman verleë en trek sy skouers op.

"En sý was veronderstel om die Cleo-dans te doen?" vra Zoë en kyk grootoog na Denise.

"Ja, my skat!" antwoord Denise en 'n breë glimlag speel nou oor haar gesig. "Jy't vanaand êrens die kat lelik aan die gat beet!"

Zoë laat sak haar kop in haar hande en begin histeries lag. In hierdie stadium is dit al wat sy kan doen. "Ek is so, so jammer, julle! Ek het genuine nie geweet nie."

"Luister," lag Denise nou hardop. "At least het ons vir hulle 'n show gegee wat die Sphinx nog nooit beleef het nie. No harm done!"

"Ek het gedog jy het darem baie vertroue in my om 'n Egiptiese dans op die verhoog te moet uithaal, en dit nogal sonder

194

enige oefening!" lag Zoë en stamp vir Herman aan die skouer.

"Jy't jou goed van jou taak gekwyt," sê Herman en sug die eerste keer ná die petalje van verligting.

Anton kan steeds nie glo wat hy pas aanskou het nie. Hy was nog besig om vir Zoë 'n SMS te stuur om te vra waar sy is toe hy haar op die verhoog gewaar. Wat op aarde sou Zoë op die verhoog, van alle plekke, aanvang? Wat het haar besiel? En waarom lyk sy soos Cleopatra? Hy het eers gedink hy verbeel hom, maar hy sal haar glimlag 'n myl ver kan herken. 'n Ruk ná die tweede vertoning kom Zoë uiteindelik van agter af nader gestap. Hy kan van hier af oor die ander twee mense aan die tafel sien hoe verward sy lyk. Toe die gehoor haar raaksien, klap hulle weer van voor af hande en fluit van alle kante. Zoë buig dramaties en waai vir almal.

Voordat Anton iets kan sê, verskyn 'n kelner langs hulle.

"Ek is regtig baie jammer oor die misverstand, menere, maar daar is ongelukkig geen ander tafel beskikbaar nie."

"Ek wil 'n romantic date hê met my girlfriend," sê die ou man bot, "nie die hele Brady Bunch nie!"

"Ek stem," bevestig Anton en staan doelbewus raserig op. "Ons sal dan maar eerder gaan."

"Ag, nee," smeek die jong meisie en stel haar voor as Tanya en die man as Buks. "Jou meisie is dan die ster van die plek. Dis weird, maar kom ons maak nou maar die beste van die aand."

Anton bedank die meisie beleef en kyk na Zoë. Sy tel haar skouers op, knik en glimlag. Hy stap na haar en soen haar half ongemaklik voordat hy nog 'n stoel nader trek. Oomblikke later sit die vier styf aan die tafel vir twee. Die kelner het belowe dat aandete op die huis is. Hulle praat oor Zoë se impromptu op-voering wat toe so 'n groot treffer was.

"So, dit was alles 'n misverstand," lag Tanya terwyl Zoë hulle die storie meedeel.

"Ja, ek het gedink dit was Anton wat alles beplan het – het selfs gewonder hoe hy geweet het dis 'n secret fantasy van my! En meantime het hulle die verkeerde Cleopatra beetgehad. Ons, dis nou ek en die ander Cleo, het darem agterna vir mekaar jammer gesê. So alles is nou uitgepluis. Ek moes wel haar rose teruggee."

Tanya lag hardop. Selfs Buks lyk asof hy begin mens word. Anton glimlag, maar voel nie regtig in sy skik met hoe die aand uitgedraai het nie. Dit is asof niks ooit meer uitwerk soos hy dit beplan sedert hy en Zoë saam is nie.

"Ek kon nie verstaan hoekom net ék dan aangetrek is volgens die theme nie," sê Zoë en kyk na Anton. "Jý het 'n pak aan."

"Waarom het jy gedink jy moes soos Cleopatra aantrek?" vra Anton die vraag wat die hele aand al in sy gedagtes spook.

"Jou clue by die huis! Dit was in die laai by die kostuumplek se katalogus."

Anton het dieselfde verwarde, vraende uitdrukking op sy gesig as toe Herman vir Cleo nommer twee moes sien. "Die leidraad was dan in die badkamer. Langs die roos." Wat sou tog daar skeefgeloop het? Hy het dan alles so haarfyn beplan.

"Wát?" vra Zoë, nou ook verward. "Daar was niks in die badkamer nie. Waarvan praat jy?"

"Jy was nie in mý badkamer nie?"

"Nee, ek't sommer in die gastebadkamer gestort."

"Waarom?"

"Want dit was die naaste aan die sitkamer!" lag Zoë.

Anton laat sak sy gesig in sy hande. Hoe kon hy iets so ooglopend miskyk?

"Wat?" vra Zoë en Tanya byna gelyktydig.

"Ek het vir jou 'n mooi swart rok op my bed gelos, met huurmotorgeld," verduidelik Anton. "Dit was alles in die laaste leidraad!"

"Ek kon dit ook nie verstaan nie. Jy't uitdruklik in daai clue gesê dat my leidraad by die huis wag!" sê Zoë. "Ek dog Dorothy was die clue!"

"Lyk asof jou Valentine's ook nie so goed uitgedraai het nie," merk Buks droog op.

"Ag, nee wat," glimlag Zoë. "Ek glo niks gebeur toevallig nie. Ons was bestem om mekaar te ontmoet. Wie kan nou teen destiny stry? At least het ek nou iets om vir Hettie te vertel! En ek wou nog altyd in 'n show optree – al het dit so erg skeefgeloop."

Zoë leun oor die tafel en plant 'n liefdevolle kus op Anton se wang. Die kelners bring borde met hoemoes, falafel, laban zabadi en pitabrood, en plaas dit versigtig op die klein tafeltjie. Hulle moet die kers afhaal aangesien daar nie genoeg plek vir alles is nie.

"Well, isn't this intimate!" lag sy. Ten minste vat Anton nou maklik aan haar been. "So, Tanya, hoe ken julle mekaar? Waar het julle mekaar ontmoet?"

"O, ek werk by 'n adult movie shop," verduidelik Tanya sonder om 'n oog te knip. Anton verstik aan die falafel.

"Ekskuus," sê hy en vat 'n groot sluk water. "Pasop, hierdie goed is effens droog."

"Ek sien," antwoord Zoë en dink aan iets om die onderwerp te verander. Sy gaan waaragtig nie soos altyd weer haar voet in die dinges sit nie.

"Buks is besig met sy egskeiding," neem Tanya die gesprek verder. "Nie waar nie, Panda?"

Buks knik sy kop en stop die met hoemoes gesmeerde pita heel in sy mond.

"Hoe ken júlle mekaar?" praat Buks deur die kouery.

"Op die internet ontmoet," glimlag Zoë. Anton lyk vir haar so ongemaklik. Dalk stres hy dat sy die aand nie geniet nie. Maar dit is regtig nie sleg nie. Dit is die opwindendste, mees onvoorspelbare Valentynsdag wat sy nóg gehad het.

197

"Nee wat, dankie," lug Tanya haar mening. "Ek dink glad nie so iets is vir my nie. Weet julle watter grillerige mense agter daai computers sit?"

Zoë sien Anton loer onderlangs na Buks wat oopmond sit en kou. Sy weet sommer wat hy dink.

Die kelners bring die hoofgereg. Sy ruik aan haar vegetariese koeskoes terwyl Anton se priem-kebab voor hom neergesit word. Die ander twee deel die Sphinx se spesialiteitsgereg, "Cleopatra's Paradise", wat uit steurgarnale met 'n geheime sous bestaan. Dit is ook nie lank nie of Buks kry sy eerste garnaal in die hand beet en breek sy kop af. Zoë kyk liewer eenkant toe. Buks breek en kraak en slurp. Onder die tafel vryf Anton se hand haar been sag.

Zoë sluk. Sy't nie 'n probleem met vleis nie, maar dinge soos garnaaloë, krappe en kreeflywe kan sy nie baie lekker verwerk nie.

"Oe, die prawns is heerlik, Zoë!" deel Tanya haar mee. "Dè, kry vir jou een!"

Tanya tel 'n garnaal op en gooi dit op Zoë se koeskoes neer. Sy gee een kyk na die klein swart ogies en die tentakeltjies en sy voel eintlik hoe die kleur uit haar wange loop.

"Is jy oukei?" vra die ander twee gelyk.

Zoë voel naar en haal diep asem.

"Ek is vegetaries," probeer sy flou verduidelik en gooi haar servet netjies oor die dooie garnaal op haar bord.

"O," mompel Buks terwyl hy nog 'n garnaal onthoof. "Een van daai!"

Zoë wil die man 'n snedige antwoord toevoeg, maar skielik verdoof die ligte weer en 'n stem kondig aan dat dit tyd is vir die buikdansvertoning. Die gehoor klap hande en 'n pragtige jong Egiptiese meisie verskyn agter die gordyne in 'n groen-en-goue kostuum. Sy is briljant en het dadelik die gehoor in die holte van haar hand.

Ná haar vertoning stap sy die gehoor in en vra 'n paar meisies om saam met haar te dans. Sy wink vir Zoë en dié staan sommer dadelik op.

"Kom saam," nooi sy Tanya vriendelik saam. "Ek wou nog altyd probeer belly dance. Hier is nou ons kans!"

"Ek kan nie!" maak Tanya kapsie. "Ek kan nie dans om my lewe te red nie! Wat nog te sê van belly dance."

"Ag toe, jong!" hou Zoë aan en trek haar aan die arm. "Mens lewe net een keer!"

Binnekort is albei op die verhoog.

Die Audi se wiele sing op pad huis toe. Zoë speel onwillekeurig met haar vingers in die swart pruik.

"Wat is dit met my?" vra sy 'n ruk later.

"Wat bedoel jy?" vra Anton sag terwyl hy steeds voor hom uitstaar.

"Hoekom kan niks net nooit normaal verloop nie? Daar's altyd iets wat gebeur!"

"Zoë, dis nie jou skuld dat Tanya se skouer uitgehaak het nie."

"Dis ek wat haar genooi het, in die eerste plek," sug Zoë. "En nie net dít nie. Die hele misverstand op die verhoog vanaand. Hoekom dink ek nie voordat ek doen nie?"

"Sommige mense sou wát wou gee om jou avonture te beleef," sê Anton.

Zoë bestudeer elke spiertjie op Anton se gesig wanneer hy praat. Daar is iets anders aan sy gedrag vanaand. Hier gaan staan en doen sy iets impulsiefs wat haar dalk nog gaan inhaal. Sy kon miskien net eers seker gemaak het dat Anton nie die Cleoding beplan het nie, maar in daardie stadium het sy nie daaraan gedink nie. Anton het niks gesê nie, maar hy het allermins beïndruk gelyk ná haar misverstand op die verhoog. Miskien is sy ook net oorsensitief. Dalk was die oorsaak van die onheilspel-

199

lende frons tussen sy wenkbroue bloot dat hulle toe nie alleen by 'n tafel kon sit nie. Sy kan nie haar vinger daarop lê nie, maar iets is nie pluis nie. Noem dit vroulike intuïsie.

"Ag, jy's seker reg," sug sy weer en soen hom op die wang. "Hei, dankie vir al jou moeite met my vandag. Ek waardeer dit baie."

"Dit was 'n groot plesier."

"Al het ek nou weer al die clues deurmekaargeklits!"

"Die belangrikste is dat ek alles saam met jou kon ervaar!" glimlag Anton.

Teen die tyd dat hulle voor Anton se huis stilhou, is Zoë skoon deurmekaar van die slaap. Sy laat toe dat Anton haar uit die motor help en loop in 'n waas kamer toe. Daar val sy sommer net so met pruik en al op sy bed. Sy sal haar nou-nou uittrek.

Zoë sien nie Anton se gesig toe hy haar pakkie aan hom oopmaak nie: 'n appel en 'n klein skerp messie, met 'n briefie by wat lui:

Met 'n gebrek aan lemoene in Februarie, moes ek maar
   improvise.
Gelukkige Valentynsdag, my liewe Donatello.
Vir altyd jou Volksie.

23

Goud of silwer?

Dit is 'n besonder warm Vrydagmiddag vir Februarie en Anton is onmiddellik spyt dat hy nie sy baadjie in die kantoor gelos het nie. Hy staan onder 'n boom en wag dat Jan-Hendrik sy verskyning moet maak. Hy is op die punt om Jan-Hendrik te bel toe iemand hom op die skouer tik.

"Gedink ek kom nie meer nie, nè?" vra Jan-Hendrik glimlaggend. Hy dra wit mokassins by 'n spierwit linnebroek en 'n ligpienk katoenhemp. Sy Gucci-sonbril laat sy oë amper soos dié van 'n insek lyk. Anton wonder weer of hy die regte ding gedoen het om vir Jan-Hendrik te vra om saam met hom 'n ring vir Zoë te gaan uitsoek. Maar aan die ander kant besef hy niemand ken Zoë beter as Jan-Hendrik nie.

Toe Anton vir Jan-Hendrik oor die telefoon vertel het van sy voorneme om die jawoord te vra, het hy in trane uitgebars. Anton het gewens hy het die plan liewer vir homself gehou, want toe dring Jan-Hendrik daarop aan hy wil saam help ring kies.

Die twee stap 'n ent saam en Anton voel maar nog steeds effe ongemaklik omdat Jan-Hendrik so styf aan sy sy stap. Hy moet erken dat hy al 'n ver pad gekom het sedert hulle mekaar ontmoet het. Jan-Hendrik steek skielik in sy spore vas en draai na Anton.

"Jy's lief vir haar, nè?" gesels hy soos 'n doodgewone boerseun.

"Ek ís, Jan-Hendrik. Sy's die beste ding wat ooit met my kon gebeur het."

"Wel, dieselfde geld vir my. Ek ken haar al my hele lewe lank. Sy is van die min mense wat my vat soos ek is. En ek weet hoe klein haar hartjie is. Belowe my jy sal na haar kyk?"

"Ek belowe," antwoord Anton en besef meteens dat daar meer agter al die manewales skuil as wat Jan-Hendrik gewoonlik wys. Hy is ook maar net 'n doodgewone ou met vrese en onsekerhede, dink Anton. Die grootste persoonlikheid moet waarskynlik baie seer wegsteek.

"En is jy seker jy's reg vir so 'n commitment? Jy weet, Zoë is soos my tweelingsuster, sy's my vroulike helfte," sê Jan-Hendrik.

"Ek is, Jan-Hendrik. Ek is sekerder as ooit." Anton skaam hom vir die feit dat hy in sy binneste wonder wie dan Jan-Hendrik se manlike helfte is.

"So, kan ek nou maar by jou inhaak?" spot Jan-Hendrik.

"Nee, jy mag nie," sê Anton ferm, maar val met 'n groot glimlag langs hom in.

Jan-Hendrik kom 'n minuut later voor 'n groot staalhek tot stilstand. "Ek belowe jou Mynhardts is die plek waar jy die beste deal gaan kry." Hy lui die klokkie en die deur spring oop.

Die koel vertrek is 'n welkome lafenis en die vertoonkaste is sag belig. 'n Vriendelike verkoopsdame, wat haar as Cindy voorstel, kom bied haar hulp aan.

"Ons is op soek na 'n verloofring," sê Anton saaklik.

Die blonde vrou knik vriendelik en stap na die vertoonkas.

"Wat het u in gedagte gehad?"

"Wel," sê Anton effens ongemaklik, "iets moois en fyns, maar wat anders as die gewone is."

"Ek verstaan presies!" glimlag sy en knipoog vir hom.

"En . . . ook nie té duur nie." Anton kan self nie glo die laaste sin kom uit sy mond nie.

"Nie te duur nie?" vra Jan-Hendrik ontsteld en pluk die Gucci-bril vinniger af as wat 'n cowboy sy geweer kan gryp.

"Ja, nie te duur nie," sê Anton beslis en kyk Jan-Hendrik uit-dagend aan.

Anton sal nooit die gesprek gedurende hul eerste afspraak vergeet nie. Zoë het hom goed laat verstaan dat sy 'n hekel daaraan het as mense te veel geld aan materiële goed bestee. "Dis soos om kos uit die armes se monde te steel," het sy driftig gesê. Sy het Anton behoorlik laat les opsê elke keer wanneer hy haar met iets duurs wou bederf.

Jan-Hendrik staan met sy arms oor sy bors gevou. Hy trek sy onderlip nes Zoë as sy nie haar sin kry nie. Anton kan nie help om te wonder wie dit by wie aangeleer het nie.

Die twee mans sê niks totdat Cindy met 'n paar boksies ver-skyn. Jan-Hendrik maak dit gretig oop en skud dan sy kop er-gerlik.

"Nie één enkele diamant nie," sê hy verwytend en kyk vies eers na Cindy en toe na Anton. "Nee, wragtig! Hoe cheap ís jy?"

"Ek kan vir u iets anders wys," sê Cindy apologeties.

"Jammer, maar ek sou ook darem 'n diamantring verkies," sê Anton hoflik.

"Jy bleddie beter!" Jan-Hendrik gluur Anton aan. "Silwer is beter. Witgoud is overrated!"

"Ek hou nogal van witgoud," kap Anton terug.

"Luister," sê Jan-Hendrik gekrenk. "Wie gaan die ding dra, jý?"

"Ek dink ons het dalk net die regte ring," sê Cindy inskiklik om die plofbare situasie te probeer red. "Is u van plan om voor die landdros te trou?" Sy doen haar bes om die gesprek aan die gang te hou.

"Nee," sê Anton verbaas en wonder waarom sy so iets sou vra.

"Wat's fout met 'n kerk en 'n predikant?" vra Jan-Hendrik namens Anton.

"O, ekskuus," sê Cindy. "Ek het maar net gedink . . . die meeste van ons klante verkies – "

"Ek het nog nie regtig besluit nie," val Anton haar in die rede. "Miskien trou ons sommer in Griekeland."

"Óns?" vra Jan-Hendrik kil. "Jy weet óns bestaan uit twee mense, nè? Hoe sal almal dáár kan uitkom?"

Uiteindelik kom Cindy te voorskyn met nog 'n paar ringe op 'n fluweelvertoonlap. Die ringe het wel diamante in, maar dit is dik troupande en glad nie wat Anton in gedagte gehad het nie.

"Jammer, maar hierdie ringe is hopeloos te butch," sê Jan-Hendrik, nog steeds met sy arms gevou. "Is dit waaragtig ál wat julle het? Wat van dáái?" Hy wys na 'n ander vertoonkas.

Cindy kyk eers na Jan-Hendrik en dan na Anton. Daar is 'n vraende blik in haar oë.

"Meisie," sê Jan-Hendrik, 'n bietjie vriendeliker. "My vriendin is allesbehalwe 'n priz lady, maar sy's darem ook nie só butch nie!"

Cindy kyk hom verbaas aan.

"Die verloofring is dus nie vir u nie?" vra sy versigtig en bestudeer Jan-Hendrik openlik. Hy kyk haar 'n oomblik onbegrypend aan en bars dan uit van die lag.

"Oe, nee! Dit móét ek vir Joan vertel," praat hy kopskuddend met homself. "Moenie vir my sê jy't gedink ons is twee moffies wat wil trou nie?" roep Jan-Hendrik dan hard uit en Anton wens die aarde wil hom insluk.

Cindy bloos bloedrooi. "Ek is vreeslik jammer. Ek het regtig gedink . . ."

"Jammer vir die misverstand," sê Anton, nog steeds bitter verleë. "Ek wil graag 'n méísie vra om te trou. Hý is haar beste vriend," sê hy en beduie na Jan-Hendrik.

204

"Ons ken mekaar vandat ons só groot is," sê Jan-Hendrik en wys met sy hand 'n liniaalhoogte van die grond af.

"Jammer, weer eens. Kan u verstaan waarom ek – "

"Confused was?" val Jan-Hendrik haar in die rede. "I've been there, honey. Confusion is part of the whole adventure! Maar ek sal jul male collection in gedagte hou as dit wel my beurt is om die knot te tie," sê Jan-Hendrik koketterig.

"Die damesringe is dié kant," beduie Cindy verleë en stap dadelik soontoe.

Anton haal diep asem en volg haar haastig. 'n Paar minute later betaal hy vir 'n ring waaroor hy en Jan-Hendrik dit eens was, iets wat perfek by Zoë sal pas. Nou moet hy nog net die regte geleentheid kry om die groot vraag te vra.

24

Magdaleen Magrieta Badenhorst

Daar is bitter min kere dat Anton Badenhorst se huis nie vlek-loos is nie. Sy huis is sy trots; selfs die paar vriende wat hy het, stem almal heelhartig saam dat hy dit soms te ver voer. Dalk is Zoë reg: hy is ietwat fanaties en sal ongetwyfeld moet skietgee. Hy het haar darem al toegelaat om vars blomme in die ver-trekke te sit en kussings te skuif, en dít op sigself was al 'n groot stap in sy lewe.

Vieruur vanoggend kon sy bure al die stofsuier hoor. Want vandag is erger; hy moes voorberei vir sy ouers se besoek. Hulle vlieg so een of twee keer 'n jaar na Johannesburg om te kom kuier en vandag se skoonmaaksessie moet eksieperfeksie wees. Hy gaan sy ouers voorstel aan Zoë, die vrou van sy drome, en hy wil nie hê sy ma moet enigiets kan kritiseer nie. Nadat hy die huis die soveelste keer geïnspekteer het, trek hy die deur agter hom toe en vat die pad lughawe toe.

Die O.R. Tambo-lughawe bars omtrent uit sy nate. Anton het die plek lanklaas so druk besig gesien. Waar kom al die hordes vandaan? Hy neem 'n leë trollie en gaan staan voor die skuif-deure in die binnelandse aankomsaal. Hy het sy ouers meer as sewe maande laas gesien. Omdat hy kort voor Kersfees nog gewerk het en nie betyds 'n vliegkaartjie oor Nuwejaar kon kry nie, het hy maar tuis gebly. Ook maar goed so, anders het hy nooit vir Zoë ontmoet nie.

Sy ma bel hom gereeld en kla oor sy pa, of skinder oor sy pa se kant van die familie. Hy sal dit nie sommer aan iemand erken nie, maar sy ma put hom verskriklik uit. En as sy nie neerhalend oor ander mense is nie, is daar die alewige mededinging oor wie die nuutste motor het of wie die mees eksotiese oorsese reis onderneem het.

Anton staan en kyk na die grootskerm-TV waarop nuushooftrekke kort-kort flits. Daar is die een of ander nuusbrokkie oor prins Harry wat moet terugkeer van Afganistan. Anton dink dadelik aan Zoë toe hy teen Harry se gesig op die skerm vaskyk. Sy is mos gaande oor prinses Diana. Hy wonder of sy besig is by HerbaZone. Sy praat nie veel oor haar werk nie.

'n Stem kondig af dat Vlug SA 332 vanuit Kaapstad pas geland het en 'n ruk daarna begin die eerste mense deur die skuifdeure stroom. Hy gewaar sy ma eerste, met sy pa wat agterna kom. Sy ma het oudergewoonte 'n roomwit linnepak aan en haar silwergrys hare is in 'n Franse rol gedraai. Dit is nie moeilik om te verstaan waarom Magda Badenhorst en ou Vosloo sulke goeie vriendinne is nie. Hulle dra dieselfde soort klere en het albei die manier om mense uit die hoogte aan te kyk.

Anton is op skool omtrent gespot oor sy snobistiese ma. Selfs sy onderwysers het later 'n bynaam vir haar gehad: die koningin van Engeland. Hulle sou natuurlik nooit gewaag het om dit voor hom te sê nie, maar Darius Vermaak, sy klasmaat wie se ma biologie gegee het, het hom daarvan vertel. Soos die jare aangestap het, het Anton sy ma by ouraande probeer weghou, sonder sukses. Magda kon later nie meer onderskei tussen die gewone lewe en die binnekant van 'n hofsaal nie en het enige moontlike openbare ruimte gebruik om haar redeneervermoë ten toon te stel. Sy het uiteraard neergesien op sy onderwysers – in haar woorde "oninspirerende, onbevoegde kripvreters". En sy het hulle by meer as een geleentheid in skooltyd oor die kole kom haal, terwyl hy en sy klasmaats moes toekyk. Haar griewe

207

was altyd oor nietighede: omdat 'n onderwyseres 'n spelfout in die aantekeninge gemaak het, of omdat haar geniale seun nie die beste in die klas gevaar het nie.

Koos Badenhorst lyk asof hy drie jaar ouer geword het sedert Anton hom laas gesien het. Hy is opvallend maerder en die kenmerkende yl kuif waarmee hy sy bles probeer toekam, is nou heeltemal grys. Sy pa, ook 'n advokaat, was nie naastenby so ambisieus soos sy ma nie, maar in daardie jare is mans meer as vroue betaal – iets wat sy ma nou nog voor sy pa se kop gooi. Anton se verhouding met sy ma was nooit waffers nie, maar daar is nie eens sprake van 'n verhouding met sy pa nie. Sy pa was die spreekwoordelike afwesige ouer. Al waarvoor hy gelewe het, was gholf. Toe Anton ouer word, het hy begin begryp waarom sy pa voortdurend op die gholfbaan was – om van sy ma af weg te kom. Koos is nie 'n onaangename man nie. Hy was immers die hoofbroodwinner en daar was altyd 'n oorvloed aan weelde en luukse vakansies. Maar in die Badenhorst-huishouding is Magda baas en Koos het hom daarby berus.

"Daar is 'n nat kol op jou hemp," sê sy ma toe sy aangestap kom.

"Dag, Moeder," antwoord Anton en soen sy ma op albei wange soos sy daarvan hou. Hy is die enigste mens wat hy ken wat sy ma "Moeder" noem, op haar aandrang natuurlik.

"Ek het my hande gewas, dis hoekom . . ."

Anton kan sien sy ma steur haar nie aan sy verduideliking nie. Sy druk haar handbagasie in sy hande en sug. Anton weet as sy kon, sou sy seker 'n privaat straler wou besit.

"Middag, bulletjie," sê sy pa en skud sy hand.

"Middag, Pa," groet Anton. "Hoe was die vlug?"

"Moet my asseblief nie vra om daaroor te praat nie," sug sy ma. Anton is spyt dat hy gevra het; daar is min dinge in die wêreld wat ooit goed genoeg vir sy ma sal wees.

"Verbeel jou, en hulle noem dit eersteklas!"

"Nie sleg nie," antwoord sy pa en ignoreer sy vrou. "Tafelberg was pragtig. 'n Mooi sonskyndag."

"Dit is natuurlik as 'n mens 'n bergmens is," sê sy ma en rol haar oë.

Anton se blik dwaal 'n oomblik na die TV-skerm bo hom en hy kan nie glo waarteen hy vaskyk nie. Ook maar goed dat sy ouers met hul rûe na die skerm toe staan, want daar is regstreekse beeldmateriaal van 'n klomp aktiviste wat in Sandton betoog teen die oorlog in Irak.

"Hoeveel mense moet nog doodgaan, Amerika?" skree 'n blondekop terwyl twee polisiemanne haar onder haar arms beetkry en wegsleep na 'n vangwa. Die ander betogers gooi hul plakkate met die *First Vietnam, Now Iraq*-slagspreuk neer en storm op die polisiemanne af om hul kameraad te hulp te snel. Maar dit is tevergeefs, want voordat hulle by haar kan kom, het die polisiemanne reeds die deur van die vangwa agter Zoë toegedruk.

"Zoë, Zoë, Zoë, wat besiel jou?" sug Anton hardop. Sy is veronderstel om nou te werk. Nie om aan betogings deel te neem nie!

"Wat mompel jy daar? Luister jy wanneer ek praat, Anton?" vra sy ma kil.

"Natuurlik, Moeder."

"So, waar is die nuwe liefde in jou lewe van wie jy my en jou vader vertel het?" vra Magda en kyk rond. Anton probeer hoor wat die nuusleser sê.

"Anton! Dis die tweede keer in vyf minute dat jy nie luister wanneer ek praat nie," sanik sy ma.

Anton kyk dadelik na sy ma. Hy kan sien sy is besig om haar vinnig op te werk. Maar dan spring sy blik weer terug na die TV-skerm, net om te sien hoe die vangwa met Zoë binne-in wegjaag.

"Anton?" vra sy pa dié keer. "Is alles reg?"

"Natuurlik, Pa. Jammer, ek is ietwat ingedagte."

"Ek vra, waar is jou nuwe vriendin?" herhaal sy ma geïrriteerd.

"Ek . . . umm . . . ek gaan haar binnekort haal," sê hy vinnig. "Sy werk nog. Julle sal haar vanaand met ete ontmoet." As ek haar op borgtog kan uitkry, dink Anton.

"Goed dan," sê sy ma en stap in die rigting van die uitgang. "Hierdie hordes sweterige mense werk op my senuwees. Neem ons asseblief nou hotel toe. Ek wil nog vir 'n spa-behandeling gaan en 'n rukkie rus."

Anders as ander gesinne bly Anton se ouers nooit by hom wanneer hulle kom kuier nie, maar gaan altyd na dieselfde vyfsterhotel. Sy pa mor elke keer hoe duur dit is, maar Anton weet dit pas hom eintlik net so goed, want die hotel het sy eie gholfbaan waar sy pa ure verwyl terwyl sy ma vir behandelings in die spa gaan.

Toe hulle by sy motor kom, sluit hy eers die passasiersdeur oop sodat sy pa agterin kan klim en sy ma oudergewoonte langs hom kan sit.

"Die spasie hier agter is maar effe knap," kreun sy pa toe hy uiteindelik tot sit kom.

"Jammer, Pa," maak Anton verskoning. "Sodra ek 'n gesin het, sal ek kyk vir iets anders."

"Ons bid maar almal dat daardie dag sal kom. Jy word ook nie jonger nie, weet jy," torring sy ma.

Die gewone irritasies ontgaan Anton vandag heeltemal, want hy kan nie die beeld van Zoë uit sy gedagtes kry nie. Maar vandag is hy briesend vir haar. Hoe durf sy so iets onbesonne aanvang? Nogal op die aand wat sy veronderstel is om sy ouers te ontmoet.

"O, ek onthou jou!" sê konstabel Mafolo toe Anton 'n uur later by die polisiekantoor opdaag.

Anton kan dit nie glo nie. Net nie dít nie. Presies dieselfde polisieman wat op sy slaapkamervloer rondgekruip het op soek na die sleutel van die boeie staan agter die toonbank.

Anton ignoreer sy aanmerking en groet vriendelik. "Ek is op soek na – "

"Jou girlfriend?" voltooi die konstabel sy sin.

"Ja, hoe het u geweet?"

"Haar file het nog nie eens stof op van die laaste keer nie. En sy't gesê jy gaan haar waarskynlik skiet." Hy lag.

"Hoeveel is die borgtog?" vra Anton geïrriteerd. Hy is nie vandag lus vir hierdie polisieman se grappies nie.

"Bail gaan nie help nie. Dis Saterdag, sy sal die naweek moet sit," grinnik hy.

Dit neem Anton twee uur om as advokaat die prosedure te omseil sodat Zoë wel vrygelaat kan word.

Die Audi trek met skreeuende bande weg, terwyl Zoë soos 'n stout kind na haar voete staar. Nie een van hulle sê 'n woord nie. Anton staar stip voor hom in die pad.

Ná 'n ruk verbreek Zoë die stilte. "Ek's jammer, Anton."

Anton antwoord nie en pers sy lippe stywer op mekaar. Hy durf nie nou iets sê nie, want enigiets wat nou uitkom, gaan hy later berou.

"Dit was nie veronderstel om te gebeur nie," probeer Zoë verduidelik.

"Waarvan praat jy, Zoë?" sê Anton in 'n yskoue stemtoon. Dit is een van die eerste dinge wat hy in sy beroep geleer het. Jy skree nooit wanneer jy kwaad is nie. "Wát moes nie gebeur het nie? Jy moes nie die derde keer toegesluit gewees het nie?" Anton byt op sy tande.

"Ek . . ."

"Is dit hoe min jy van my dink?"

Zoë kyk af en byt op haar onderlip.

211

"Vandat ek jou leer ken het, maak ek opofferings," begin Anton. "Ek probeer tegemoetkomend wees, want jy het bleddie vreemde idees, hoor! Ek moet my alewig bedink om nie heeltyd jou Engelse frases in Afrikaans te vertaal nie. Ek bring tyd saam met gay mans deur by wie ek nie op my gemak voel nie. En kom ek wees nou maar eerlik: ek sal waarskynlik nooit gemaklik by hulle voel nie!"

Zoë bedek haar gesig met haar hande om die trane te probeer wegsteek, maar Anton sien dit nie en gaan voort.

"En wat doen jý? Jy beledig my kollegas sonder ophou. Jy stel my in die verleentheid oral waar ons kom. Soos die dag in die hospitaal toe daardie uitvaagsel van 'n eks my amper opgeneuk het. Wat maak jy? Jy pluk die laken op! Geen respek vir my privaatheid nie! En die één dag," en Anton bly 'n oomblik stil om asem te skep, "die één dag wat ek jou vra om my ouers te ontmoet, gaan staan en beland jy in die verdomde tronk!"

Zoë se skouers ruk, maar anders as vorige kere is Anton in geen luim om haar te troos nie. 'n Ruk ná sy stortvloed van verwyte bedaar sy asemhaling effens.

Nie een sê weer 'n woord nie totdat Anton voor Zoë se plek stilhou.

"Ek's so jammer, Anton." Zoë kyk hom steeds nie in die oë nie.

"Waaroor is jy jammer?" vra Anton bot.

"Omdat ek so selfsugtig was. Alles wat jy vanmiddag gesê het, is waar," sê Zoë en vee oor haar oë. "Ek was my hele lewe lank nog net gewoond om vir myself en sake waarin ék glo te veg, sonder om aan die gevolge te dink. Ek – "

"Hoekom was jy vandag nie by die werk nie?" val Anton haar in die rede.

"Ek – "

"Ek luister?"

"Ek het my werk verloor," sug Zoë.

212

"Wanneer?" vra Anton kwaai.

"Ek . . . het vanjaar nog nie weer gewerk nie."

Anton kan nie glo wat hy hoor nie. Hy kan die bloed in sy slape voel klop.

"Zoë, wanneer was jy van plan om my daarvan te vertel?"

"Ek wou, maar die tyd – "

"Verdomp, Zoë!" raas Anton. "So dít is hoe dit gaan wees? Ons is in 'n verhouding, maar jy kan nie met my eerlik wees oor wat in jou lewe aangaan nie?"

"Ek wou nie hê jy moet my jammer kry nie," snik Zoë nou sag.

Anton laat sak sy gesig in sy hande. Hy is buite homself van woede. "So dís hoe dit gaan wees?"

"Anton," begin Zoë en sit haar hand op sy arm. Hy pluk sy arm weg. "Ek het probeer om 'n ander werk te kry. Ek bied meer jogasessies aan."

"Dit is nie die punt nie, Zoë! Ons is veronderstel om eerlik met mekaar te wees. Dis waaroor 'n verhouding gaan! Oftewel, dit is mý idee van 'n verhouding."

Zoë bly 'n ruk lank stil.

"Wil jy nog my ouers ontmoet?" vra Anton strak.

"Ek wil, ja," fluister sy amper onhoorbaar.

"Moet ek jou kom oplaai?"

"Nee, ek sal self kom. Hoe laat moet ek daar wees?"

"Sesuur."

Zoë maak die deur van die Audi self oop, klim lusteloos uit en staan buite op die sypaadjie. Anton trek weg en hou haar in die truspieëltjie dop waar sy broos na die motor staan en kyk terwyl hy wegjaag. Dit is die eerste keer sedert hulle mekaar ontmoet het dat hy haar nie soengroet nie. Hy weet Zoë het nie doelbewus moeilikheid gaan soek nie, maar dit is nie waaroor dit gaan nie. Hy is keelvol vir haar selfsugtige streep en vandag het sy te ver gegaan.

213

25

Die twee Donatello's

Zoë klim uit die taxi en trek haar rok reg. Dit is net voor ses. Wat 'n dag. 'n Gedagte flits deur haar kop: dat dit waarskynlik die laaste aand is dat Anton haar sal wil sien, maar sy probeer gefokus bly. 'n Woordewisseling is een ding, maar Anton het vandag gelyk asof hy die hele ding sommer net wil los. Sy haal diep asem en lui die voordeurklokkie. Binne oomblikke maak Dorothy die deur oop, spoggerig uitgevat in 'n netjiese blou rok en haar wange behóórlik rooi ingekleur vir die geleentheid. Sy dra 'n netjiese bypassende kopdoek.

"Zoë!" roep sy en omhels Zoë asof sy haar jare laas gesien het. Dan staan sy terug, sit haar hande op Zoë se skouers en bekyk haar op en af.

"Ei! Ei! Ei!" sê Dorothy in haar skik. "Maar jy lyk mos nou soos die million rand!"

"Ke a leboga, Mmê!" bedank Zoë haar vriendelik. "Jy lyk ook darem maar pragtig vandag! Is dit omdat Anton se ma kom kuier het?"

"Eisj!" sê Dorothy en verlaag dadelik haar stemtoon. "Dié mies Magda! Sy byt, byt, byt soos die klein hondjie! Jy weet mos."

"Ek dink ek weet," glimlag Zoë stram en knik. Sy moet net nie vanaand 'n gemors van dinge maak nie. Sy weet nie of Anton al beter voel nie. Maar as sy vanaand opneuk, kan sy hom maar vaarwel toeroep.

"Aikôna," sug Dorothy en skud haar kop oordrewe, "dáái mies Magda es by my Anton se hys vor een ier en sy lat vor arme Dorothy hardloop. Ek es mos nie meer vandag se kjênd!"

"Waarom is sy so kwaai?" vra Zoë sag.

Dorothy kyk om haar rond asof sy bang is *Carte Blanche* is daar om haar af te neem. Dan trek sy die voordeur effens agter haar toe, rek haar oë groot en praat nog sagter.

"Haau, Zoë," fluister sy, "Dorothy es mos nie die skinderbek. Daai dêng van skinder, hy es die lelike sonde. Maar ek vartel nét vor jou, ja? Eendag ek hoor mies Magda by die foun. Sy het vor haar suster gasê Oubaas . . ."

"Já?" vra Zoë nuuskierig en beweeg haar oor nader aan Dorothy se mond.

"Hy . . ." herhaal Dorothy nog sagter, "hy set vas by die half past six!"

Zoë snap dadelik wat Dorothy besig is om te vertel en glimlag effens. "So jy dink dit is oor dáárdie probleempie dat mevrou Magda so byterig is?"

"Dit és daai prableempie!" sê Dorothy en skud haar kop dramaties op en af.

Met dié maak Anton die deur agter Dorothy oop.

"Dorothy? O, haai," sê hy en kyk verbaas na Zoë. "Ek kon sweer ek het die klokkie gehoor."

"Haau!" roep Dorothy en sit haar hand op haar bors. "Jy maak my so skrik! Vor wat maak jy vor my so skrik?"

"Hm . . ." sê Anton en glimlag asof hy 'n groot geheim weet. "Dis seker omdat jy besig was om te skinder dat jy so groot geskrik het!"

Dorothy vererg haar oombliklik. "Aikôna!" hap sy vies en klap haar tong. "Jy kan mos nie so sê! Jy weet mos ek es die kjênd van die kjerk! Skinder es mos dywelse dênge."

Zoë kan nie die res van Dorothy se aantygings hoor nie, want sy praat soos sy terug in die huis verdwyn.

"Jy lyk mooi," sê Anton en glimlag effens. "Dankie dat jy gekom het."

Zoë kan nie agterkom of hy al afgekoel het of nie, maar groet vriendelik: "Dankie. Is jou ouers al hier?" Sy probeer vir Dorothy skerm en maak asof sy nie weet nie.

Anton knik, staan opsy en maak 'n gebaar dat sy na binne moet stap.

Zoë weet nie wat om te verwag nie, maar sy het haar geestelik voorberei vir hierdie ontmoeting. Sy doen haar bes om vanaand vol selfvertroue langs Anton se sy te staan. Die sitkamer is silwerskoon toe sy die vertrek binnestap. Nie 'n enkele ding is uit sy plek nie. Dit voel amper asof sy in 'n museum is. Sy gewaar die ouerige man eerste en sien dan sy vrou oorkant hom sit.

Koos Badenhorst kom orent en glimlag breed. "Jy moet Zoë wees, reg?" sê hy vriendelik en gee haar 'n stywe handdruk.

"Goeienaand, meneer Badenhorst," groet Zoë sprankelend.

"Nee wat," lag hy. "Noem my sommer oom Koos."

Magda Badenhorst het intussen ook opgestaan en nader beweeg. In 'n oogwink kan Zoë die ouer vrou se afkeurende blik op haar voel, maar sy wys nie dat dit haar enigsins ontsenu nie.

"Aangename kennis, Zoë," sê Magda kil.

"Tannie Magda," groet Zoë en knik vriendelik.

'n Oomblik lyk dit of Magda die stuipe wil kry, maar sy verander haar gesigsuitdrukking vinnig en glimlag so skynheilig soos 'n Amerikaanse televisieverkoper.

"Noem my sommer mevrou Badenhorst," tik sy Zoë dadelik oor die vingers.

"Ekskuus," sê Zoë.

"Kom sit gerus, Zoë," nooi Anton. Zoë voel vir seker die afstand van sy kant af. Hy't nog nie een keer aan haar geraak sedert sy opgedaag het nie. Raak rustig, herhaal sy tot vervelens toe aan haarself. Alles sal uitwerk as dit moet.

"Ek het vir jou ouers elkeen 'n geskenkie gebring," sê Zoë en haal 'n netjiese knipmes uit die pakkie wat sy in haar hand vashou. Sy gee dit vir Koos.

"Dit is spesiaal vir oom. Ek weet baie mense glo 'n mes is nie 'n gepaste present nie, maar ek hoor oom versamel hulle," verduidelik sy vriendelik terwyl sy die mes aangee.

Koos Badenhorst beskou die Victorinox-knipmes van alle kante en die sprankel in sy oë sê presies hoe opgewonde hy oor die geskenk is. Anton lyk uit die veld geslaan dat sy weet sy pa hou van knipmesse. "Ek versamel knipmesse van oral oor die wêreld," sê Koos in sy skik. "Hoe het jy geweet? Het Anton jou vertel?"

"Ja," jok Zoë en knipoog gou vir Dorothy eenkant in 'n hoek, "Anton het vir my vertel hoe gaande oom oor 'n mooi mes is. My vriend Jan-Hendrik het hierdie mes vir my uit Duitsland saamgebring. Ek is doodseker oom kan dit meer waardeer as ek."

"Dankie, Zoë," sê Koos Badenhorst en maak elke lemmetjie een vir een aandagtig oop.

"Mevrou Badenhorst," sê Zoë vriendelik en haal 'n CD uit die sakkie. "Ek hoor u hou baie van Chopin se musiek."

Magda Badenhorst neem die CD woordeloos uit Zoë se hand en beskou dit van albei kante.

"Ja, ek is 'n groot aanhanger van Chopin," sê sy en nasaleer oordadig sodat Zoë die regte uitspraak kan hoor. "Dankie hiervoor. Gelukkig het ek nou twee van dieselfde laserskywe."

"O," maak Zoë dadelik verskoning, "ek het nie geweet u het reeds daardie – "

"Dit maak nie saak nie," val Magda Badenhorst haar in die rede en stap terug na die sofa. "Twee is piekfyn!"

Zoë kyk hoopvol na Anton waar hy die gesprek staan en dophou, maar sien geen teken in sy oë dat hy haar jammer kry nie. Sy glimlag vir hom. "Dit ruik heerlik. Wat maak jy vir ons?"

217

"Lasagne," antwoord Anton. "Dis vegetaries, so ek hoop jy hou daarvan."

"Ek kan nie wag nie," sê Zoë, druk sy hand sag en gaan sit eenkant op 'n sofa, oorkant Magda Badenhorst. Haar hele gesig sprankel. Dit is een van haar selfbeskermingstegnieke. Haar ouma het altyd gesê: "My kind, as iemand jou intimideer of kwaad maak, stel jou voor hulle ry kaalgat op 'n wilde koei se rug." En sedert Zoë hierdie tegniek in haar lewe toepas, gaan dit sommer baie beter in intimiderende situasies. Sy kan haar reeds voorstel hoe Anton se ma en die mislike ou Krokodil sáám op 'n koei se rug sit, elkeen met 'n groot, blou strik in die hare, asook in die koei se stert.

Zoë het natuurlik haar kaarte net reg gespeel met Koos Badenhorst en die ys tussen hulle is dadelik gebreek. Hulle gesels heerlik oor gemeenskaplike belangstellings, aardverwarming en Indië, en Koos kon selfs 'n paar sinne in geradbraakte Tswana sê. Zoë merk later hoe Magda vererg opstaan, seker om te gaan kyk of sy nie vir Dorothy met meer dinge kan rondjaag nie.

Die ete loop verbasend voorspoedig af en Zoë is baie verlig hieroor. Die rooiwyn is heerlik en Anton se lasagne van die boonste rak. Hoe geselliger hy begin raak, hoe meer op sy gemak lyk hy met haar. Hy raak selfs 'n keer of wat aan haar been onder die tafel. Die beste van alles is dat Anton ook lekker met sy pa sit en gesels. Magda is verbasend stil en het waarskynlik tou opgegooi om Zoë te probeer intimideer. Sy het seker gesien sy kom nie juis ver nie. Maar haar ouma het ook gesê alle goeie dinge kom tot 'n einde en so was dit toe ook.

Wie sou nou ooit kon droom dat Dorothy in die middel van aandete met 'n reuseskildery in die eetkamer se deur gaan kom staan?

"Haau, Anton," sê Dorothy ontsteld. "Wat maak dié dêng by die spaarkamer onder by die bed?"

Zoë voel hoe sy bloos. Dorothy het Donatello se Dawid ontdek! Van alle tye . . . Dank die Vader sy hou die geverfde gedeelte na haar toe; sy ouers kan net die agterkant van die skildery sien. En gelukkig kan mens nie van die tafel af die inskrywing agterop lees nie. Anton se ma sal waarskynlik nie hierdie een goedkeur nie, dink sy.

"O, Dorothy," sê Anton en vee sy mond haastig met sy servet af, "dit is sommer niks nie!"

"Eisj!" sê Dorothy geskok en lig weer die skildery op om dit beter te bekyk. "Dié dêng hy is gan niks. Dié dêng hy's van die man – "

"Ja," keer Zoë gou en spring op, "dit is van 'n man, 'n vriend, wat dit vir Anton gegee het om te hou. Kom ons gaan bêre dit." Sy en Dorothy verdwyn gou om die hoek waar sy vir haar mooi in Tswana verduidelik wat aan die gang is.

"So, jy stel belang in kuns deesdae?" hoor sy Anton se pa belangstellend uit die eetkamer vra.

Die res van die aand verloop darem beter en twee uur later waai Zoë en Anton van die stoep af vir Anton se ouers wat met 'n taxi terug hotel toe gaan.

"Maggies," sê Zoë verlig toe die taxi om die hoek verdwyn. "Het jy enigsins 'n idee hoe moeilik dit is om ghrênt Afrikaans te praat?" Sy voel asof sy die Comrades moes hardloop of iets.

"Zoë," sê Anton en hou haar styf onder sy elmboog, "ek weet nie hoe om dankie te sê nie."

"Dis die minste wat ek kon gedoen het vir my blunder vanoggend."

"Is jy seker jy wil my ma môre rondry?" verander Anton die onderwerp. Hy lyk bekommerd.

"Ek dink ek het vanaand deurgedring tot jou pa," sê Zoë. "Gee my net 'n kans met haar. Sy sal rustiger raak."

"Het Dorothy jou vertel van Chopin en die messe?" vis Anton uit.

"Sy het," glimlag Zoë. "Ek hoop nie jy gee om nie. Dorothy is die dierbaarste ding! Ek skuld haar 'n groot boks chocolates!"

"En die Dawid?" vra Anton. "Het jy verduidelik?"

Zoë bars uit van die lag. "Dorothy het gesê," giggel Zoë en maak haar stem na: "Eisj, Zoë, ek sien nou so baie van die mans se hosepipes! Dink jy dis die sign?"

Anton glimlag. Zoë besef dit is juis van hóm wat Dorothy gepraat het en hou net so vinnig op lag as wat sy begin het. Anton het nog nie heeltemal ontdooi ná die oggend se voorval nie. Sy hoop sy kan opmaak daarvoor. Sy het vanaand regtig alles ingesit om die meisie te wees wat hom en sy ouers sal beïndruk. En nou moet sy nog sy ma ook rondry.

"Nou ja toe," sê Zoë gemaak opgewek. "Ek dink jy beter my maar huis toe vat dat ek my beauty sleep kan inkry. Ek sal moet mooi lyk môre." Sy knipoog vir Anton.

Hy sê niks nie, glimlag net en kry sy sleutels van die tafeltjie af.

Zoë se bene, én hart, voel loodswaar terwyl sy na die motor toe loop. Dit was seker vir te veel gehoop dat hy haar sou vra om vanaand by hom oor te bly.

26

Magda kwadraat

Zoë klim reeds vroeg in 'n taxi en vra die man agter die stuurwiel om haar na Anton se huis te vat. Sy gee die adres en aanwysings na sy huis so goed sy kan. Dan lig sy die grimeerspieëltjie op en trek aan die lastige vel onder haar oog. Dit is duidelik dat sy gisteraand nie veel slaap gekry het nie. Sy's sommer jaloers op die manlike spesie. Hoeveel van hulle lê nou eintlik in die aand en tob oor dinge? Wat mens dalk anders moes sê of doen. Anton was gister so toe soos 'n boek en sy't geen benul hoe hy oor haar voel nie. Hierdie gevoel maak haar mal. Sy het net mooi die anti-fatigue cream liggies onder haar oë aangetik toe die taxi voor die huis stilhou.

Anton wag reeds buite en vra sommer die bestuurder om 'n rukkie te wag aangesien hy en sy pa vandag na die River Club gaan om gholf te speel.

"Net om op die klub se gras te kan loop is op sigself 'n groot eer," vertel oom Koos haar.

Zoë het belowe om Magda na die Rosebank Mall toe te neem en Anton leen vir haar sy Audi vir die dag.

"Sal jy orraait wees?" vra Anton effens bekommerd.

"Natuurlik sal ek," verseker Zoë hom. "Jou ma sal báie harder moet probeer om my onder te kry. Ek's heeltemal bereid om enigiets te hanteer wat sy na my kant toe gooi. Selfs jou pa se hele mesversameling."

Anton glimlag, staan nader en soen haar vinnig. Die piksoen kon maar net sowel van haar ouma se boetie, oom Stoffel, gewees het, dink sy wrewelrig.

Oom Koos sluit hom by hulle aan en dan klim hy en Anton in die taxi. Zoë waai afgehaal terwyl hulle wegry.

Zoë ry effens ingedagte na die hotel waar Anton se ouers tuisgaan. Sy kan maar net nie lekker oor daardie vlugtige piksoen van Anton kom nie. Die padkaart langs haar is oopgevou net ingeval sy dalk verdwaal. Anton het haar al hoeveel keer probeer wys hoe sy Garmin werk, maar sy is heeltemal te "technically challenged" soos sy altyd verskoning maak. Sy hoop van harte sy ma wag al vir haar in die voorportaal, want vyfsterhotelle gee haar die horries. Sy kan om die een of ander rede nie verklaar waarom mense by sulke duur plekke tuisgaan nie. Hoe duurder, hoe suurder, volgens haar.

Zoë skakel die radio aan. Daniel Powter se "Bad Day" speel oor Highveld Stereo. Sou dit dalk nou 'n voorbode wees? Nee wat, besluit sy, die dag sal nie sleg wees nie! Positive thinking. Sy sal dalk nooit Anton se ma se guns heeltemal wen nie, maar dit beteken mos nie sy wat Zoë is hoef nié van haar te hou nie. "Kill them with kindness," het ouma Santie altyd gesê. Sy het nog bitter min met Magda gesels. Dalk vind hulle iets wat hulle gemeen het. Soos Anton! Zoë glimlag by haarself. Haar prentjie van Anton mag dalk net so effens anders as sy ma s'n wees.

Zoë hou mooi netjies stil voor die hotel waar 'n vriendelike man in 'n uniform vir haar glimlag.

"Bliksem!" Die woord glip uit voordat sy dit kan keer. Die majestueuse wit pilare en maroen bakstene laat die hele plek behoorlik soos 'n ander wêreld voel.

Gelukkig gewaar sy Magda wat vinnig aangestap kom. Maar toe Zoë sien wie agter haar aankom, word sy tot in haar stuitjie yskoud. Dit is niemand anders nie as juf. Vosloo, alias die Krokodil. Zoë se maag tuimel drie keer agteroor voordat dit weer in plek val. Dit voel in elk geval vir haar so. Tien uit tien as dit die Olimpiese Spele was.

Jy's krokodilkos vandag, Zoë Zietsman, belowe sy haarself mismoedig terwyl sy vriendelik wuif en haar mooiste moontlike glimlag aanplak.

Die vriendelike concierge van die hotel maak die passasiersdeur van die motor oop en Magda trek die sitplek se hefboom sodat sy agter kan inklim. Sy en die Krokodil sukkel-sukkel albei agter in.

"Ons sal sommer agter sit, hoor," kondig Magda formeel aan asof sy Zoë nog nooit vantevore ontmoet het nie. En daar sit albei netjies op die agtersitplek – Zoë het pas Johannesburg se nuutste taxibestuurder geword.

"Tweedeurmotors," sug Magda terwyl sy haar blou linnebroekpak regtrek. "Ek wens tog so Anton wil ontslae raak van hierdie simpel motor!"

"Goeiemôre," groet Zoë so vriendelik as wat sy kan.

"Behoorlik môre," sê Magda Badenhorst, terwyl sy haar goue horlosie bestudeer, "maar darem."

"Goeiedag, juffrou Zietsman," groet die Krokodil se skeermesstem van agter af. "Ek vertrou dit gaan goed met u?"

"Heel voorspoedig, dankie," antwoord Zoë in haar nuwe nuusleserstem. Demmit, maar sy praat die afgelope tyd mooi Afrikaans! So reg uit die woordeboek.

Sy trek stadig voor die hotel weg en kies koers in die rigting van die Rosebank Mall.

"Ek verstaan jy het toe al vir Zoë ontmoet, Francis?" vra Magda.

Zoë hou hulle in die truspieëltjie dop.

"O ja. Ons hét mekaar ontmoet," sê die Krokodil betekenisvol.

Francis! dink Zoë en moet haarself keer om nie te lag nie.

Verbeel jou, Francis Vosloo. Die naam klink net so skrikwekkend soos wat sy is.

Zoë staar na die twee koninginne op die agtersitplek en is bly sy het haar sonbril op. Sy draai die aircon sterker, want die motor is skielik vol sterk parfuumwalms.

"Ek het gedog jy sou jou ma ook saamnooi vandag, Zoë?" merk Magda van agter op.

"My ma . . ." begin Zoë.

"Is oorlede," voltooi die Krokodil vinnig Zoë se sin terwyl sy haar neus in 'n spieëltjie poeier. "Juffrou Zietsman was maar bitter jonk."

"Ek sien," merk Magda op. "Tragies. Maar dit maak sin."

Zoë kan haar ore nie glo nie en voordat sy haarself kan keer, vra sy: "Ekskuus, mevrou Badenhorst, sal u vir my verduidelik waarom u so sê?"

"Dit gaan jou nie aan nie, Zoë," byt Magda terug. "En hou asseblief jou oë op die pad. Ek het in hierdie stadium nie baie vertroue in jou bestuursvernuf nie."

Zoë voel hoe die kwaad in haar opstoot, maar sy haal 'n paar keer diep asem voordat sy sê: "Dit traak my wel, mevrou. U praat van my ma."

"Vertel haar tog maar, Magda," sug die Krokodil van agter af.

Zoë kan nie besluit wie van die twee die ergste is nie.

"Goed dan," gee Magda Badenhorst uiteindelik in en begin dadelik stadiger praat asof Zoë nie Afrikaans goed verstaan nie. "'n Dogter het 'n moederfiguur in haar lewe nodig. Iemand wat haar van die fynere dinge kan leer. Verstaan jy waarop ek afstuur?"

"My ouma het my heel fine grootgemaak!" sê Zoë en wil haar tong afbyt omdat sy 'n Engelse woord gebruik het.

"Ek dink my punt is so pas bewys," glimlag Magda betekenisvol en gluur Zoë aan asof die kat haar drie weke gelede by die agterdeur ingedra het.

Zoë neem nog 'n groot asemteug en verstik amper in die parfuumdampe wat steeds die Audi vol hang. Sy maak haar oë 'n oomblik toe en besluit om oop kaarte te speel. Sy wou nooit werklik vir hulle lieg nie en om agter só 'n storie te skuil, sal nie help nie. Sy sal nie toelaat dat hierdie twee haar onderkry nie.

"Mevrou Vosloo," begin sy.

"Juffrou!" koor dit van die agtersitplek af.

"Ekskuus, juffrou Vosloo," maak Zoë verskoning en bloos effens, "ek wil graag met u eerlik wees. My ma is nie oorlede nie. Sy het my verlaat toe ek baie jonk was en ek het by my ouma grootgeword."

Sy kyk vinnig weer in die truspieëltjie. Francis Vosloo se mond trek soos 'n rosyntjie saam en sy gooi vir Zoë 'n kyk wat vuur spoeg.

"Hoe durf jy!?" vra sy gevaarlik sag. "Watter tipe mens sal haar ooit verlustig in sulke twakpraatjies?"

"Die tipe wat heeltemal oorweldig was deur 'n tafel vol hoogs gekwalifiseerde advokate. Dít is hoekom ek vandag met u eerlik is."

"Dit is geen verskoning nie!" gooi Magda haar stuiwer in die armbeurs. "Heeltemal onaanvaarbaar. Ek hoop nie jy't probeer om my kind se bejammering te wen met só 'n verregaande storie nie!"

Zoë kan voel hoe die trane in haar oë opwel, maar sy sál nie vandag huil nie. Dit belowe sy haarself.

"Anton weet my ma is nie dood nie. Ek het hom vertel. En ek is regtig jammer. Ek – "

"En hy sal ons ook nie eens by die firma inlig daaroor nie!" sê Francis Vosloo heel beswaard. "Anton was 'n eerlike, opregte man voordat hy jou leer ken het!"

"Anton is steeds eerlik, juffrou Vosloo. Hy . . ." Sy weet nie mooi hoe om aan te gaan nie. "Mevrou Badenhorst, ek smeek u, gee my net 'n kans! Ek is regtig lief vir hom. Ek weet dit was verkeerd om – "

"Jy moet net jou oë op die pad hou – en geen dooie woord verder met my praat nie!" onderbreek Magda Badenhorst haar.

Zoë klou die stuurwiel so styf vas dat haar kneukels bleekwit word. Sy haal so diep moontlik asem.

Ná 'n ruk stilte sug Magda hard genoeg sodat Zoë haar kan hoor. "Ai, ek wonder waar is die liewe Madeleine in die wêreld? 'n Meisie met 'n kop op haar skouers, daardie."

"Ek was darem self erg oor Madeleine," merk die Krokodil op. "Ek't juis haar nommer op my selfoon. Julle twee moet tog gaan koffie drink, sy sal jou bitter graag weer wil sien, Magda."

Zoë kan nie glo hoe wreed die twee is nie. Sy staar inge-dagte na hulle in die truspieëltjie en kom glad nie agter dat sy oor 'n rooi verkeerslig ry nie. Motorremme skree, motorryers lê op hul toeters en iewers skree iemand iets afskuweliks vir haar. Teen die tyd dat Zoë weer tot haar sinne kom, ry sy byna teen die middelman vas. Sy ruk die motor vinnig terug tot in haar baan.

"Is jy besete?!" skreeu Magda en druk die Krokodil van haar af.

"Absoluut onaanvaarbaar!" gil die Krokodil en hou haar hart met haar regterhand vas.

"Jammer," maak Zoë flou verskoning. Sy is self melkwit ge-skrik.

Enkele oomblikke later hoor die drie vroue 'n sirene in die agtergrond. 'n Verkeerskonstabel beduie Zoë moet stilhou.

"Oh great!" sê Zoë harder as wat sy wou. Daardie "Bad Day"-liedjie was beslis 'n voorbode! Sy moes dit geweet het.

"Ek glo dit nie!" kerm die Krokodil, haar stem nog 'n paar tone skriller. "Kyk wat het jy aangevang!"

Die konstabel kom doelgerig nader gestap, sy gesig onlees-baar.

"Hy's swart!" sê Magda. "Hy gaan seker nou elke sent uit ons melk."

"Nee wat," fluister die Krokodil. "Mens koop hulle gewoonlik maklik om – glo my, vyftig rand is méér as genoeg."

Zoë is nou buite haarself van woede en kan die uitbarsting nie keer nie. "Is daar énigiemand in die wêreld vir wie julle 'n goeie woord het?"

"Juffroutjie," waarsku Magda briesend en druk haar wysvinger amper in Zoë se oog. "As ek jý was, het ek tjoepstil gebly. Dis jý wat ons in hierdie gemors laat beland het."

Die konstabel klop aan die venster. Zoë soek verwoed na die knoppie om die venster te laat afskuif.

"Toe!" hits Francis Vosloo haar aan. "Hoekom lieg jy nie vir hom soos jy vir ons gelieg het nie! Vertel hom van jou ma!"

"Ek kan nie glo sy't ons in hierdie penarie laat beland nie!" voeg Magda briesend by.

Zoë kry uiteindelik die knoppie en die motorruit gly stadig na onder. "Good day, sir," probeer sy so vriendelik moontlik groet.

Die konstabel sit sy hande op die rand van die ruit en loer by die motor in.

"Licence?" vra hy heel beskaaf. Sy gesig bly emosieloos.

"Oh, yes," sê Zoë en krap in haar handsak.

"Ek wed jou sy het nie een nie!" sit Magda die geveg van vroeër voort.

"Ek twyfel," beaam die Krokodil.

Die konstabel loer na die twee dames op die agtersitplek en neem Zoë se rybewys by haar. "You are aware that you ran a red light back there?" sê-vra hy met opgeligte wenkbroue terwyl hy haar lisensie bestudeer.

"I did, officer," pleit Zoë, "and I'm really sorry. I should have looked."

"Yes, you should have!" sê Magda van agter af.

"Mevrou Badenhorst," vra Zoë mooi, "kan ons later hieroor praat, asseblief? Nou is nie die beste – "

"Moenie vir my vertel wat om te doen nie! Dié man moet jou sommer laat opsluit!"

"Mam," praat die konstabel en dit is baie duidelik dat hy hoogs geïrriteerd met die situasie is. "I would listen to the lady and remain silent."

"Well, excuse me!" brom Magda van die agtersitplek af. "I'm not going to let you and a twenty-year-old tell me what to do and what not to do."

"Bedaar, Magda," paai Vosloo langs haar toe sy sien hoe die konstabel na Magda kyk.

"Ek weier om te bedaar! Ek is oud genoeg om hulle albei se ma te wees! Nie eens my eie man sê vir my wat om te doen nie!"

Die konstabel maak Zoë se deur oop. "I'd like you three to please step outside the vehicle!"

"I refuse!" kap Magda van die agtersitplek af terug.

Zoë kan sien dat Anton se ma nou te ver gegaan het en klim grootoog uit die motor. Francis Vosloo is skielik so mak soos 'n lammetjie en volg Zoë sonder 'n woord toe die konstabel die hefboom optrek. Magda bly sit asof sy vasgesement is.

"This is the last time I'll ask you . . ." begin die konstabel.

Vosloo trek-trek vir Magda van buite af. "Asseblief, Magda, ek weet jy's ontsteld, maar ons kan in groot moeilikheid kom."

Magda is duidelik woedend en stamp behoorlik vir Vosloo uit die pad terwyl sy sukkel om uit te klim. Met die uitklimslag laat val sy haar handsak. Haar beursie, selfoon en 'n klein ziplock-plastieksakkie vol poeier lê op die teerpad langs haar handsak.

Al drie kyk haar vraend aan terwyl sy dit gou terugdruk in haar handsak en die sak vererg optel.

"What was in the plastic bag?" vra die konstabel dieselfde vraag waaroor Zoë wonder. Sy kan nie glo die situasie kan enigsins erger raak nie.

"It's nothing," beantwoord sy die vraag kortaf. "Now please mind your own business!"

"Nothing?" herhaal die konstabel en ignoreer haar laaste aanmerking.

"Dis my holistiese medisyne, as jy dan moet weet," sê Magda kortaf.

"Excuse me?" vra die konstabel vererg.

"Oh, what now? Your new government doesn't expect you to speak Afrikaans anymore?"

"That's it!" bulder die konstabel en stap vererg na sy motor. Hy tel sy radio op en kondig iets aan.

Vandag is hier 'n moerse gemors, dink Zoë, staan vinnig nader en begin in Tswana verduidelik. Maar die man wil niks weet nie.

"You'll have to come with me," sê die konstabel terwyl hy terugstap na die Audi.

"Excuse me?" protesteer Magda meteens half benoud. "Go where?"

Maar haar vraag word gou beantwoord toe sy 'n wit-en-blou vangwa om die hoek sien aankom.

"Why?" roep die Krokodil langs haar.

"Standard procedure," sê die man en vertrek nie 'n spier nie.

Zoë smeek weer in Tswana, maar die man gee nie gehoor nie.

"Ek weier om in daardie vuil trok te klim!" maak die Krokodil hewig kapsie. "U verstaan nie! Ek is 'n advokaat, ek het regte!"

"The only right you have now, madam, is to remain silent," sê die konstabel ferm.

"Hier is vyftig rand," fluister Magda Badenhorst en druk die opgefrommelde noot gou in sy hand.

Hy maak sy hand oop en kyk baie kwaai na die twee vroue.

"I honestly hope that you're not trying to bribe me!" sê hy. Sy stem is donker en onheilspellend. "As an advocate, you do realise in what kind of trouble you are?"

229

"No," maak die Krokodil benoud beswaar. "Could we just stop for water along the way? We're terribly thirsty."

Zoë is doodstil en oorhandig die Audi se sleutels toe die man sy hand uitsteek. Sy is vasgevang in die draaikolke van 'n nag-merrie en sy sal bitter graag net wil wakker skrik. Niks goeds kan van hierdie storie kom nie. Dit is boonop die tweede keer dié week dat sy in 'n vangwa klim. En sy weet sommer dat dit die begin van baie probleme gaan wees.

Zoë voel bewerig. En sy is seker dit het niks met haar bloedsui-kervlakke te doen nie. Sy luister hoe die telefoon lui en is verlig toe Jan-Hendrik uiteindelik die gehoorbuis optel.

"Jellietot?" sê-vra hy. "Is dit jy?"

"Jan-Hendrik," sê sy sag. "Ek's by die polisiestasie."

"Al-fokken-weer!" roep hy uit, duidelik geskok. "Jy is nie ern-stig nie!"

Zoë voel na aan trane. "Ek is hier saam met Anton se ma en haar Krokodil-vriendin."

"Is daai Krokodil saam?"

"Ja. Dis 'n lang storie."

"Jellietot, wat het gebeur?"

Sy voel hoe die trane in haar keel opstoot. "Ek het die waar-heid vertel oor my ma. Dalk was dit 'n fout, maar ek wou goed begin met sy ma. Die twee het my beledig. Gemaak of ek ge-mors is, vir my gesê ek's nie goed genoeg vir Anton nie. Ek het vir sy ma probeer vertel hoe lief ek vir hom is. Jan-Hendrik, ek dink regtig ek is lief vir Anton! Anyway, toe jaag ek oor 'n rooi robot en ons word afgetrek. Toe sê hulle die arme konstabel sleg net omdat hy sy werk doen . . ."

"En? Toe nou, Zoë," por Jan-Hendrik toe sy ophou praat.

Zoë vee oor haar oë en sluk. "Jammer, ek het gedink dis sy ma wat ingestap het," gaan sy voort. "Toe val sy ma se holistiese medisyne uit haar handsak . . ."

230

"O donner. En toe?" vra hy aan die ander kant.

"Wel," fluister Zoë, "die sakkie met poeier het baie verdag gelyk. Selfs die Krokodil het haar aangekyk. Maar toe was Anton se ma ongeskik en nou sit ons hier ná 'n rit in 'n vuil vangwa."

"Die twee ladies in 'n vangwa?" vra Jan-Hendrik en sy kan hoor hy doen moeite om nie in sy eie histerie te verval nie.

"Die vuilste een waarin ek nóg gesit het," verduidelik Zoë verslae. "Moet asseblief nie lag nie." Jan-Hendrik moenie nou sukkel nie. Sy het so 'n gemors van die hele situasie gemaak.

"Waar is hulle nou?" vra Jan-Hendrik.

"Ek voel baie sleg hieroor, Jan-Hendrik. Ek het probeer verduidelik, maar toe praat die Krokodil van regte en goed en . . ."

"Zoë, beantwoord my vraag!" hou Jan-Hendrik aan.

"Hulle is albei saam met ene kaptein Mofeli na die dames-badkamer toe. 'n Reus van 'n vrou, Jan-Hendrik. Hulle moet nou . . ." Sy bly eers 'n ruk weer stil.

"Zoë, vertel nou, man!"

Zoë sluk en praat nog sagter: "Hulle moet gaan piepie op 'n stokkie!"

"Under surveillance of captain Mofeli?" Jan-Hendrik skree nou van die lag.

Zoë dink nie dit is snaaks nie. Hierna sal Anton se ma nie eens weer met haar praat nie en sy twyfel of hy haar ooit weer sal wil sien. Sy het pas bewys dat sy alles is wat Magda van haar gedink het. En selfs Jan-Hendrik kan haar nie hierdie keer moed inpraat nie.

27

Onvermydelike andershede

Zoë lê in die bed en kyk na die son wat deur haar kamervenster skyn. Sy het geen begeerte om op te staan nie, want hier onder die duvet voel sy veilig. Twee dae terug het sy gedink sy kon haarself nie dieper in die moeilikheid kry met die Irak-optog-voorval nie, maar ná gister het sy haar behoorlik in 'n put van disaster vasgesement. Om hier uit te kom, sal 'n wonderwerk kos.

Die hele petalje speel hom al sedert gister oor en oor in haar gedagtes af. Magda het vir Anton van die polisiestasie af gebel en hom dadelik soontoe ontbied. Anton het 'n ruk later saam met sy pa opgedaag – oom Koos bitter ongelukkig omdat hulle reeds op die vierde putjie moes ophou speel. Magda het na Anton gestorm, 'n brief in sy hempsak gedruk en sonder 'n woord na die taxi gestap. Maar nie voordat sy in die deurkosyn omgeswaai het en vir Zoë die vuilste kyk moontlik gegee het nie. Anton het gesukkel om sy Audi uit die skut te kry en met elke nuwe pak papierwerk wat voor hom neergegooi is, het hy net nog korter van draad geword. Toe Zoë vir hom wil verduidelik wat presies gebeur het, het hy net kortaf gesê: "Later, Zoë. Gaan asseblief nou eers huis toe."

Sy het sedert gister nog nie 'n woord van hom gehoor nie. Ag, Zoë, dink sy moedeloos. Hoe gaan jy ooit kan regmaak wat nou gebreek is? Die huisfoon onderbreek meteens haar gedagtes. Zoë spring opgewonde uit die bed. As Anton die huisnommer skakel, beteken dit seker dat hy die ding wil uitpraat. Sy hardloop na die TV-kamer en tel die gehoorbuis gretig op. "Ek dog jy gaan my nooit bel nie!"

"Juffrou Zietsman?" sê-vra 'n vreemde vrouestem aan die ander kant van die verbinding. Dit is nie Anton nie!

"Ja?" vra Zoë onkant betrap.

"Ek wil u net herinner aan u onderhoud later vanmiddag om twee-uur by VMT." Deksels, sy't skoon vergeet daarvan!

"O ja," antwoord sy. "Ek sal daar wees. Dankie vir die oproep."

Sy sug en stap na haar kamer. Vandag is die allerlaaste dag wat sy vir 'n onderhoud wil gaan, maar sy begin nou desperaat raak. Sy kan dit nie nou probeer uitskuif na 'n ander datum nie. Daar is seker hoeveel ander aansoekers wat wag om die werk op te raap.

'n Ruk voor middagete is Zoë se Vespa-sleutel soek. Nadat sy die huis omgekeer het, besef sy dat haar sleutel nog net op een plek kan wees: by Anton se huis. Sy moet gou by Hettie gaan inloer en sommer dan van daar af vir die onderhoud gaan. Wat sou sy tog nie alles doen om net vandag in die bed te kon bly nie! Sy soek vervaard rond na haar spaarsleutel, maar dié het sy só diep weggebêre dat sy dit nooit weer sal kry nie.

'n Uur later gee sy noodgedwonge moed op en bel vir Anton om te hoor of sy gou 'n draai kan kom maak. Hy druk die foon in haar oor dood en kort daarna kry sy 'n onpersoonlike SMS wat lui: *In vergaderings, heeldag. Praat later.*

Zoë is ontsteld. Selfs al sou hy heeldag in vergaderings wees, was hy nog nooit so onpersoonlik nie. Haar vermoede is dus reg: Anton is kwaad vir haar. Baie kwaad.

Maar sy moet haar Vespa se sleutel kry! Die maatskappy by wie sy die onderhoud het, is nie so ver nie – sy sal kan ry en dan hoef sy nie vir 'n taxi te betaal nie. Dan beter sy maar vir Dorothy bel.

Sy skakel Anton se huisnommer en wag totdat Dorothy ant-woord.

"Dorothy, dis Zoë," verduidelik sy. "Weet jy of ek dalk my scooter se sleutel daar gelos het?"

"Ja, Zoëtjie, ek het dit by Anton se bedkassie gabêre vor jou."

"Dis great! Kan ek dit gou kom haal?"

"Haau. Ek moet by die dorp gaan. Maar jy kan ma' kom. Jy ken mos die alarm se nommertjies."

"Ek het dit neergeskryf, Mmê. Dankie."

"Eisj, Zoëtjie. Es alles ôkei?"

"Alles is piekfyn, Dorothy," jok Zoë. "Baai." Sy probeer so hard voorgee dat alles goed gaan, maar selfs Dorothy kan som-mer deur haar telefoonstem agterkom dat dinge haar pla.

Die taxi hou 'n uur later voor Anton se huis stil. Sy betaal gou en klim uit. Sy krap in haar handsak en gebruik die sleutel wat Anton 'n week terug vir haar laat sny het. Die alarm se sein klink op en sy tik gou die kode in.

Die huis is donker toe sy die deur agter haar toedruk. Sy stap na Anton se slaapkamer. Die gordyne is oop en Anton se bed is, soos altyd, netjies opgemaak. Haar Vespa se sleutel lê op die bedkassie.

Net toe sy haar sleutel optel, lui die telefoon op die bed-kassie.

"Vieslike flippen varkvoete!" Sy skrik haar amper simpel. Sy huiwer 'n oomblik, maar steek dan tog maar haar hand uit om te antwoord. Voordat sy die gehoorbuis van die mikkie af kan oplig, begin Anton se stem oor die antwoordmasjien: "Goeie-dag. Dit is Anton Badenhorst. Laat asseblief u naam en nommer en ek sal so gou moontlik terugbel."

Zoë glimlag toe sy die formele boodskap in sy diep manstem hoor.

"Hallo, Anton," begin 'n vrouestem huiwerig. "Dis . . . Madeleine. Genugtig, maar ons het lanklaas gepraat. Ek verstaan jou moeder-hulle het kom kuier uit Kaapstad? Dit sou wonderlik gewees het om hulle weer te sien, en natuurlik vir jou ook. Ek het hulle laas by ons verlowingspartytjie gesien. Ag, maar ek weet so baie dinge het gebeur. Anton, ons moet praat. Jy het tot vandag toe nog steeds my hart. Wat ek probeer sê, is dat dit moeilik is om iemand te ontmoet wat by jou kan kers vashou . . . en nog moeiliker om jou te vergeet. Bel my? Asseblief. Jy het mos nog my nommer."

Zoë gaan sit versigtig op die bed. Madeleine. Die Madeleine na wie Anton se ma en ou Vosloo verwys het. Verlowingspartytjie? Al wat Anton haar ooit vertel het, is dat dit sy vorige meisie was. Verlowing is mos baie ernstiger as meisie!

Zoë voel lam en leeg. Vroeër die oggend het sy in die koerant gelees wat haar sterre voorspel: *'n Groot geheim gaan aan jou bekend gemaak word. Jy sal moet besluit of dit werklik die moeite werd is nadat jy alles in ag geneem het.*

Sy het dit toe nie verstaan nie, maar nou maak dit alles sin. En dit is al waaraan sy nou kan dink. Zoë staar 'n ruk lank net na die patrone wat die son deur die gordyne op die plafon gooi. Wanneer sy weer afkyk, val haar blik op die opgevoude bladsy op Anton se kopkussing. Instinktief tel sy dit op en begin lees:

Anton

As jou moeder het ek werklik gedink ek het alles in my vermoë gedoen om vir jou 'n goeie opvoeding te gee. Ek en jou vader het vir jou alles gegee wat jou hart begeer en selfs ons vennootskap by die firma aan jou oorgegee toe ons afgetree het.

Ek gaan nie doekies omdraai nie. Laat ek dit maar prontuit stel: jou verhouding met die Zietsman-vroumens staan nie vir my óf jou vader aan nie.

Sy is nie die kaliber mens met wie 'n man 'n langtermyn-verbinte-nis aangaan nie. Ek besef dat jy haar in dié stadium uiters amusant vind, maar, my seun, hierdie dinge waai oor. Jy sal wel moeg raak vir haar deurmekaar Afrikaans, haar onopgevoede maniere. Ek bid net dat jou oë betyds sal oopgaan.

Ek is vandag verneder soos nog nooit in my lewe nie, en hierdie Zietsman-vrou is uitsluitlik die oorsaak daarvan. Sy het soos 'n maniak oor rooi verkeersligte gejaag en my en Francis Vosloo se lewens in gevaar gestel. Sou jy ooit daarmee kon saamleef as jou moeder en jou kollega (jou vennoot, wat jou al soveel geleenthede gegee het) in jou eie motor verongeluk het? Ek twyfel.

Gedurende die ondervraging in die polisiekantoor het sý (ek gaan nie weer ink mors om haar naam uit te skryf nie, dis nie die papier werd waarop dit geskryf staan nie) haar nie een enkele keer verwerdig om vir my óf Francis Vosloo te verdedig nie. Sy het eenkant in 'n hoek gesit en as ek nie van beter geweet het nie, sou ek gedink het sy verlus-tig haar selfs in ons leed. Die paar sinne swart taal wat sy gepraat het, was waarskynlik om hulle aan te moedig.

Anton, ek smeek jou, kom asseblief tot jou sinne. Ek wil jou nie dreig nie, maar indien jy nie afstand doen van hierdie domastrantheid nie, sal jy my en jou vader geen ander keuse laat as om ons testamente te hersien nie.

Ek kan ook nie help om steeds te wonder waarom Madeleine so skielik die verlowing beëindig het nie. Gruwelike gerugte het ons ore bereik, maar ek en jou vader het dit verwerp as leuens. Het jy dalk al vir háár ontmoet terwyl jy en Madeleine saam was? Dan sal dit alles duidelik word. Sy is die tipe wat tot enigiets in staat is – ook om jou van Madeleine te vervreem.

Niks sal my en jou vader se harte meer verbly as die tyding dat jy en Madeleine weer jul verlowing hervat nie. Dink asseblief goed hieroor na.

Dit spyt my dat ons nie langer bly nie. Vir haar sien ek werklik nie langer kans nie.

Jou moeder

Zoë is verslae. Sy laat sak die brief op haar skoot. Sy sou nooit kon dink dat sy werklik só 'n probleem vir enigiemand kan wees nie. Ja, sy praat nie altyd suiwer Afrikaans nie en sy doen dinge meestal ietwat anders, maar is sy regtig só erg? Nou moet Anton, die een wat sy gedink het die man van haar drome is, 'n keuse maak tussen háár en sy familie.

Sy sou haar seker ook nie veel langer kon oortuig het dat hierdie dag nooit sou aanbreek nie. Hulle is immers sulke uiteenlopende mense. En daar is soveel ander faktore as blote liefde tussen twee mense. Die oomblik van waarheid het aangebreek. Sy moet eerlik met haarself wees.

Sy onthou skielik hoe afsydig Anton die vorige paar dae was. Hy het tóé seker al besluit dat hy die verhouding met haar gaan beëindig na aanleiding van sy ma se brief. Sy vou die brief versigtig op en sit dit op dieselfde plek terug, haal haar selfoon uit en ontbied 'n taxi.

Toe sy buite kom, sak 'n los middagbui uit. Maar Zoë gee nie om om nat te reën nie. Sy is iemand wat na tekens soek en 'n telefoonboodskap van 'n eks saam met 'n verdoemende brief is meer as genoeg tekens vir Zoë. Haar en Anton se paadjies sal moet skei.

Julle het mekaar op 'n chat room ontmoet, Zoë Zietsman, raas sy met haarself. Hoe real kan dit nou wees? Jy's 'n fool.

Zoë skrik toe die taxibestuurder weer sy toeter druk, uitspring en met 'n groot sambreel oor die pad na haar hardloop. Hy help haar in die motor waar sy bedremmeld gaan sit, papnat.

Sy krap in haar handsak en haal haar digitale kamera uit. Sy vee haar hand droog teen die sitplek en skakel die kamera aan. Een vir een kyk sy na haar versameling Anton-en-Zoë-foto's. Anton wat voor sy hospitaalbed staan, klaar gepak om huis toe te gaan. 'n Paar oorgrote foto's van hul gesigte in die Audi. Die foto's by die kinderhuis. Die een van hulle voor die kinderhuis se hekkie is een van haar gunstelinge. Ook die een waar Anton en die kinders saam vir die kamera waai. Daar is foto's van die P-partytjie. Al die P-kostuums sit netjies bymekaar met Jan-Hendrik, uitgestrek as die Pink Panther, in die middel. 'n Paar foto's van haar as Cleopatra by die Sphinx-restaurant. 'n Groot traan drup op die kamera se skermpie. Zoë skakel dit af en druk dit terug in haar handsak. Sy sal nié huil nie. Mens kan buitendien nie in 'n paar maande só oor iemand voel nie, raas sy weer stil met haarself. Maar sy kan nie die verlate gevoel keer wat soos 'n brander oor haar rol en haar uitspoel tot op 'n sielsverlate eiland nie. Daar is niks, niemand nie. Dit voel erger as die dag toe haar ma die pad gevat het.

* * *

Hierdie afgelope week in Zoë se lewe was waarskynlik die grootste laagtepunt wat sy in haar lewe ervaar het. Sy het die onderhoud Maandag gekanselleer en die res van die week het sy nooit behoorlik uit haar kamer gekom nie. Jan-Hendrik bring vir haar kos in die bed en raas gedurig met haar, maar sy het 'n depressie geslaan wat sy nie geweet het sy is in staat toe nie. Is daar 'n tyd wanneer dit voel asof al jou trane uitgehuil is? Zoë kan nie meer nie. Sy wíl nie meer nie. Maandagaand het sy 'n SMS van Anton ontvang om te vra of hy met haar kan praat, maar sy't dit geïgnoreer. Hy wou seker vir haar vertel wat sy reeds weet. Natuurlik wou hy, want hy't sy geliefde Madeleine se stem oor die antwoordmasjien gehoor. En Anton is te veel van 'n gentleman om nie amptelik met haar te wil opbreek nie. Haar laptop staan nog steeds onoopgemaak op haar tafel. Sy check nie e-mails nie. Sy chat nie. Sy sit net. Teen Woensdag het Anton aanhoudend gebel en sy't bloot haar foon afgeskakel. Selfs haar afsprake met Hettie en haar ander kliënte gekanselleer. Griep is altyd 'n goeie verskoning.

Vrydagaand klop Jan-Hendrik aan haar kamerdeur en kom binne met 'n plastieksak waarin twee bakkies Woolworths-slaai is.

"Dè," beveel hy. "En ek vat nie nee vir 'n antwoord nie."

Zoë neem die slaai by hom en krap lusteloos met haar vurk daarin. "Dankie."

"Wat het gebeur? Ek hanna jou nou al vir vyf volle dae. Ek kan jou nie help as ek nie weet wat aangaan nie."

"Dit gaan nie werk nie," mompel Zoë amper onhoorbaar.

"Jy en Anton?"

Zoë knik, druk 'n stuk tamatie in haar mond en kou lank.

"Het jy met hom gesels hieroor?"

"Nee."

Jan-Hendrik lyk woedend, maar praat dadelik stadiger en rustiger. "Jellietot, nou hoe dan? Julle sal moet praat."

"Ek's nog nie gereed nie," sê Zoë en herkou steeds aan dieselfde tamatie.

"Wanneer dink jy gaan jy gereed wees?"

Zoë kan sien hy byt op sy tande. Sy tel haar skouers op en staar na die slaai.

Daar is skielik 'n harde gehamer aan die voordeur. Jan-Hendrik staan op en stap in die gang af. Zoë wéét dit is Anton. Sy wag totdat Jan-Hendrik die deur agter hom toetrek. Dan glip sy in die kombuis en staan amper teenaan die venster om te probeer afluister.

"Jan-Hendrik," sê Anton ontsteld, "wat gaan aan? Waarom wil Zoë nie met my praat nie?"

Hy wink vir Anton en hulle gaan sit op die trappie om die draai. Zoë lig haar neus net oor die kantgordyn en loer na die twee ouens wat met die rugkant na haar toe sit. Dit voel so snaaks om vir Anton te sien. Haar hart is bly om hom te sien, maar haar kop veg erg terug.

"Om 'n lang storie kort te maak," sê Jan-Hendrik, "Zoë dink nie julle twee werk uit nie."

"Maar waarom nie? Ek verstaan nie."

"Sy's al blykbaar 'n week lank besig om die regte e-mail vir jou te tik, maar sy weet nie hoe om dit te sê nie," verduidelik Jan-Hendrik. Zoë skaam haar dood dat sy daaroor vir hom gejok het. Sy het allesbehalwe probeer om haarself aan Anton te verduidelik.

"Hoe om wát te sê nie? Ek is nie vir haar kwaad oor my ma nie."

"Ek dink sy weet dit."

"Is dit iets wat ék gesê het?" vra Anton.

Zoë kan nie glo hoe sy hom amper jammer kry nie. Hy lyk behoorlik soos 'n verslane soldaat wat moet sin maak van die lewe nadat hy as die enigste oorlewende terugkom van die oorlog af. Maar waar was hy toe sy hom nodig gehad het by die polisiestasie? Hoekom het hy haar verwyt oor die Audi se papierwerk? Haar eie gedagtes kla haar aan, want sy weet voor haar heilige siel Anton het nie sulke woorde gespreek nie. Maar sy houding het, redeneer sy met haarself. Hy was koud en ongevoelig!

"Luister, handsome," hoor sy Jan-Hendrik sê terwyl hy sy arm broederlik om Anton se skouer sit. "Ek dink jy's moerse cool. Jy weet dit mos!" Jan-Hendrik se stem verlaag dadelik en dit klink asof hy fluister. Zoë beweeg so na moontlik om te hoor wat hy sê, maar tel net 'n paar woorde op. "Ek sou nooit saam met jou . . . gesoek het as ek nie gedink . . . genoeg . . . goue band . . . Jellietot . . ."

"Het jy haar vertel?" vra Anton skielik.

"Nee, my dier, ek het nie. Ek sou wou hê jy moes dit doen," stel Jan-Hendrik hom gerus.

Vertel van wat? wonder Zoë. Vertel van wat? Waarvan praat hulle?

Sy merk hoe Anton sy kop stadig in sy hande laat sak.

"Jan-Hendrik," hoor sy Anton sug met 'n stem wat kraak. "Wat is ek veronderstel om te doen? Ek's so lief vir haar."

"Zoë is stukkend, my vriend," sê Jan-Hendrik. "Ek is self nie seker wat gebeur het nie, maar sy eet niks en bly net in haar kamer. Sy praat skaars met my en jy weet sy vertel my gewoonlik alles. Sy't net iets genoem dat al die tekens daar is dat julle twee nie vir mekaar bedoel is nie."

Anton staan op en kyk terug na die toegetrekte gordyne van Zoë se slaapkamer. Sy val plat op die wasbak en hoop van harte hy het haar nie gewaar nie.

"Sê asseblief vir haar ek was en is steeds lief vir haar," hoor sy hom sê. Sy sluk ongemaklik aan 'n knop in haar keel.

"Ek sal," belowe Jan-Hendrik en keer terug na die huis se rigting.

Zoë hardloop in die gang af en wanneer sy uitasem die voordeur hoor toeknip, is sy reeds veilig terug in die bed.

Jan-Hendrik klop versigtig aan haar deur, maar Zoë maak asof sy vas slaap. Sy is nie lus vir nog een van Jan-Hendrik se preke nie. Sy moet nou eers oor hierdie dinge nadink. Alles in haar binneste wou net na buite hardloop en vir Anton omhels en roep dat sy oor alles jammer is en lief is vir hom. Maar sy kon nie. Hulle is nie veronderstel om saam te wees nie. Haar noodlot is bepaal en sy beter gou daarby inval. Jan-Hendrik maak die deur saggies oop en loop tot by haar, vryf haar sag oor haar hare en knip die deur agter hom toe.

28

'n Gloeilamp-oomblik by Tittibhasana

Dit is al weer Maandag. 'n Nuwe week. 'n Nuwe begin. Zoë gooi haar jogamatjie in die sitkamer oop. Sy is nog nie gereed om met Anton te praat nie – sy wéét net sy gaan nie sterk genoeg wees die oomblik dat hul oë ontmoet nie. Hoe langer sy van hom af wegbly, hoe makliker gaan dit raak. Sy vertel dit al die hele vorige week vir haarself. Sy het steeds nie veel van 'n eetlus nie, en sy het nog nie weer joga gedoen sedert sy daardie verdomde brief gekry het nie. Die griepverskoning gaan ook nie vir altyd werk nie, en sy sal stadig weer in roetine moet kom. Die joga is op die ou end nou haar enigste bron van inkomste.

Zoë was nog altyd iemand wat vir haarself kon sorg. Nog nooit was sy afhanklik van enigiemand nie, en sy weier om vir Anton hierdie eer te gee. Sy het immers van kleins af geleer dat daar bitter min mense in hierdie lewe is op wie jy kan staatmaak en wat jou aanvaar soos jy is. Dit maak bitter seer om aan hom te dink, maar mens kom oor jou seer. Só probeer sy haarself oortuig. Hierdie afgelope paar dae van dink was rof, maar het dinge net weer in perspektief geplaas. Sy en Anton sal nooit uitwerk nie. Punt.

Haar jogasessies begin gewoonlik met 'n lang opwarming. Nou moet sy stil raak, fokus en rustig word. 'n Goeie CD dra gewoonlik goed tot die atmosfeer en innerlike harmonie by. Zoë kies haar gunstelingsnit. Stadig strek sy haar arms in die lug.

242

Eers die een arm en dan die ander, elke beweging is stadig, maar elke spier werk saam. Dan is dit haar bene en daarna begin sy met haar roetine. Sy haal weer diep asem, gaan sit in 'n hurkposisie en druk haar palms langs haar voete op die grond. Sodra sy seker is haar balans is reg, lig sy haar bene van die grond af en strek hulle na vore. Stadig maak sy haar arms reguit en staan 'n ruk so. Die Tittibhasana, of "Firefly", is een van die moeiliker posisies in joga en Zoë is baie trots daarop dat sy dit kan regkry.

"O Jhirretjie, tog!" weergalm Dorothy Moletse se stem meteens vanuit die sitkamerdeur. "Zoëtjie!"

Waar op dese aarde kom Dorothy nóú vandaan? Maar voordat Zoë mooi kan keer, storm Dorothy nader en tel haar in een beweging van die matjie af op. Dorothy stap met haar, steeds in die einste Tittibhasana-posisie, na die bank asof sy 'n babatjie dra.

"Dorothy! Mmê," begin Zoë en lag die eerste keer hierdie week, "sit my neer!"

Dorothy klou asof haar lewe daarvan afhang en Zoë kan nie vir al die tee in China uit die posisie kom nie.

"Dis oukei, Mmê. Ek doen joga!"

Dorothy laat sak vir Zoë op die bank asof sy met lewendige dinamiet werk en begin haar stadig ontkoek.

"Haau! Zoëtjie! Ek dag dan jy kry die epilepsy attack!" sê Dorothy steeds grootoog. "Wat es fout by jou lyf, sussie?"

"Dorothy, wat maak jy hier?" vra Zoë toe sy uiteindelik tot sit kom.

"Ek vorlang na jou, Zoëtjie!" begin sy verduidelik. "En Boetie hy es baie snaaks. Hy praat gan en bly die hele tyd da' by sy kamer."

"Het hy jou gevra om te kom?" Zoë is sommer dadelik vies, maar wys dit nie.

"Nee, ek het by myself gakom om vor jou te vra hoekom Boetie hy lyk so siek. Ma' nou ek sien jy lyk ôk siek!"

243

"Ons is nie siek nie," sug Zoë. "Ons dink maar net bietjie."

"Ô-kei," slaak Dorothy 'n sug van verligting, maar begin sommer dadelik raas. "Hoekom jy slyt nie die hys se deur?"

"Het ek nie – "

"Nee, Zoëtjie!" raas Dorothy. "Ek het net ingastap! Jy kan mos nie so maak? Dit es mos dangerous in die land!"

"Ek is regtig jammer, Mmê, dit sal nie weer gebeur nie."

Dorothy glimlag breed. "Nou hoekom jy staan so snaaks by die vloer? My hart het amper gat staan!"

"Ag, Dorothy, kom ons maak eerder tee."

Dit kos Zoë twee koppies tee en vier Eat-Sum-More-koekies om uiteindelik vir Dorothy van haar joga te verduidelik. Dorothy skud haar kop en luister aandagtig. Dit is ongetwyfeld die eerste keer dat sy van hierdie goed hoor. Zoë geniet dit om vir Dorothy te vertel. Want sy stel werklik belang. Sy vra uit oor die posisies en die klasse wat sy gee. Sy kan nie glo hoe goed Dorothy se besoek haar laat voel nie.

"So die koeksesterlyf es goed vor die bybie? As jy nou so stretch, es jy nie bang jy gaan een langer been het?"

Zoë lag. "Natuurlik nie, Dorothy! Joga help om jou spiere soepel te maak, langer en sterker. En dis baie goed vir die baba."

"Eisj, Zoëtjie, nou ma' wat as jy sommer in die meddel deer breek?"

"Ek sal jou nog alles vertel, Dorothy, maar dit is nou genoeg vir een dag."

"Nou ma' vor wat loop jy dan so rond agter dié clients soos die Boesmanmense? Hoekom hulle kan nie hier by jou hys kom?"

"Ag, Dorothy, daar is nie regtig plek hier by my huis nie. Dis makliker vir mense by hul eie huis." Al is daar ook maar nie altyd baie plek nie, dink Zoë.

"Nou wat van die shop?"

Zoë sug. Nie Dorothy ook nie! "Ek weet nie of dit die regte ding is om 'n studio oop te maak nie. Daar is baie risiko's en – "

244

Dorothy gryp Zoë se leë koppie tee en loer aandagtig daar-in.

"Wat maak jy, Mmê?" vra Zoë en loer nuuskierig waar Dorothy loer.

"Dié koppie hy sê vor Dorothy dat Zoë die studio moet kry!" vertel Dorothy en trek haar een oog behoorlik toe soos sy in die koppie kyk.

"Haai, Dorothy, kan jy teeblare lees?"

"Haau, nie regtag," sug Dorothy en sit die koppie weer neer.

Nou lag Zoë hardop. "Nou maar vir wat sê jy dan die blare sê so?"

Dorothy lag skelm. "Ag, jy het ma' die snaakse idees by die kop. So Dorothy denk jy sal van die blare hou." Sy lyk skielik ernstig en neem Zoë se hande in hare. "Zoëtjie, lyster na my, nè. Dié vrou kry die regte gavoel by haar hart as sy hoor van jou droom. Dorothy denk jy moet dit doen!"

Zoë glimlag en gee Dorothy se hand 'n druk. Sy het darem so lief vir Dorothy geraak! "Ek waardeer dit baie. Ek sal daaroor dink."

Daardie nag lê Zoë en rondrol op haar bed. Wonder bo wonder is haar gedagtes nie met Anton gevul nie, maar hoe sy te werk sou gaan om haar eie studio te begin. Want sy kan waaragtig nie langer probeer temp nie. Dit is 'n absolute ramp. Sy loer later moedeloos na die glimsyfers op haar digitale wekker. Op die kop 03:12 in die vroegoggendure sit sy penorent en sê hardop: "Ek gaan dit doen!"

Oomblikke later is die bedlampie aan en skryf sy idee ná idee in 'n notaboekie neer. Dit is asof sy bloot net die pen hoef vas te hou, want die idees vloei uit haar soos 'n onstuitbare stroom. Die plek se naam gaan Sapna wees. Dit is Hindi vir droom. En dit is haar droom hierdie. Sapna Studio. Joga vir swanger vroue. Sy glimlag.

Goed, finansies. Andrea, een van haar kliënte, werk by die bank. Sy sal kan help. Auntie Patsy en uncle John sal ook. Hulle hét al aangebied. Sy sal 'n ordentlike sakeplan moet uitwerk en voorlê aan die bank. Dit beteken sy sal solank moet begin rondkyk presies wáár sy haar studio wil hê.

Taryn is weer goed met binnenshuise versiering. Sy kan help met die atmosfeer. Dit moet 'n rustige plek wees. 'n Plek van drome. Want elke ongebore baba is mos immers ook 'n pragtige droom.

Hoe meer name sy neerskryf, hoe meer besef sy dat alles skielik sin maak. Vir jare ken sy mense wat kan help, maar sy het nog nooit daaraan gedink dat hulle regtig graag sal wîl help nie. Jan-Hendrik het al soveel keer aangebied om haar te help met geld. En sy weet hy is opreg. Hierdie mense is vriende wat lankal gesien het wat haar regtig gelukkig maak. Hulle glo in haar. Hulle glo dat sy dit kan máák werk. En hoekom nie? Sy is Zoë Zietsman. Van kleins af fight sy al haar eie battles.

Zoë hou 'n oomblik op met skryf. Want sy het pas ook iets anders besef: sy hou van die Zoë wat haar eie battles fight. Sy hóú actually van haarself, van al die mal idees, die joga, haar Vespa, haar standpunt dat duurder suurder is. Sy hou van haar lewe. En as Anton haar nie kan aanvaar presies soos sy is nie, sal sy nooit op lang termyn saam met hom gelukkig kan wees nie. Sy is nie 'n taalpuris nie en weier om van nou af voor te gee.

Die refrein van haar ouma se tydlose vermaning speel weer in haar kop: Moenie jou altyd bekommer oor wat mense te sê gaan hê nie. Mense se moer! Jy sal nooit gelukkig wees as jy nie eerlik met jouself kan wees nie.

Dit is wat sy die afgelope paar maande gedoen het. Sy't probeer om iets te wees wat sy nie is nie. Sy't probeer dat mense van haar moet hou. Nie weer nie, Zoë! Nooit weer nie.

Sy verloor dalk vir Anton, maar ten minste kry sy die droom van haar studio by, dink sy en begin weer skryf.

Binne 'n uur is Zoë se hand skoon seer geskryf, maar die idees vloei steeds. Dit is asof sy net wéét wat volgende moet gebeur. Die laaste ding waaraan sy dink voordat sy aan die slaap raak, is 'n reusenaambord waarop pryk: *Sapna Studio*.

Vroeg die oggend word Zoë wakker van die piet-my-vrou buite haar venster. Sy voel die eerste keer in dae lig, gelukkig. Sy gaan sit by haar rekenaar en tik vinnig vir Anton die beloofde e-mail.

To: Donatello
From: Volksie
Subject: Dis ek

Liewe Anton

Partykeer in mens se lewe kom daar 'n persoon oor jou pad wat jou hele lewe omdraai. Jy begin anders na dinge kyk en dit het só 'n impact op jou dat jy iets van jouself leer ken wat jy voorheen misgekyk het. Mens wil dit probeer verklaar, maar die lewe is meer kompleks as dit.

Ek glo met my hart dat dit destiny was dat ons mekaar ontmoet het. Ek weet dat jy van my 'n beter mens gemaak het. En ek het in ons tyd saam beslis meer van myself geleer.

Maar ons is uit twee verskillende wêrelde en dit is tyd om realisties te wees. Maak nie saak hoe hard ons gaan probeer nie, ons wêrelde is té uiteenlopend. Ons pot en deksel sal ons nooit kan máák pas nie.

Dankie vir 'n wonderlike paar maande saam met jou. Ek sal jou nooit vergeet nie, Donatello.

Zoë

29

Hettie histeries

"Zoë, maak oop die deur!" Anton hamer verwoed aan die voordeur. Zoë sug. Sy is nie lus om verder te verduidelik of met hom te praat nie. Sy is bang as sy hom sien, vergeet sy alles wat sy geskryf het en al die seer kom net weer boontoe.

Die buurman se twee honde begin verwoed blaf vir die rumoer.

"Zoë, asseblief! Jou e-pos is nie goed genoeg nie!" roep hy. "Praat met my! Ek sal nie loop totdat jy met my praat nie."

"Jellietot! Gaan praat met die man!" sanik Jan-Hendrik wat langs haar op die bank sit.

"Ek wil nie, Jan-Hendrik. Nie nou nie. Stuur hom asseblief weg. Asseblief?"

Jan-Hendrik sug oordrewe en loop hangskouers voordeur toe. Sy hoor hoe hy Anton groet.

"Anton," verduidelik hy, "sy wil nie met jou praat nie."

Zoë sit doodstil sodat sy kan hoor wat Anton sê.

"Wel, ék wil met haar praat. Sê asseblief vir haar ek moet met haar praat."

Jan-Hendrik maak die voordeur groter oop en praat na binne: "Hy sê hy moet met jou praat."

"Sê vir hom nee," skree Zoë. Sy is seker Anton kan haar duidelik hoor.

"Sy sê nee," herhaal Jan-Hendrik, duidelik gefrustreerd.

248

"Vra vir haar hoekom." Te oordeel na Anton se stem gaan hy nie vinnig moed opgee nie.

"Hy vra hoekom," skree Jan-Hendrik weer binnetoe.

"Sê vir hom sommer," antwoord Zoë bot.

"Ag nee, for crying out loud," sê Jan-Hendrik vies. "Ek's nou net mooi gatvol vir julle twee se speletjies!"

"Jan-Hendrik, asseblief." Dit klink behoorlik of Anton smeek. Zoë staan op en loop nader aan die deur sodat sy beter kan hoor.

"Zoë het my vertel van jul Savage Garden-liedjie. Ek luister dit oor en oor. Dit sê die son moet nooit ondergaan op 'n argument nie. Waarom laat jy dit dan toe?"

Bleddie goeie advokaat, dink Zoë. Sy weet sommer Jan-Hendrik kan nie teen so iets wen nie en sug.

"Bliksem, jy's omtrent 'n goeie lawyer!" eggo Jan-Hendrik presies wat sy gedink het. "Good point!"

"Ek is 'n advokaat," help Anton hom reg, "maar dankie. Mag ek asseblief nou inkom?"

Jan-Hendrik stoot die deur oop en staan opsy vir Anton.

Zoë probeer nog vinnig uit die vertrek vlug, maar Anton kry haar aan haar skouers beet en draai haar om sodat sy na hom kyk.

"Zoë, wat is verkeerd? Wat het ek gesondig?"

Zoë gee vir Jan-Hendrik 'n vuil kyk.

"Wát?" vra Jan-Hendrik onskuldig. "Hy't 'Affirmation' se lyrics op my gebruik. En jy weet dis so goed soos ons gebooie daai!"

Zoë vou haar arms voor haar bors en is onmiddellik spyt dat sy haar en Jan-Hendrik se gunstelingliedjie met Anton gedeel het. Hy kán dit nie nou teen haar gebruik nie! Sy loer vinnig na Anton en kyk dan af na haar voete. Dit is nie goed om hom te sien nie, probeer sy haarself oortuig, maar sy weet sy lei haar net om die bos. Dit is great om hom te sien.

"Haai," sê sy sag en bestudeer haar toonnaels een vir een. Haar binneste brand soos die seer weer in haar opstoot.

249

Anton hou 'n geel boksie met 'n bloedrooi strik na haar toe uit.

"Ek het vir jou iets gekoop," sê hy. "Maak asseblief oop."

"Dankie," sê Zoë, vat die boksie en sit dit ongeërg op die glasbladtafel langs haar neer. "Ek sal miskien later." Hoekom verstaan hy nie? Hoekom kan hy haar nie net alleen los nie? Weet hy nie hoe seer sy kry om hom te laat gaan nie?

"Mag ek sit?" vra Anton.

"Nee," sê Zoë ferm.

"Praat met my, Zoë!" smeek Anton. "Ek weet nie wat aangaan nie. Ná die storie met my ma het jy nog glad nie met my gepraat nie."

"Ek't gesê wat ek moes in die e-mail," sê Zoë en vermy steeds oogkontak. Sy knyp haar oë styf toe en hoop van harte dat hy weg sal wees wanneer sy hulle weer oopmaak. Maar Anton staan steeds vraend na haar en kyk.

"En één brief is goed genoeg vir jou ná alles waardeur ons is?" vra Anton. Dit klink of hy weer kwaad raak en Zoë vererg haar sommer. Vir wat kom die man in elk geval na haar huis toe?

"Ek het gesê wat ek wou sê."

Jan-Hendrik se selfoon lui.

"Maar, Zoë, kan ons nie – "

"Zoë," val Jan-Hendrik vir Anton in die rede, "Hettie is op soek na jou! Sy's hoogs bemoerd."

Zoë skrik en gryp die foon uit sy hand uit.

"Hettie?" antwoord sy vinnig.

Hettie is byna histeries aan die ander kant.

"Vir wat is jou bleddie foon af?!"

"Ek het nie bedoel om my foon af te skakel nie," verduidelik Zoë. "Ek's jammer. Ek sal verduide- – "

"Ek is twee sentimeter van kraam af en my vroedvrou het die hasepad gekies!"

"Nóú?" vra Zoë verward, kyk eers op haar kaal arm vir die tyd en dan na die horlosie teen die sitkamermuur.

"Well, I'm sorry that my child decided to make an appearance at this ungodly hour!"

Zoë moet die foon 'n paar sentimeter van haar oor af weghou.

"Dis reg," onthou Zoë terwyl sy haar voorkop met haar handpalm slaan. "Dis mos nou enige dag!"

"Maak dat jy hier kom of ek strangle jou met die umbilical cord!!!" gil Hettie Basson so hard aan die ander kant dat almal in die vertrek kan hoor.

"Wat gaan aan?" vra Jan-Hendrik.

"Kan jy my gou na Hettie se huis toe vat? Asseblief. My Vespa is by die scooter-omie tot môre." Zoë het nou heeltemal van Anton vergeet. "Sy gaan enige oomblik kraam, Jan-Hendrik."

"Jellietot," sê Jan-Hendrik benoud, "ek't jou gesê die Golf is in vir nuwe mags. Jy sal 'n taxi moet vat."

"Waarvoor het jy nou nuwe mags nodig?" raas Zoë vererg.

"Waarvoor tel jy nie jou foon op nie?" byt Jan-Hendrik terug.

"Ek kan jou neem," bied Anton aan.

Zoë ignoreer hom en druk die foon weer teen haar oor. "Hets, ek's op pad. Haal net asem. Jy weet hoe't ek jou gewys, nè?"

Hettie Basson klink na aan trane. Zoë kyk moedeloos na Jan-Hendrik. Vandag van alle dae!

"Ons moet 'n plan maak. Bel solank, Jan-Hendrik!" Zoë stap op en af in die gang.

"As ek my nie verbeel nie," hap Jan-Hendrik terug, "het Anton reeds aangebied. Dis belaglik om nou hot en haar vir 'n taxi te wil bel. En ek dink dis high time dat jy en Anton hierdie ding uitpraat!"

"Ek gee regtig nie om nie," bied Anton weer aan. "Dit is 'n noodgeval. Ons praat later oor ons."

Zoë kan haar ongeluk nie glo nie. Hoe sal sy dit hou in een

motor saam met Anton? Maar sy kan nie nou met tyd speel nie. Sy stem teen haar sin in, gryp haar handsak en gaan haal gou die CD wat sy wou saamneem.

Binne minute is sy en Anton op pad na Hettie se huis. Nie een van hulle sê 'n woord nie en om die kroon te span, speel Highveld Stereo tranetrekkers soos "Don't go breaking my heart". Zoë kyk stip voor haar en praat net wanneer sy vir Anton aanwysings moet gee. Sy het hom só gemis. Sy Anton-reuk. Die manier hoe hy een hand altyd op sy been laat rus wanneer hy bestuur – dieselfde hand wat gewoonlik hare vashou. Maak los, Zoë, bly raas sy met haarself. Dit is oor en verby en jy gaan nou moet sterk wees soos nog nooit tevore nie. Fokus op Hettie. Fokus op jou studio.

Sy mis amper die afdraai. "Hier af!"

Anton maak soos sy sê en hou oomblikke later voor Hettie Basson se paleis van 'n huis stil. Zoë kyk na die verligte huis en die welige tuin. Sy voel so jammer vir Hettie wat alleen in dié kasarm van 'n plek moet woon. En nou alleen moet kraam. Darem nie heeltemal alleen nie, dink sy. Hettie het in 'n baie kort tyd een van haar heel beste vriendinne geword.

"Ek wag vir jou," sê Anton sag.

"Nee wat," sê Zoë ferm. "Dankie dat jy my gebring het."

"Ek wag vir jou," sê Anton asof hy haar nie gehoor het nie.

"Ek het gesê dis nie nodig nie, dankie," sê Zoë harder as wat sy wou. En voordat sy haar kan keer, glip dit uit: "Wag jou eksverlóófde nie vir jou by die huis nie?"

Anton staar geskok na haar. "Zoë, wat gaan aan? Waarvan praat jy?"

"Dit maak nie saak nie," sug Zoë, klim uit en slaan die Audi se deur agter haar toe.

Anton volg haar. Sy kyk vererg om en slaan oor in 'n drafstappie. Sy lui die klokkie. Sy weier om om te draai. Sy weier om weer vir hom te kyk. Sy's op die punt om in te gee en te práát. Om te vergewe. En om vir vergifnis te vra. En wat sal dít help? Dan speel die hele ding hom net wéér af.

Oomblikke later gaan die deur oop. Hettie staan aan die ander kant en hyg. Haar rooi hare hang verlep oor haar oë en smelt saam met die lang rooi T-hemp wat sy vanaand dra.

"Verdomp, Zoë!" gil Hettie. "Waar wás jy?"

"Ek is só jammer, vergewe my, asseblief!" soebat Zoë, vat haar om die lyf en begin tree vir tree na die sitkamer stap. "Kom ek help jou!"

"Mag ek maar inkom?" vra Anton om die kosyn van die voordeur.

Hettie draai om en kyk na Anton.

"Nee," sê Zoë kwaai.

"Is dít Anton?" vra Hettie uitasem en probeer so vriendelik moontlik glimlag terwyl sy vervaard 'n paar klam slierte hare uit haar oë probeer vee. "Ek's Hettie Basson." Sy kreun en bly eers 'n oomblik stil. "Jy's nog hotter as wat Zoë vertel het."

Anton bloos dadelik. "Aangename kennis, Hettie."

"Eina, demmit!" Hettie hou haar maag vas. Sy sak op die plek inmekaar en trek vir Zoë saam met haar grond toe. Zoë probeer vergeefs om haar op te tel. Hettie het haar in elk geval so styf om die nek beet dat sy sweer sy kan die bloed uit haar kop voel dreineer. Anton stap nader en kom help albei vroue op hul voete.

Hettie begin huil. "Ek het nie gedink dit gaan so seer wees nie," kerm sy.

"Waar kan sy sit?" vra Anton. Zoë kom uit sy stemtoon agter dat hy nie wil speletjies speel nie. Sy wys na die ingang van die sitkamer. Saam help hulle vir Hettie, met een arm om elkeen se nek, sukkel-sukkel tot by die naaste rusbank.

Hettie se sitkamer is sag verlig met kersies. Een van Zoë se *Buddha Lounge*-CD's speel in die agtergrond. In die middel van

253

die vertrek staan 'n reusebad, soortgelyk aan die plastiekswem-
badjies waarin kinders leer swem.

"Waar is die dokter?" vra Anton bekommerd. "Behoort hy nie
al hier te wees nie?"

"Ons het nie 'n dokter nodig nie," antwoord Hettie. "Ek het
wel 'n vroedvrou, maar dié het mos nou van die aardkors af
verdwyn!"

"Waar is sy?" vra Zoë bekommerd. Die vroedvrou is veron-
derstel om heeltyd teenwoordig te wees.

"Nee, vra, jong!" sanik Hettie vererg en blaas haar asem stadig
uit. "Sy was hier en toe is sy hier uit om net gou iets te gaan
haal."

"Het jy haar probeer bel?" vra Zoë. Sy is skoon vies vir die
vrou se onverskilligheid.

"Nog die hele tyd! Maar vandag is mos Nasionale Fokken-
Foon-Afskakeldag!" brom Hettie diep ongelukkig. "Jammer, An-
ton. Het nie bedoel om so lelik te praat nie."

"Jammer, Hettie, ek het – "

"Spare me the detail!"

"Ek gaan 'n dokter bel," sê Anton skielik uit die hoek.

"Jy hoef nie," antwoord Zoë bot. "Jy kan dalk net onder my
voete uitkom en eerder huis toe gaan."

Zoë is skoon spyt dat die woorde uit haar mond gekom het,
maar haar stresvlakke is reeds hemelhoog en Anton dra niks by
om dit te verlig nie. Inteendeel.

"Waarom is julle so kwaai met mekaar?" vra Hettie onver-
wags.

"Ek weet nie waarvan jy praat nie," sê Zoë terwyl sy 'n tamaai
soutpot optel. "Het sy al sout ingegooi?"

"Ja, sy het," antwoord Hettie, "net voor haar wegraping! Moe-
nie dink ek's stupid nie. Wat gaan aan?"

"Ek het geen benul waarom Zoë vir my kwaad is nie," praat
Anton uit sy beurt.

Zoë draai vererg om en kyk na hom. "Anton, ek het vir jou gesê wat ek moes sê. Nou kom my kliënt eerste. Jy sal ons asseblief moet verskoon."

"Goed dan, as dit is wat jy wil hê," sê hy sag en draai om.

Maar Hettie roep hom terug. "Oi! Wag 'n bietjie," keer sy en Anton steek vas. "Soos jy kan sien, is my vroedvrou to hell and gone weg. Jy gaan nêrens totdat ons haar in die hande kry nie. Kom ons almal hoop van harte sy besluit om bleddie gou haar foon aan te skakel."

"Ek's jammer oor my foon," sê Zoë weer en besef sy het steeds nie haar selfoon aangeskakel nie. Dit is ook nie nou die tyd om vir Hettie te vertel dit is omdat Anton haar so aanhoudend gebel het dat sy dit in die eerste plek gedoen het nie. Sy haal haar selfoon uit haar handsakkie en skakel dit gou aan.

"Ja, whatever," sê Hettie ongeduldig.

"Ek het baie gehad om oor te dink," verduidelik Zoë. "Maar dis natuurlik nie 'n verskoning nie."

"Ek's seker jy het! En laat ek raai! Dit het alles te doen met hierdie lang hunk in my sitkamerdeur!"

Zoë kyk af grond toe en skaam haar dat sy nie meer verantwoordelik was nie.

"So," gaan Hettie voort, "hy gaan nêrens heen totdat sy opgedaag het nie. Wie gaan my in die bad intel, jý?"

Zoë besef dat Hettie 'n punt beet het en gaan sit soos 'n soet skoolmeisietjie op die sofa langs haar. Anton lyk ongemaklik.

"Luister, Hettie, ek het regtig geen benul hoe om babatjies te vang nie. Ek sal met liefde 'n dokter bel en . . ." Dit klink asof hy nou self uit die ding wil kom.

"Sit!" beveel Hettie soos 'n kwaai juffrou. "For heaven's sake, ek is in kraam, het julle geen begrip nie?"

Zoë hou vir Anton dop wat oorkant haar 'n plek op die sofa inneem.

"Dis beter. Nou waar was ek? Dis duidelik dat jy nie weet

nie, maar Zoë het al tien babas in haar lewe gevang," deel Hettie hom mee.

"Werklikwaar?" vra Anton uit die veld geslaan en kyk na Zoë. "Kan 'n joga-instruktrise so iets doen?"

"Wel, Hettie," probeer Zoë verduidelik terwyl sy vir Anton ignoreer, "ek was by met tien babas. Het hulle nie self gevang nie."

"Ek's bly, my skat," glimlag Hettie effens en kyk weer na Anton. "Zoë het ook 'n kursus vir vroedvroue geslaag. Dis juis hoekom ek gekies het om by haar joga te doen. Sy help 'n mens deur die hele proses – van die begin tot ná die geboorte. So, as die dinges die fan slaan, weet ek sy weet wat sy doen."

Zoë se oë is nou pieringgroot. Ja, sy hét 'n teoretiese vroedvrou-kursus gedoen. Natuurlik weet sy wat moet gebeur en hoe dit moet gebeur, maar die baba self vang? Sy sluk ongeduldig en stuur 'n skietgebed op dat die vroedvrou gou moet opdaag.

"Moenie worry nie, Anton," stel Hettie hom gerus. "Watergeboortes is fabulous. Ek lees al maande lank hieroor."

"Maar kan die baba nie verdrink nie?" vra Anton en Zoë sien hoe hy aandagtig na die badjie kyk.

"Nee, poepies," lag Zoë. Dan besef sy skielik sy was vriendelik en sy word weer onmiddellik kil.

"Nee," sê sy professioneel. " 'n Baba is nege maande lank in vloeistof. Terwyl die naelstring nog vas is, haal die baba daardeur asem. Dit is 'n baie makliker en minder traumatiese manier vir babas om so die wêreld in te kom."

"Dit is werklik interessant," gaan Anton voort, "maar wat van verdowing? As jy 'n epiduraal moet . . ."

"Dit is die beste van als," glimlag Hettie. "Geen epiduraal is nodig nie, ook nie ander drugs nie."

"Die water is by liggaamstemperatuur en verlig die pyn," voeg Zoë by. "Dis alles so natuurlik as kan kom."

"Mag ek vra waarom jy nie nou al in die water sit nie?" vis hy

256

verder uit. Zoë het nie geweet dat dit alles hom sou interesseer nie. Dan sou sy hom al lankal daaroor vertel het. Ag, sy wens hy wil nou huis toe gaan.

"Ons het nou net gesê die water maak mens rustig. As ek te rustig is, sal ek nie my spiere kan gebruik om met die proses te help nie," antwoord Hettie. Zoë is skoon trots op Hettie. Sy het al die materiaal gaan lees en klink heel ingelig oor die proses. Zoë sien hoe Anton na haar kyk. Sy kyk onmiddellik weg.

"Anton," sê Hettie en swaai haar selfoon na hom, "doen my 'n guns en kyk of jy my vroedvrou in die hande kry. Sodra sy kom, is jy verlos van ons. Promise."

Anton staan op en neem die foon by Hettie. Hy probeer sommer dadelik bel.

"Hoe ver is die sametrekkings uit mekaar?" vra Zoë en lig Hettie se rooi T-hemp tot teen haar borste op. Sy sien hoe Anton gou anderkant toe draai.

"Zoë!" gil Hettie meteens benoud. "Ek dink ek het so pas in my broek gepiepie!"

Zoë kyk af en kom met 'n groot skok agter wat aan die gang is. Liewe hemel! Hettie se water het so pas gebreek!

30

Kraamkrag

Regoor Johannesburg slaap mense rustig terwyl die almanak oor-
slaan na Saterdag. 'n Paar naguile vermaak hul vriende met hul
warm-gemaakte motors, en enjins brul deur die naglug. Iewers
in 'n groot tuin spring 'n eekhoring angstig van die een boom
na die ander. Die arme dier is verwilder deur die vreesaanjaen-
de gille wat uit die huis in dieselfde tuin weergalm. Terwyl die
eekhoring na die tuin langsaan vlug, tel Anton en Zoë vir Hettie
met groot moeite in 'n blou swembadjie in. Hettie se rooi krul-
hare hang swetend oor haar bleek sproetgesig en sy blaas asof
sy een van daardie hardnekkige kersies op 'n verjaardagkoek
probeer doodblaas. Toe haar sitvlak die water tref, gryp Hettie
vervaard na enigiets waaraan sy kan vashou. Anton maak hom
blitsvinnig uit die voete, maar Zoë is nie so gelukkig nie. Hettie
gryp Zoë se hand en druk dit so hard dat dit vir Zoë voel asof
elke been in haar hand breek.

"Eina, Hettie!" gil Zoë. "Eina! Jy maak my seer!"

"Jy donnerswil verdien dit!" gil Hettie, asof daar 'n demoon-
geveg in haar binneste woed. "Jy wil mos nie jou bleddie foon
antwoord nie! Einaaa!"

"Anton, help my!" skree Zoë rooi in die gesig terwyl sy met
alle mag uit Hettie se greep probeer loskom.

Anton staan vinnig nader en probeer Hettie se greep op Zoë
loswikkel, maar dit is tevergeefs.

"Eina!" gil Zoë harder. Sy is bleekwit en dit voel asof Hettie haar hand morsaf gaan breek.

"Ek probeer," kreun Anton.

"Jy wóú my mos platdruk met jou Upavistha Konasana!" skreeu Hettie. "Kry nou vir jou! Ek het geweet jou dag sou kom!"

"Ek . . . kan . . . jou . . . nie help . . . as . . . ." grens Zoë uitasem terwyl Anton tevergeefs Hettie se greep op 'n nuwe manier probeer losbreek.

Ná 'n geswoeg wat soos 'n ewigheid voel, gee Hettie skiet. Zoë duik verskrik na die verste sofa in die vertrek, maar Anton is dié keer te laat om weg te kom. Oombliklik gryp Hettie hóm aan die onderarm en klou asof die aarde se oorlewing van haar alleen afhang.

Zoë se selfoon lui. Sy gryp die handsakkie en vroetel rond vir die foon.

"Jy kan nóú jou selfoon beantwoord!" gil Hettie so hard dat dit deur die reusehuis eggo.

"Ek was net vanaand in die moeilikheid omdat ek die ding uitgelos het," sê Zoë gekrenk en lig die selfoon na haar oor.

"Hallo, Nomsa," groet Zoë uitasem. "Nomsa, ek kan nie nou praat nie, ek's besig met 'n kliënt."

"Hey, Zoë," groet Nomsa vriendelik. "Sorry for phoning you at this hour. I tried all night to get hold of you, but your phone was off."

"I'm sorry, Nomsa, but I really can't talk now. I – "

"I just want to remind you of the special tree planting tomorrow, I mean today."

Zoë kyk op haar horlosie en sien dit is al ná middernag. Wat besiel die vrou? "Nomsa, ja, ja. Maar ek kan nie nou praat nie. Sê asseblief vir die kinders ek is jammer, maar iets het voorgeval. Sterkte met die boomplantery. Ek help 'n vriendin wat kraam. Ek bel jou op 'n ander keer. Baai!"

259

Zoë druk die foon dood, stap weer nader en loer na Anton wat steeds soos 'n lam vlieg in 'n spinnerak vir haar sit en kyk. Sy gesig is bloedrooi en sy kan sien hoe Hettie se naels al hoe dieper in sy vel inkloof. Sy kry hom amper jammer.

"Ek's seker dit was belangriker as die situasie waarin ek my tans bevind!" kap Hettie ongeskik. "Ek kan nie glo . . ."

Maar wat sy daarna wou sê, word vervang deur skreeuge-luide soos wat die sametrekkings dadelik op mekaar volg.

Anton trek vir al wat hy werd is om uit die spinnekopwyfie se greep te probeer ontsnap, alles tevergeefs. Boonop probeer hy nog met die ander hand die kraamsuster-cum-vroedvrou in die hande kry sodat hy uit hierdie hel verlos kan word.

"Haal asem!" beveel Zoë en probeer net ver genoeg van Het-tie se hande af wegstaan. "Komaan, saam met my. Anton, check of die temperatuur reg is, dit moet agt en dertig grade Celsius wees." Sy gee vir hom 'n termometer aan.

"Verdomp, Zoë!" roep Anton. "Hoeveel hande dink jy het ek?"

"Wel, meer as genoeg om aan Madeleine te kan vat!" sê sy onverwags en druk self die termometer in die water.

"Wat weet jy van Madeleine?" kreun hy in Hettie se kloue.

"Ek was in jou huis toe sy 'n boodskap op jou antwoordma-sjien gelos het!" sê Zoë terwyl sy Hettie se voorkop met 'n nat waslap afvee. Sy wens sy kan haar mond in toom hou, maar nou kom die emosie net vanself.

Anton lyk eers verward en dan sien sy hy snap.

"Jou boodskap op jou antwoordmasjien," voeg Zoë by.

"Zoë," verduidelik hy, "ek het haar nie eens teruggebel nie. Sy is uit my lewe uit. Sy het dit so verkies en sy kon my nie 'n groter guns bewys het nie. Eina, bliksem, Hettie! Jy maak my baie seer!"

Zoë kan haar ore nie glo nie. 'n Vloekwoord uit Anton se mond, reken net. Wys jou wat pyn aan 'n man kan doen.

"Wie's Madeleine?" kreun Hettie deur saamgeperste lippe. "Klink al klaar of ek haar nie sal like nie!"

"Sy eks-verlóófde!" sê Zoë dramaties. "Die een van wie hy vergéét het om my van te vertel. Die een wat weer wil probeer, want hy besit nog haar hart," voeg sy driftig by.

"Jou klein bliksem!" raas Hettie kwaai en druk Anton se arm nog harder.

Anton se patetiese gesigsuitdrukking is soete terapie vir albei vroue.

"Ek, eina . . . ek was nooit lief vir . . . eina, verdomp! Ek was nooit lief vir haar nie, Zoë Zietsman!" skreeu Anton.

"Jy moes lief genoeg gewees het vir haar om te wou trou," blaas Hettie uit die badjie.

"My ouers het my so half daarin gedwing," verduidelik Anton en probeer nou met sy voete teen die badjie trap om hom uit Hettie se greep te verlos. "Jy ken my ouers!"

"Ek doen, ja," merk Zoë op. "Die twee liewe mense wat jou gaan onterf as jy langer met my uitgaan!"

Dit lyk asof die wind nou heeltemal uit Anton se seile is. Hy staar haar in ongeloof aan. Daar het jy dit, dink sy. Nie gedink ek sal weet van die brief nie, nè? Hy gooi die selfoon eenkant op die mat en pluk Hettie se greep om sy arm uiteindelik los.

"Kom terug hier, jou klein kak!" skreeu Hettie en gryp verwoed na die badjie se rand.

Anton vryf sy arm. Daar is duidelik bloedmerke onder sy vel waar Hettie se naels in sy vleis ingesteek het.

Zoë staan op en kyk na hom met trane in haar oë. Haar profiel is donker en somber.

"Jy het die brief gelees?" vra hy sag.

Zoë knik haar kop en haar onderlip bewe. Sy kan nie nou huil nie. Sy wil nie.

"Zoë," smeek Anton, "jy hou mos van stophorlosie-speletjies! Gee my nou een minuut om te verduidelik. As dit nie goed genoeg is nie, dan los ons dit hier! Ek sal aangaan met my lewe, en jy met joune. Maar laat ek asseblief my kant van die saak stel. Jy's dit aan my verskuldig!"

Zoë kyk vir Anton en dan af na Hettie wat steeds voortblaas.

"Die baby het obviously nog 'n minuut," kreun Hettie en haar poging om te glimlag misluk hopeloos. "Luister gou na die man en dan fokus jy 'n slag op mý vir 'n change!"

Zoë kyk weer na Anton wat oorkant haar staan en knik asof sy 'n denkbeeldige stophorlosie se knoppie druk.

Anton knik en begin praat: "Ek het nie geweet presies wat by die polisiestasie gebeur het nie. Ek was deurmekaar en omgekrap. Dis mos net menslik, Zoë! Ek wou alleen wees, net om kop skoon te maak. Ek het besef dat ek nie eens myself kon wees toe jy gekom het vir ete nie. Ek het gereageer soos ek gedink het my ma wou hê ek moet reageer. Dis hoe ek grootgemaak is! Toe kry ek die brief wat my ma in my sak gesteek het. Ek was buite myself van woede. Vir eens en vir altyd het my ma te ver gegaan. Ek het haar gebel en sy't geweier om met my te praat. Ek het jou dadelik probeer SMS, maar toe ignoreer jy my. Toe probeer ek bel en jy skakel jou foon af! Ek het uiteindelik my pa in die hande gekry. Glo dit of nie, maar hy hou baie meer van jóú as van Madeleine en hy't gesê hy kan sien hoe gelukkig jy my maak. Ons het oor niemand anders as oor jou gesels op daardie gholfbaan nie!"

Anton skep eers asem en vervolg dan: "Ek en Madeleine sou trou omdat ek en sy een en dieselfde soort persoon is . . . of . . . wás, altans. Ons was ewe gedrewe om opwaarts te beweeg in 'n regsfirma. Ons het albei dieselfde smaak vir dieselfde style gehad. Maar dinge het nie gewerk tussen ons nie. Ek het haar een aand probeer verras met dieselfde paar boeie wat jy in my laai gekry het."

Hettie Basson klink asof sy stik en sy giggel kliphard. Anton moes seker vergeet het dat sy deel van die gesprek is en Zoë sien hoe bloos hy bloedrooi.

"Oh, don't mind me," giggel Hettie en begin weer blaas. "Jy was laas by die boeie?"

Hierdie minuut is darem baie lank, dink Zoë.

Hy gaan voort: "Toe Madeleine die boeie sien, het sy uit my lewe geloop en nog nooit weer van haar laat hoor tot daardie dag wat sy besluit het om my te bel nie. Ek het haar nooit terug-gebel nie. Ou Vosloo, of 'die Krokodil', soos jy haar noem, het my by die werk ingelig dat sy my nuwe nommer vir Madeleine gegee het en dat ek van jou moet vergeet. Dit was gister. Van-middag het ek by Vosloo & Vennote bedank. Ek en my ma praat ook nie meer nie. Ek het haar uiteindelik in die hande gekry en gesê as sy nie my keuse kan respekteer nie, kan sy maar my erfporsie saam met haar graf toe neem. Geld maak nie vir my saak nie, Zoë. Ek is moeg om te wees wat my ma van my wou maak. Ek is grootgemaak in 'n boks vol reëls. Ek het nooit besef hoe waardevol die lewe is totdat ek jou ontmoet het nie. Magtig, Zoë. Ek wil nie aangaan sonder jou nie."

"Ek sien," sê Zoë en besef verslae dat sý dalk heeltemal oor-reageer het.

"Ek is lief vir jou, Zoë. Van die dag dat ek jou lemoen-storie gelees het," sê Anton sag. "Ek wil nie baklei nie, maar . . ."

Anton se woorde word verdoof deur 'n oorverdowende gil uit die badjie. Hettie bring 'n nuwe lewetjie in die wêreld.

Zoë verbreek oogkontak met Anton en storm na die badjie toe. Die bleddie vroedvrou is steeds skoonveld en nou is hierdie beurende babatjie in haar hande. Sy haal diep asem. Komaan, Zoë, jy kan dit doen!

"Ek sien die koppie!" gil sy opgewonde ná 'n paar minute.

Hettie klink soos 'n besetene en dit lyk of sy nóú haar bewus-syn gaan verloor. Anton staan nader en sien die ovaal koppie met donker haartjies.

"Voel jou baba se haartjies," beveel Zoë en help om Hettie se linkerhand van die badrand los te maak.

263

Hettie laat sak haar hand in die water en streel liefdevol oor die koppie van die klein lewetjie wat net sý op hierdie aarde wil hê. Sy begin meteens huil van maande lange opgehoopte emosies en haar reaksie ontroer Zoë.

"Kom ons doen dit, Zoë," sê Hettie, heelwat rustiger as 'n oomblik gelede. Daar is 'n nuwe vasberadenheid in haar stem.

"Oukei!" glimlag Zoë. "Let's do it! Jy móét my nou help, ou- kei? Dis nou of nooit. Druk!"

Zoë staan in verwondering en toekyk hoe die klein lewetjie die wêreld binnekom. Haar eerste bevalling. Sy doen dit self! Die baba is nou heeltemal uit en Zoë leun vooroor terwyl sy die ou dingetjie onder die water vashou.

"Hettie," sê sy sag, "dis 'n pragtige ou dogtertjie!" Zoë het van dag een af gedink dit is 'n dogtertjie!

Hettie is gedaan en al wat sy kan uitkry, is 'n sagte dankie.

Zoë neem die skêr op die metaaltafel en sny die naelstring versigtig af. Dan lig sy die baba aan haar voetjies uit die water, knipoog vir Anton en sê: "Dis my favourite deel." Noudat die ergste verby is, voel sy baie meer selfversekerd.

Sy gee die baba 'n lekker klappie op haar sitvlak en daar en dan gee sy haar eerste asemteug.

"Laat weet my as julle enigiets nodig het," sê Anton toe hulle 'n uur later by Hettie se voordeur uitstap.

"Ek maak so," sê Zoë en druk vir Anton effens op sy skouer terwyl hulle in die paadjie na sy motor stap.

Anton gaan steek vas en kyk om na Zoë.

"Jy lyk moeg."

"Ek is nogal."

"Weer eens, dit was 'n dag in my lewe wat ek nooit sal ver- geet nie," sê Anton sag. Sy gesig is 'n paar sentimeter van Zoë s'n af. Sy wil hom so graag teen haar vasdruk en soen, maar sy weerstaan die versoeking.

"Vir my ook," beaam sy. "Dankie dat jy my bygestaan het."

"Ek het nie veel van 'n keuse gehad nie, maar ek is bly ek was daar."

"Ek ook," fluister sy.

"Zoë – " begin Anton, maar sy lig haar hand op.

"Ek het gehoor wat jy vanaand gesê het, Anton," beantwoord sy sy ongevraagde vraag. "Ek gaan daaroor nadink. Ek het tyd nodig."

"Tot wanneer?" vra Anton. Sy stem is skor.

"Ek weet nie." Dit was darem 'n stresvolle paar uur. Sy moet rustig raak. Dink.

"Goed," sê Anton en Zoë hoor 'n kraak in sy stem. Hy draai om en stap motor toe. Zoë wil hom volg, maar hy keer haar: "Nee, Hettie het jou nodig. Ons praat weer. Hopelik."

Zoë bly staan net daar soos 'n standbeeld en kyk hoe Anton in die donker verdwyn. Selfs nadat die Audi weggetrek het, staan sy net en staar voor haar uit.

Zoë, hoor sy haarself dink, jy het hom onnodig veroordeel voordat jy sy kant van die saak gehoor het. Nee, veg sy terug, hulle is voëls van verskillende vere. Dit sal nooit werk nie. Sal sy ooit eendag haar eie baba se eerste asemteug hoor? Wat as sy vanaand onherroeplike skade aan haar en Anton se verhouding berokken het?

Afgesien van die eekhoring wat uiteindelik terugkeer na sy boom toe, sal niemand weet hoe Zoë treur oor die beste ding wat nog ooit met haar gebeur het nie. Selfs nie Anton nie.

Hout en porselein

As Zoë 'n paar dae terug gedink het sy voel jammer vir haarself, kom dit nie naby teen hoe sy vandag voel nie. Sy het die hele vroegoggend by Hettie oorgebly. Die nuweling, Miré Basson, is gesond en pragtig. Twee uur ná die bevalling het die vroedvrou uiteindelik opgedaag. Sy was blykbaar vas oortuig daarvan dat Hettie nog ver van kraam af was. Miré het dan ook haar eerste string vloekwoorde gehoor, want Hettie het die vrou so sleggesê dat die see haar nie sou kon skoon was nie. En nadat Hettie met haar klaar was, het Zoë ook 'n paar houe ingekry. Die vrou kan haar sterre dank dat daar geen komplikasies was nie.

'n Ruk ná agt die oggend het Hettie se voordeurklokkie gelui. Zoë was heel verbaas om Hettie se ma te sien, maar die tannie het kom kyk of haar dogter wel is ná alles. Dieselfde vrou wat Hettie wou dwing om van die baba ontslae te raak, het klein Miré in haar arms vasgehou en wou haar nie laat los nie. Sy was trots op haar nuwe status as ouma en het haar dogter om verskoning gevra vir al die lelike dinge wat sy kwytgeraak het.

Zoë het eenkant vir Hettie gefluister of dit in orde is dat haar ma daar is.

Hettie het met 'n sagte glimlag gesê: "Zoë, my ding, mense sê bitter lelike dinge in hulle lewens. Soms omdat hulle net die beste vir jou wil hê. Dit verg baie selfondersoek, maar ja, ek het my ma vergewe. Sy is jammer oor als en het behoorlik gesmeek vir vergifnis. En ek kan nie vir jou sê hoe goed dit my laat voel nie." Hettie was skoon 'n nuwe mens noudat sy nie meer soos 'n lugballon gelyk het nie.

"Wat moet ek doen oor Anton?" was Zoë se sleutelvraag.

"Gaan chat met hom," was Hettie se wyse raad. "Daardie ou is genuine lief vir jou. Ek kon dit sien. Vergewe hom, Zoë, maak nie saak wát hy gedoen het nie. Gaan rus nou en kry jou kop reg. My ma is mos hier. Toe."

Die gesprek tussen haar en Hettie het in die taxi op pad huis toe in Zoë se gedagtes bly maal. Anton het verduidelik en sy verstaan nou. Of altans, sy dink sy verstaan nou. Maar sy kan nie daarby verbykom dat hulle Venus en Mars is nie. Is liefde werklik genoeg om twee mense van sulke verskillende pole na mekaar toe aan te trek? Of gaan hulle mekaar uiteindelik net verwoes?

Zoë sien haar blou Vespa voor die huis geparkeer staan toe sy uit die taxi klim. Die werktuigkundige het hom selfs vir haar mooi blink gepoleer. Sy moet onthou om hom te bel en dankie te sê, dink sy ingedagte terwyl sy die voordeur oopsluit en die huis instap.

Jan-Hendrik staan penregop met 'n beker koffie in die hand, die ene afwagting. "Vertel, vertel!"

Zoë trek opgewonde los, bly om die nuus met nog iemand te kan deel.

"So, Anton moes toesien hoe Hettie kraam?" vra Jan-Hendrik ongelowig en trekplooi sy neus asof hy skielik iets slegs ruik.

"Ja, Jan-Hendrik," herhaal sy, "ek het mos so gesê. Die vroedvrou het gewaai en haar nie aan haar foon gesteur nie. Was vas oortuig daarvan dat Hettie nog ver van kraam is."

"Amper soos jy, Jellietot?" lag Jan-Hendrik.

"Wat bedoel jy?"

267

"Gewonder waar Hettie my nommer gekry het?" vra hy asof hy weet dat hy die lewensredder in die hele proses was.

"Ja," sê Zoë skielik, "ek het nogal gewonder."

"Pietie Pil! Van die Rosebank-apteek," lag Jan-Hendrik vermakerig. "Blykbaar ken almal in Johannesburg net twee moffies, ek en hy. Hy is ook háár apteker."

"Ek sou myself nooit vergewe het as sy alleen moes kraam nie," sug Zoë.

"Maar nou het alles mos uitgewerk!" troos Jan-Hendrik en gee haar 'n druk.

"Seker, ja," sê Zoë effens verlig terwyl sy haar handsak op die rusbank neersit.

Jan-Hendrik kyk skielik baie ernstig na Zoë. "Wat van Anton?"

"Hy het sy kant van die storie verduidelik," sug Zoë terwyl hulle albei op die bank gaan sit.

"En?"

"En ek het dalk ietwat oorreageer," sê Zoë en probeer so ongeërg moontlik klink.

Jan-Hendrik spring orent asof hy op 'n speld gesit het en kom staan met sy hande op sy sye naby haar gesig: "Praat, ek luister."

"Ek het gedog – " begin Zoë.

"Jy weet wat het dog gedoen," hap Jan-Hendrik kwaai na haar. "Hy't 'n boa geplant en gedog daar kom 'n drag queen op!"

Zoë glimlag effens. Sy't nog nie dié weergawe gehoor nie. Maar ná 'n ruk sug sy weer of die wêreld op haar skouers rus. "Hy het hom nie aan sy ma se brief gesteur nie. Ek was so seker hy sóú."

"No man in his right mind would!" skerm Jan-Hendrik vir Anton. "So, waar pas hy nou in jou lewe in?"

"Ek het tyd nodig!" sê Zoë en gryp 'n kussing van die bank af om vas te hou. Sy trek haar bene op en trek haar onderlip soos oudergewoonte.

"Tyd?" raas Jan-Hendrik. "Jy't tyd nodig? Goeie donner, Jellietot! Jou eierstokke lyk al reeds soos 'n wingerd in 'n slegte oesjaar in die Noord-Kaap! Jy hét nie meer baie tyd nie!"

"Dis darem baie grof gestel," sê Zoë verontwaardig en kyk weg.

"Kom ek vertel jou wat ek sien!" gaan Jan-Hendrik voort sonder om hom aan haar te steur. "Ek sien iemand wat vrek lief is vir jou en vice versa! En jy is te bleddie simpel om dit self te besef. Hy's die beste ding wat nog ooit met jou gebeur het, dis nou afgesien van my, natuurlik!"

Zoë se mondhoeke wil-wil glimlag, maar dan kyk sy ernstig na hom. "Jan-Hendrik, wat as jy jou hart vandag op, kom ons sê Charlize Theron, moes verloor? 'n Vrou?"

"Will never happen," sê hy en maak asof hy vreeslik gaap. "Next example?"

"Fine!" sê sy ongeduldig. "Wat as jy jou deksel kry en dit pas nie?"

"Ek máák dit pas!"

"Maar wat as dit nie pas nie?!"

"My skat, jy sal verbaas wees wat mens als met 'n goeie lubricant kan regkry!" lag Jan-Hendrik luidrugtig.

"Weet jy . . ." sê Zoë uit pure frustrasie en gooi vir Jan-Hendrik met die kussing. Hy vang dit net voordat dit hom voluit in die gesig tref. Sy wip haar net daar, spring op en stap na haar slaapkamer. Jan-Hendrik is kort op haar hakke.

"Ag, ek probeer net vir 'n bietjie humor sorg, dis nie nodig om altyd jou panties in 'n knot te kry daaroor nie!"

"Ek wil alleen wees," sê sy en probeer die deur toeslaan, maar Jan-Hendrik is te sterk en hou die deur oop.

"Ek het dit op jou bed vir jou neergesit," sê hy en wys na die geel present wat Anton die vorige aand gebring het. Die klein boksie staan alleen op die punt van haar duvet.

Zoë se bui het effens bedaar toe sy die geskenkie sien. Netjies met rooi strik en al.

269

"Ek . . . ek weet nie of ek dit moet oopmaak nie," fluister sy skaars hoorbaar.

Jan-Hendrik kom staan agter haar en sit sy hande broederlik op haar skouers. Hy masseer haar skouers liefdevol en fluister dan in haar regteroor: "Ek dink jy moet dit oopmaak."

Zoë stap nader en tel die boksie op. Sy begin die strikkie teësinnig losknoop. Wat as die inhoud van dié boksie net weer al die seer van die vorige twee weke gaan oopskeur? Iets soos Pandora se boks?

"Miskien is jou antwoord in daardie boksie," moedig Jan-Hendrik haar aan.

Zoë sug en lig die dekseltjie op.

Die boksie is gevul met lang stringe wit papier. Dieselfde soort wat mens kry as jy breekgoed verpak. Sy lig 'n paar van die stringe op en merk dan 'n keramiekvoorwerp daaronder op. Sy lig die hele potjie uit die boksie en staar daarna. Die onderkant van die potjie is melkwit en het pragtige blou versierings van twee geliefdes op. Dit is Chinese porselein. Die potjie het 'n deksel van hout en daar is helderkleurige Indiese motiewe op geverf. Zoë draai die dekseltjie 'n keer of twee voordat sy dit oplig. Binne-in is iets in Afrikaans. Zoë sluk.

"Daar is 'n boodskap binne," sê sy en kyk 'n oomblik na Jan-Hendrik.

"Nou vir wat wag jy, Jellietot? Lees!" dring hy aan.

Zoë maak haar oë 'n paar oomblikke toe en dan weer oop. Sy lees hardop:

Ons mag miskien
uit twee wêrelde wees,
maar hierdie deksel
pas.

Zoë sou graag die eerste een wou wees wat in trane uitbars,

270

maar Jan-Hendrik het haar voorgespring. Hy storm blind na haar tissueboks en gee vir Zoë ook een aan. Hy snuit sy neus hard en mompel: "Dis so romanties."

Zoë knik haar kop en snuit haar neus saam. Sy plaas die houtdeksel terug op die porseleinpot en draai dit 'n keer of twee in die rondte. Dit pas perfek!

"Waarvoor sit jy nog hier!?" raas Jan-Hendrik en blaas sy neus weer hard. Dan druk hy sy hand in sy hempsak en kom met die Vespa se sleutel te voorskyn. "Gaan haal jou man!"

32

Die lewe is onskatbaar

Zoë Zietsman jaag met haar Vespa om die hoek dat 'n mens sou sweer sy jaag motorfietswedrenne vir 'n beroep. Min mense sou dink dit steek in dié blou motorfietsie. Selfs die sesjarige Buksie Pienaar wat in Anton se straat woon, roep "Cool!" agterna toe die blou streep verby hom zoem. 'n Rukkie later staan Zoë en hamer dié keer aan Anton se deur.

"Anton, dis ek! Maak oop!" soebat sy.

Oomblikke later gaan die deur oop, maar dit is nie Anton nie. Dorothy staan in die deur en glimlag asof sy die maand se stokvel ontvang het.

"Haau, Zoëtjie!" sê sy verbaas. "Ek het vor jou gavoorlang! Wanner laas –" Maar Dorothy gewaar meteens aan Zoë se desperate gesig dat 'n groot skroef los is. "Jy lyk of die dywel jou jaag! Wat es fout by jou? Kom! Kom dat Dorothy vor jou sykerwatertjies – "

"Dorothy," keer Zoë haar. "Mmê! Anton o kae?"

"Boetie, hy es nie hier," sê Dorothy en kyk bekommerd na Zoë. "Wat es fout? Vertel vor Dorothy!"

"Ek is lief vir hom, Dorothy! Ek wil dit vir hom sê!" verduidelik Zoë vasberade. "Ek gaan hom vra om met my te trou!"

"My ou Zoëtjie," sê Dorothy oorweldig en druk Zoë se kop teen haar groot, sagte bors. "Dorothy es so bly om dit ta hoor! Ek hou al van jou van doerie tyd lat ek jou se kiekie op die ysterdywel gasien het."

"Waar is hy?" mompel Zoë benoud tussen Dorothy se twee reuseborste.

"Weet jy dan nie? Hy's by daai skool van jou. Die Othan-dweni-een."

"In Soweto?" vra Zoë verbaas en ontsnap uitasem uit Dorothy se boesem.

"Daai selle plek, ja," sê Dorothy vriendelik. "Hy het die bome gat plant!"

Zoë besef meteens dat Anton die vorige aand moes gehoor het dat hulle iemand nodig het om bome te plant by Othan-dweni. Sy kyk eers benoud na die Vespa en dan selfversekerd na Dorothy.

"Ek gaan soontoe," sê sy meteens.

"Wag," sê Dorothy en hardloop gou die huis in. Wat kan nou so belangrik wees? wonder Zoë geïrriteerd. Dorothy kom 'n paar minute daarna te voorskyn met 'n Shoprite-sakkie en trek die deur hard agter haar toe.

"My dogter sy bly daar naby. Ek soek die lift!" sê sy vriendelik en glimlag breed.

Zoë kyk weer na die 50cc-Vespa en dan na Dorothy wat drie keer haar grootte is.

"Dorothy, wel." Zoë weet nie hoe sy die nuus moet meedeel nie, maar sy probeer nogtans: "Ek is hier met die Vespa. Hy is báie klein. Nnyane!"

"Ô-kei," sê Dorothy en loop hand om die lyf met Zoë na die blou bromponie toe. "Moenie worry, Zoëtjie. Ek balowe ek sal lig sit!"

Te oordeel na die spul mense wat vir hulle toet en uit die vensters skree, moet Zoë en Dorothy seker 'n vreeslike prentjie op die motorfietsie wees. Die arme Vespa klink behoorlik asof hy elke keer sy laaste asem gaan uitblaas wanneer die twee dames die opdraandes aanpak op pad Soweto toe. Dit is nie meer lank nie, troos Zoë haar blou staatmakertjie onder die gedreun deur.

Dorothy tik vir Zoë op haar skouer en skreeu vir haar onder die enigste valhelm deur dat sy moet afdraai: "Ek ken die shortcut!"

Zoë sal in hierdie stadium enigiets doen om die reis so kort moontlik te hou en voer gehoorsaam die instruksies uit.

Buite die Othandwendi-sentrum tel Anton sy sesde boompie in die gat. Hy dra die goudgeel *Sing, Bliksem! Sing!*-T-hemp wat Zoë vir hom gekoop het en – die heel eerste keer sedert sy Thailand-vakansie vyf jaar gelede – 'n kniebroek. Klein Lesego, wat Anton soos 'n skadu volg sedert hy vanoggend sesuur daar aangekom het, lig 'n hopie grond met sy plastiekgrafie op en gooi dit langs die boompie in. Hy neurie een van sy gunstelingliedjies en Anton verkyk hom aan die vriendelike haasbekkie.

'n Paar meisies wat moeg is ná al die harde werk speel met 'n springtou op die speelterrein.

Anton staan op sy hurke en slaan die grond vas met sy vuil hand. Klein Lesego volg sy voorbeeld en slaan vir al wat hy werd is met sy maer handjie. Anton glimlag vir hom en vee die sweet van sy voorkop af. Lesego hou hom fyn dop en doen presies dieselfde. Dan tel Anton sy waterbottel op en sluk gretig aan die koue water. Lesego kyk na Anton en hy hou sy bottel na die seuntjie toe uit, wat ewe gretige slukke uit die bottel neem. Anton vryf liefdevol oor sy maer skouertjie.

Hier sit hy vandag, dink Anton. Werkloos. In 'n T-hemp en kortbroek, doen tuinwerk en deel 'n waterbottel met 'n MIV-positiewe seuntjie. En afgesien daarvan dat hy dit nie kan deel met die enigste vrou vir wie hy ooit werklik lief was nie, voel hy so gelukkig. Hy voel vry.

Tussen die geluid van die gesing van die meisies en die gelag van nog 'n paar kleuters kan Anton sweer hy hoor iewers Dorothy se stem. Maar dit moet sy verbeelding wees, dit is waarskynlik die min slaap van die vorige nag. Hy sit op sy hurke, maar hoor dit dan weer.

Klein Lesego wys met sy armpie in die rigting van waar die geluid kom. "Anton, jonga!" Kyk!

Anton staan op en sien 'n stofwolkie in die rigting van die sentrum ry. Dit lyk behoorlik soos twee reuse wat op 'n blou sirkusbal aangerol kom. Hy trek sy oë op skrefies om beter te kan fokus en toe hy uiteindelik kan uitmaak wat dit is, oortuig hy homself dat hy drogbeelde sien.

"Boetie!" gil Dorothy en waai haar Shoprite-sakkie wild en wakker. Die Vespa swaai gevaarlik van die een kant na die ander. Teen dié tyd het die kinders begin nader staan as gevolg van die rumoer en hulle kyk saam na die stofwolk wat soos 'n warrelwind oor die pad na hulle toe beweeg. Dorothy het klaarblyklik vergeet om Zoë daarop te wys dat haar shortcut 'n grondpad is.

Anton stof sy hande af en staan nuuskierig nader.

Nog voordat Zoë haar Vespa tot stilstand kan bring, spring Dorothy af en hardloop na Anton toe.

"Boetie!" gil sy uit haar vel. "Ek en Zoë het vor jou kom haal!"

Zoë is te dankbaar om van die Vespa af te klim. Dit is 'n avontuur wat sy nie sommer gou wil oorhê nie. Sy staan steeds 'n ent weg en gewaar vir Anton in 'n kortbroek en T-hemp. Sy skud haar kop in verbasing. Nooit in haar lewe sou sy kon dink dat hy so iets sou aantrek nie. Sy stap nader en glimlag terwyl sy probeer om die sand uit haar blonde hare, wat teen dié tyd al so rooi soos prins Harry s'n is, te skud. Die kinders van die sentrum gee nie vir Anton 'n kans nie en storm op Zoë af.

"Zoë!" gil hulle asof hulle haar jare laas gesien het.

Zoë sak neer op haar hurke en gee almal 'n lekker drukkie voordat sy weer opstaan. Dorothy speel Mamma Hen en roep al die kinders bymekaar. Sy weet Zoë wil nou alleen met Anton praat.

Anton het sy beurt geduldig afgewag en hy stap uiteindelik

275

nader. Dit is só goed om hom weer te sien, dink Zoë. Sy oë blink onder Soweto se son.

'n Oomblik praat hulle niks nie, maar hul siele ontmoet weer op dieselfde manier as die aand toe hulle mekaar leer ken het.

"Ek . . ." begin Zoë en stof haar swart rokkie af wat nou al lyk asof sy dit in 'n mielieland gekoop het. "Ek het jou present oopgemaak."

"Ek het gedink jy moes," glimlag Anton.

"Hoe so?" vra Zoë en loer agterdogtig na hom.

"Al moet ek dit nou self sê," sê Anton, "die pot en deksel was glad nie 'n slegte idee nie."

Zoë bloos effens en kyk af grond toe.

"Dit was briljant!" sê sy en kyk hom dan weer stip in die oë.

"Jy en Dorothy op die Vespa?" vra hy dik van die lag.

"Moenie eens vra nie!" lag Zoë.

"Dit was baie aanskoulik!"

"Ek is seker dit was!" sê sy en gee hom een van haar bekende houe op die boarm.

"Ek dra jou T-hemp," spog Anton.

"Ek sien so," sê Zoë sag. Die hemp span netjies oor sy borskas en sy moet haar bedwing om nie te lank te staar nie. "Dankie daarvoor."

"My lewe ís op die oomblik 'n lied," erken Anton, "maar ek mis nog die koorgedeelte. Jy."

Zoë wil nog antwoord, maar Anton gryp haar om die lyf en trek haar nader. Hy druk haar styf teen hom vas. Hoe het sy nie verlang om hom teen haar te voel nie! Die sinapse verskiet al oor haar lyf en sy besef net weer van voor af hoe reg dit voel om in sy arms te wees. Haar lippe raak sag aan sy nek. Sy salpetersmaak van sy oggend se werk smelt op haar tong. Nou, meer as ooit, besef sy wat Taryn daardie Kersaand bedoel het.

"Ek is so jammer oor alles," fluister Zoë.

"Dit is alles reg, Zoë. Ek is so lief vir jou."

"En ek!" sug sy.

Zoë breek vir eers die omhelsing en staan effens terug. Dan hou sy Anton se hande in hare vas. Hulle kyk mekaar lank in die oë en dan stap Zoë na die Vespa.

Sy loer oor haar skouer en sien hoe Anton se blik haar aandagtig volg. Dit is duidelik aan sy gesigsuitdrukking dat hy geen benul het wat sy volgende gaan doen nie.

Zoë blaas die laag rooigrond van haar leerhandsakkie af en trek die ritssluiter oop. Dan haal sy 'n dowwe, goue ring uit.

"Wie se – " vra Anton skielik, maar Zoë val hom in die rede deur haar voorvinger op sy mond te plaas.

"Sjuut, dis Dorothy se ring," lig sy hom in en kyk gou terug na Dorothy wat 'n ent weg staan met haar hande biddend langs die boom wat Anton so pas geplant het. Dorothy glimlag tevrede terwyl sy met haar biddende hande staan. Dit lyk asof sy die een gebed ná die ander in Soweto se blou lug opstuur.

"Anton," begin Zoë, "weet jy wat my naam beteken?"

"Ek . . . wel, nee," erken Anton effens verleë.

"Great!" lag Zoë. "Moenie worry nie – dan sal dit hierdie oomblik net nog beter maak."

Anton glimlag en haal sy skouers op, 'n duidelike vraagteken in sy oë.

"My naam," gaan Zoë voort, "beteken 'lewe'."

"Dis pragtig," sê hy.

"Ek't ook altyd so gedink," sê sy. "Ek het myself altyd probeer oortuig dat ek voluit lewe. Deur deel te neem aan protesaksies en joga het ek gevoel ek lewe werklik."

"Maar dit ís so, jy lewe voluit," verweer Anton. "Jy is 'n voorbeeld vir so baie mense. En vir my. Kyk wat het jy my vandag laat doen!"

"Nee, Anton," sê sy sag en skud haar kop terwyl sy diep in sy oë kyk, "wat baat dit mens om op die groot muur van China te

277

stap, of om Tafelberg die eerste keer te sien, as jy langs jou kyk en daar's niemand aan jou sy nie, niemand wat daardie oomblik met jou kan deel nie? Ek is moeg om alleen voluit te leef. Ek het die mooiste liefdesverhaal in Indië gesien toe ek teen daai Taj Mahal vaskyk. Maar ek het stoksielalleen gestaan en hoop dat iemand my ook so lief sal hê."

Sy sluk diep aan die knop in haar keel.

"My lewe," gaan sy voort, "is nie voluit as ek dit nie met iemand kan deel nie. Jy is die eerste persoon in my lewe wat die regte Zoë gesien het. Agter al daai mure. Ek kon soms net myself wees."

"Ek is juis mal oor jou eksentrisiteit," sê Anton. "So met al jou snaaksighede. Dit is wat maak dat ek jou so liefhet."

"Jy't gedink Cleopatra was snaaks?" vra Zoë verbaas.

"Wat praat jy? Jy het die ander vrou ore aangesit!"

Zoë lag lekker. "Oukei, hier kom die beste deel. Weet jy wat jou naam beteken?"

"Prysenswaardig," antwoord Anton.

"Dit is reg. Maar in Grieks?"

"Ek is nie seker nie."

Zoë glimlag en streel oor sy wang. "Dit beteken 'priceless', 'onskatbaar' in Afrikaans. En nou kan ons die twee saamvoeg: die lewe is veronderstel om onskatbaar te wees. My lewe saam met jou was dit tot dusver. Geld kan nie koop wat ons twee al deurgemaak het nie!" Zoë se lyf voel asof dit met warm borrels gevul word.

"Dis pragtig," sê Anton en vryf sag met sy hand in haar nek.

"Daar's baie dinge wat geld nie kan koop nie," glimlag sy en knipoog. "For everything else . . ."

"There's Mastercard!" sê al twee gelyk en lag.

"Sal jy met my trou, Anton Badenhorst?" vra Zoë terwyl sy Dorothy se ring in haar hand oophou. "Ek was nog nooit van enigiets meer oortuig as dít nie."

"Dit was veronderstel om mý vraag te wees," maak Anton vriendelik kapsie.

"Komaan! Dit is after all ook skrikkeljaar. Tel dit vir niks nie?" vra Zoë onseker. "Waar op aarde gaan jy 'n meer romantiese setting kry? Dink net aan die stories wat ons vir ons kleinkinders gaan vertel! Oupa Donatello en ouma Volksie, vuil lywe êrens op 'n rooigrondpad in Soweto."

Die twee verliefdes hoor meteens hoe Nomsa en die Ot-handweni-kinders begin sing en handeklap naby 'n nuutgeplante boompie. "Oh happy day," begin hulle opgewonde sing. Zoë se hart swel van trots, want sê wat jy wil, daar is min mense in die wêreld wie se stemme so mooi kan harmonieer soos die swartmense van haar eie land. Sy en Anton knik dankbaar vir hulle en dan kyk Anton weer af na Zoë se hand. Hy tel die goue ring op en steek dit aan sy pinkie – die enigste vinger waaraan die ring pas.

Zoë trek haar gesig en lag dan meteens. "Oukei, dis die gedagte wat tel."

"Dit is, ja, Zoë Zietsman. En ek sal bitter graag met jou wil trou!" sê Anton en soen haar lank. Dan tel hy die fyn meisie in sy arms en saam draai hulle in die rondte op die koorritme van sielsgelukkige kinderharte in die agtergrond.

Nie ver van hulle af nie snuit Anton se eintlike ma, Dorothy Moletse, haar neus. Trotse trane loop oor haar wange.

"Dis my kjênd darie!" snik sy en praat met haarself. "Die liewe Jhirre het vor Dorothy gahoor en vor my kjênd sy vrou gastier!"

279

BEDANKINGS

Dit vat baie bestanddele om 'n goeie Jhalfrezi aanmekaar te slaan. So ook met boeknavorsing. Hierdie boek is spesiaal vir almal wat ooit in my geglo het. Sonder julle ondersteuning en aanmoediging sou ek dit nooit kon doen nie. Spesiale dank aan Liesl P vir jou hulp en Joné K vir die baba-raad. Ontathile en Yolisa, ke a leboga! Die klomp by expatsa.com – wat sal ek ooit sonder julle wees? Ook vir Trisa Hugo wat soveel vir ons klomp doen in die Afrikaanse letterkunde. En die belangrikste bestanddeel van almal, Madri Victor. Jy's 'n engel! Dankie dat jy nie met my opgegee het nie. Ek het soveel geleer en sou dit nooit sonder jou kon doen nie.

Laaste, maar nie die minste nie: vir al die fans. Op die ou end is dit julle wat maak dat ek weer met 'n volgende hoofstuk een begin. Ek hoop van harte die chicks daarbuite waardeer al my moeite om die vroulike geslag te verstaan. Dit was maar 'n rowwe reis, maar vir seker die moeite werd!